Una
LUNA SIN MIEL

· **Título original:** *The Unhoneymooners*
· **Dirección editorial:** Marcela Aguilar
· **Edición:** Florencia Cardoso
· **Coordinación de arte:** Valeria Brudny
· **Coordinación gráfica:** Leticia Lepera
· **Diseño de interior:** Florencia Amenedo
· **Arte de tapa:** © 2019 Gallery Books

-MÉXICO-
Dakota 274, colonia Nápoles
C. P. 03810, alcaldía Benito Juárez, Ciudad de México
Tel: 55 5220–6620 • 800–543–4995
e-mail: editoras@vreditoras.com.mx

-ARGENTINA-
Florida 833, piso 2, oficina 203,
(C1005AAQ), Buenos Aires
Tel.: (54-11) 5352-9444
e-mail: editorial@vreditoras.com

Primera edición: junio de 2022

ISBN: 978-607-8828-14-2

Impreso en México en Litográfica Ingramex, S. A. de C. V.
Centeno No. 195, colonia Valle del Sur, C. P. 09819
Alcaldía Iztapalapa, Ciudad de México.

Una
luna sin miel

Traducción: Leila Gamba

CHRISTINA
LAUREN

Para Hughes de Saint Vincent.
Trabaja como un capitán, diviértete como un pirata.

CAPÍTULO UNO

Durante la calma que antecede a la tormenta (en este caso, la gloriosa calma antes de que los preparativos de la boda arrasen la suite nupcial) mi hermana gemela se mira fijamente la mano, analiza una uña recién pintada de rosa coral y dice:

—Me imagino que estarás aliviada de que no sea una novia Godzilla. —Contempla la habitación, gira hacia mí y sonríe—. Apuesto a que pensabas que sería *insoportable*.

Sus palabras encajan tan bien en el momento que quiero fotografiarlas y enmarcarlas. Julieta, nuestra prima, me mira cómplice mientras barniza por segunda vez las uñas de los pies de Ami ("Deberían ser más rosa pétalo que rosa bebé, ¿no lo creen?") y hace un gesto hacia mí, que me encuentro abocada a la tarea de asegurarme minuciosamente que cada una de las lentejuelas del vestido de Ami esté orientada en la dirección correcta.

–Define "novia Godzilla".

Ami vuelve a mirarme, esta vez con menos entusiasmo. Viste un conjunto de ropa interior elegante pero diminuto que estoy segura (con cierto grado de náusea fraternal) de que su prometido, Dane, destruirá más tarde. Lleva un maquillaje delicado, el pelo oscuro peinado hacia arriba y un abultado velo enganchado de la coronilla. Es desconcertante. Quiero decir, si bien estamos acostumbradas a vernos iguales en el exterior y ser muy diferentes en el interior, esto es algo totalmente nuevo: Ami es el vivo retrato de una novia. De repente, su vida no tiene ninguna similitud con la mía.

–No soy una novia Godzilla –se queja–. Soy perfeccionista.

Encuentro mi lista y la sacudo en alto para llamar su atención. Es una hoja de papel rosado con bordes decorados en la que, con una caligrafía perfecta, escribió *Lista de tareas de Olive - Día de la boda* e incluye setenta y cuatro (*setenta y cuatro*) entradas que van desde *Chequear que las lentejuelas del vestido estén simétricamente orientadas* hasta *Quitar todos los pétalos marchitos de los centros de mesa.*

Cada dama de honor tiene su lista. Aunque puede que no todas sean tan largas como la mía, todas están igual de decoradas y escritas con esmero. Ami incluso se tomó el trabajo de dibujar los casilleros para que pudiéramos llevar registro de las tareas completadas.

–Algunos dirían que tus listas son algo exageradas –digo.

—Los mismos que pagarían un ojo de la cara por una boda la mitad de linda –responde.

—Exacto. Los que le pagarían a una organizadora de eventos para… –consulto mi lista– *Secar la condensación de las sillas media hora antes de la ceremonia.*

Ami se sopla las uñas para secar el esmalte y suelta una risa digna de una villana de película.

—Tontos.

Ya saben lo que se dice sobre las profecías autocumplidas. Cuando ganas, te sientes ganador y eso hace que, de alguna manera… sigas ganando. Tiene que ser verdad, porque Ami gana todo. Compró un boleto de rifa en una feria callejera, y volvió a casa con entradas para el teatro. Dejó su tarjeta personal en una taza de El Gnomo Feliz, y ganó cervezas a mitad de precio durante un año. Ganó maquillajes, libros, entradas al cine, una cortadora de césped, incontables camisetas y hasta un auto. Por supuesto, ganó también el kit de papeles y plumas que usó para escribir las listas de tareas.

Dicho esto, claro que cuando Dane Thomas le propuso matrimonio, Ami se aseguró de que nuestros padres no tuvieran que poner un solo dólar para la boda. Aunque mamá y papá podían contribuir (tienen muchos problemas, pero el dinero no es uno de ellos), para Ami, conseguir cosas gratis es su desafío favorito. Si antes de su compromiso pensaba que los sorteos eran deportes de alto rendimiento, la Ami comprometida vivía los preparativos de la boda como los Juegos Olímpicos.

Nadie en nuestra enorme familia se sorprendió cuando

logró organizar una boda elegante con doscientos invitados, bufé de mariscos, fuente de chocolate y rosas de todos los colores en cada tazón, florero y copa, desembolsando, como mucho, mil dólares. Ami trabajó hasta el cansancio para encontrar las mejores promociones y concursos. Reposteó todos los sorteos que encontró en Twitter y Facebook, y hasta creó una casilla de correo electrónico con una dirección muy atinada: *ameliatorresganadora@xmail.com.*

Luego de asegurarme por completo de que no quedara ninguna lentejuela rebelde, levanto la percha del gancho metálico del que colgaba el vestido para alcanzárselo, pero no llego a tocarlo que mi hermana y mi prima gritan al unísono; Ami se toma la cara con las manos y sus labios rosa mate forman una O de horror.

–Déjalo donde está, Ollie –dice–. Me acerco yo. Con tu suerte, tropezarás, caerás sobre la vela y mi vestido se trasformará en una bola aromatizada de lentejuelas y fuego.

No discuto: tiene razón.

Mientras que Ami es un trébol de cuatro hojas, yo siempre tuve pésima suerte. Cuando digo esto, no exagero ni me refiero a que tengo mala suerte en comparación con Ami; es una verdad objetiva. Si buscan "Olive Torres, Minnesota" en internet, encontrarán docenas de artículos y publicaciones sobre la vez que quedé atascada en una máquina atrapa peluches. Tenía seis años y, como el muñeco que había

capturado no cayó del todo en la puerta de salida, decidí entrar y rescatarlo.

Pasé dos horas dentro de la máquina, rodeada de peluches con pelo áspero y un penetrante olor a químicos. Recuerdo mirar hacia afuera a través del vidrio lleno de dedos marcados y encontrarme con una multitud de caras desesperadas gritándose indicaciones que yo no llegaba a escuchar. Al parecer, cuando los dueños del local les explicaron a mis padres que la máquina no les pertenecía y, por lo tanto, no tenían las llaves para abrirla, tuvieron que llamar al departamento de bomberos de Edina, a quienes siguieron de inmediato los canales de noticias locales que documentaron mi extracción sin perder detalle.

Veintiséis años después (gracias, YouTube) el video sigue circulando. Hasta la fecha, casi quinientas mil personas lo vieron y comprobaron que soy tan testaruda como para meterme en la máquina y tengo tanta mala suerte como para enganchar la presilla de mis pantalones y perderlos entre los osos de peluche cuando me rescataron.

Esta solo es una de las tantas historias que podría contar. Así que, sí, Ami y yo somos gemelas idénticas (ambas medimos un metro sesenta, tenemos pelo oscuro que se descontrola ante el mínimo indicio de humedad, ojos profundos color café, narices respingadas y hasta las mismas constelaciones de pecas), pero ahí terminan los parecidos.

Nuestra madre siempre intentó destacar las diferencias para reforzar el sentimiento de que éramos individuos y no las partes de un todo. Sé que lo hizo con las mejores

intenciones, pero nuestros roles siempre estuvieron bien definidos: Ami es una optimista que mira el vaso medio lleno; yo tiendo a pensar que es el fin del mundo. Cuando teníamos tres años, mamá nos disfrazó de Ositos Cariñositos para Halloween: ella era Gracioso y yo Gruñón.

Está claro que la profecía autocumplida funciona en ambas direcciones: desde el momento en que me encontré en el noticiero de las seis de la tarde con el rostro apoyado en ese vidrio lleno de dedos, mi suerte no mejoró. Nunca gané un concurso de dibujo ni una apuesta en la oficina; ni siquiera un bingo o el juego de ponerle la cola al burro. En su lugar, me rompí una pierna cuando alguien cayó rodando por las escaleras y me arrastró consigo (el caído salió ileso), en el sorteo de tareas de las vacaciones familiares me tocó limpiar el baño cinco años consecutivos, un perro hizo pipí sobre mí mientras tomaba sol en Florida, una infinidad de aves defecaron en mi pelo, y cuando tenía dieciséis me cayó un rayo (sí, de verdad) y viví para contarlo (pero tuve que ir a la escuela durante el verano porque perdí dos semanas de clases).

A Ami le gusta refutar estas pruebas con el recuerdo de que una vez adiviné cuántos shots quedaban en un vaso de tequila. Pero, después de tomarlos casi todos para festejar el triunfo y de vomitarlos a los pocos minutos, no conservo un recuerdo particularmente alegre.

♥

Ami descuelga el vestido (por el que no pagó) del gancho y se lo pone justo en el momento en que nuestra madre entra desde la habitación adjunta (por la que tampoco pagó). Suspira de un modo tan dramático cuando la ve que estoy segura de que Ami y yo pensamos lo mismo: *Olive se las ingenió para manchar el vestido.*

Tengo que mirarlo para asegurarme de que no es así.

Todo está en orden. Ami suspira aliviada y me pide que *con cuidado* le suba la cremallera.

—Mami, nos diste un susto de muerte.

Con la cabeza llena de ruleros y una copa de champagne (gratis, claro) a medio beber en la mano, mamá parece una buena imitadora de Joan Crawford. Si Joan Crawford hubiera nacido en Guadalajara.

—¡Ay, *mijita*, te ves hermosa!

Ami la mira, sonríe y recuerda (con un repentino rapto de ansiedad por separación) la lista que mamá dejó en la otra punta de la habitación.

—Ma, ¿le diste al DJ el pendrive con música?

Mamá vacía su copa antes de sentarse con delicadeza en el sillón de terciopelo.

—Sí, Amelia, le di tu cosito de plástico al hombre blanco del horrible traje con estampado de mazorcas.

A mamá ese vestido magenta le queda impecable. Cruza las piernas bronceadas y acepta la copa de champagne que le ofrecen.

—Tiene un diente de oro —agrega mamá—, pero debe ser muy bueno en su trabajo.

Ami la ignora y marca la tarea como completada con tanta intensidad que el ruido del bolígrafo sobre el papel retumba en toda la habitación. Poco le importa si el DJ cumple las expectativas de nuestra madre (o las suyas propias). Acaba de mudarse a la ciudad y ganó sus servicios en una rifa que organizaron en el hospital en el que trabaja como enfermera de hematología. Gratis mata talentoso, siempre.

—Ollie —dice Ami sin despegar los ojos de la lista que sostiene frente a ella—, tú también debes vestirte. Tu vestido está colgado detrás de la puerta del baño.

Me escabullo hacia el baño con un saludo burlón:

—De inmediato, su majestad.

La pregunta que más nos hacen es cuál de nosotras nació primero. La respuesta me parece bastante obvia porque, además de que Ami nació cuatro minutos antes, es, sin duda, la líder. Cuando éramos pequeñas, jugábamos a lo que ella quería jugar, íbamos a donde ella quería ir y, aunque algunas veces me quejaba, solía seguirla complacida. Puede convencerme de casi cualquier cosa.

Por eso terminé con este vestido.

—Ami... —llamo mientras abro la puerta del baño horrorizada por mi reflejo.

Quizá es la luz, pienso, y arrastro esta monstruosidad verde y brillante a uno de los espejos más grandes de la habitación.

Guau. Sin duda no es la luz.

—Olive... —responde.

—Parezco una enorme lata de 7up.

–¡Sí, nena! –exclama Jules–. Ojalá alguien la abra de una vez por todas.

Mamá tose.

Fulmino a mi hermana con la mirada. Tenía mis dudas cuando accedí a ser dama de honor en una boda cuya temática era Paraíso Invernal, así que puse como condición para aceptar que mi atuendo no tuviera terciopelo rojo o piel sintética blanca. Ahora me doy cuenta de que debería haber sido más específica.

–¿Elegiste este vestido? –Señalo la generosidad de mi escote–. ¿Esto es intencional?

Ami gira la cabeza y me estudia.

–Si con intencional te refieres a que gané una rifa de la iglesia evangelista… ¡Conseguí *todos* los vestidos de las damas de honor! Luego me agradeces por el dinero que te ahorré.

–Somos *católicos*, Ami, no evangelistas. –Tiro de la tela del vestido–. Me veo como una duende prostituta en el día de San Patricio.

Me doy cuenta de mi error (no haber visto antes el vestido) pero, hasta hoy, el buen gusto de Ami había sido infalible y en el momento de la prueba yo estaba en la oficina de mi jefe rogando sin éxito no estar en la lista de los cuatrocientos científicos que la compañía despediría. Reconozco que estaba distraída cuando Ami me mandó la foto del vestido, pero no recuerdo que fuera ni tan satinado ni tan verde.

Giro para verlo desde otro ángulo y… ¡Dios mío! La espalda es todavía peor. No ayuda que las últimas semanas

de estrés y repostería me dejaron, ¿cómo decirlo?... más rellena en el pecho y las caderas.

—Si me pones atrás en las fotos, también puedo hacer de pantalla para efectos especiales.

—Te ves sexy, confía en mí. —Jules aparece por detrás, diminuta y enfundada en su nuevo envoltorio verde satinado.

—Mami —llama Ami—, ¿no crees que el corte de ese escote resalta las clavículas de Ollie?

—Y sus *chichis*. —Volvieron a llenar su copa y mamá toma un trago largo lentamente.

El resto de las damas de honor se amontonan en la suite y hay un escándalo colectivo por la emoción de ver a Ami tan hermosa en su vestido. Es una reacción normal en la familia Torres. Sé que mi siguiente comentario puede sonar a hermana celosa y resentida, pero prometo que no es así: Ami siempre amó ser el centro de atención y (tal como quedó demostrado con mi aparición en el noticiero de las seis) yo no. Mi hermana brilla bajo los reflectores y yo prefiero ser quien apunta las luces hacia ella.

Tenemos doce primas hermanas; y todas estamos metidas en la vida de las otras 24/7, pero como Ami solo ganó siete vestidos, se vio obligada a tomar decisiones difíciles. Así que ahora mismo algunas viven en el Monte Pasivo Agresivo y fueron a prepararse a otra habitación. Por un lado, mejor, esta suite es demasiado pequeña para que tantas mujeres puedan maniobrar sus cuerpos dentro de una faja modeladora sin correr peligro.

El aire está invadido por una nube de fijador en

aerosol y hay suficientes rizadoras, planchas y productos de peluquería como para montar un salón de belleza respetable. Cada espacio libre queda pegoteado por algún producto o cubierto por un neceser a punto de explotar.

Golpean la puerta, Jules abre y encuentra a nuestro primo Diego del otro lado. Tiene veintiocho años, es gay y está mejor arreglado de lo que yo podré estarlo jamás. Cuando Ami le dijo que no iba a poder estar en la habitación de la novia y que tendría que quedarse con el novio y sus amigos, Diego la acusó de sexista. Si su expresión mientras procesa nuestros vestidos es una pista, ahora se considera afortunado.

—Lo sé —digo, rendida, alejándome del espejo—. Es un poco...

—¿Apretado? —sugiere.

—No...

—¿De puta?

—Iba a decir *verde*.

Inclina la cabeza y camina a mi alrededor para poder apreciarlo desde todos los ángulos.

—Iba a ofrecerme para maquillarte, pero sería una pérdida de tiempo. —Sacude una mano—. Hoy nadie va a mirarte la cara.

—No la avergüences, Diego —dice mi mamá, y me doy cuenta de que no está en desacuerdo con el juicio de mi primo, solo quiere que deje de molestarme.

Dejo de preocuparme por el vestido (y por cuánto busto voy a tener en exposición durante toda la boda) y vuelvo al caos de la habitación. Hay una docena de conversaciones

sucediendo en simultáneo. Natalia se cambió el color de pelo de castaño a rubio y está segura de que le arruinó la cara. Diego coincide. El aro del sujetador de Stephanie se zafó y la tía María le está explicando cómo reemplazarlo por cinta adhesiva. Cami y Ximena discuten sobre qué faja es de quién y mamá vacía otra copa de champagne. En medio del ruido y los químicos, Ami vuelve a enfocar su atención en la lista.

–Olive, ¿hablaste con papá? ¿Ya llegó?

–Estaba en el salón de recepción cuando llegué.

–Bien. –Otra tarea completada.

Puede parecer extraño que me toque controlar a papá a mí y no a su esposa (nuestra madre), que está sentada *aquí*, pero así funciona nuestra familia. Los padres no interactúan directamente desde que papá engañó a mamá y ella lo echó de la casa. Sin embargo, no quiso divorciarse. Claro que estuvimos del lado de mamá, pero pasaron diez años y el drama está tan vigente como el primer día. Desde que papá se fue, no se me ocurre una sola conversación que hayan tenido que no haya sido mediada por mí, por Ami o alguno de los siete hermanos que suman entre los dos. Nos dimos cuenta bastante rápido de que así sería más fácil para todos, pero el aprendizaje que me quedó de todo esto es que el amor es agotador.

Ami se estira para tomar mi lista, pero me apresuro para tomarla antes que ella; las pocas tareas completadas pueden desencadenar un ataque de pánico. La escaneo y me alegra descubrir que la próxima indicación requiere que abandone esta neblina de fijador.

—Voy a la cocina a asegurarme de que me hayan hecho un plato diferente...

El bufé (gratis) incluye una gran variedad de mariscos, pero, por mi alergia, de solo probar uno podría terminar en la morgue.

—Espero que Dane haya recordado ordenar pollo para Ethan también. —Ami frunce el ceño—. Dios, espero que sí. ¿Puedes preguntar?

El bullicio de la habitación para en seco y once pares de ojos se clavan en mí. La sola mención del hermano mayor de Dane posa una nube negra sobre mi humor.

Aunque Dane es un poco "hombre promedio" para mi gusto (del tipo que le grita a la televisión mientras mira deportes, que presume los músculos y se esmera por usar todas las máquinas del gimnasio al mismo tiempo), hace feliz a Ami. Y con eso alcanza.

Ethan, en cambio, es un idiota inmaduro y criticón.

Consciente de que soy el centro de atención, me cruzo de brazos visiblemente molesta.

—¿Por qué? ¿También es alérgico?

Por alguna razón, tener algo en común con Ethan Thomas, el hombre más arisco del universo, despierta en mí una violencia irracional.

—No —dice Ami—. Pero es quisquilloso y no le gustan los bufés.

—Los bufés... Claro. —Me brota una carcajada.

Hasta donde sé, Ethan es quisquilloso literalmente con todo.

Por ejemplo, en la barbacoa que organizaron Dane y Ami para el Cuatro de Julio, no probó un bocado de la comida que me había llevado todo el día preparar. En Acción de Gracias, le cambió el sitio a su padre para no tener que sentarse a mi lado. Y anoche, en la cena de ensayo, cada vez que comía un trozo de pastel o mis primos me hacían reír, se masajeaba las sienes para dejar en claro cuánto lo irrito. Al final dejé lo que quedaba de mi porción de pastel y fui a cantar karaoke con papá y el tío Omar. Puede que mi enojo se deba a haber resignado tres bocados de un *gran* pastel para no molestar a Ethan Thomas.

Ami vuelve a fruncir el ceño. Ethan tampoco es santo de su devoción, pero ya se cansó de tener esta discusión.

–Olive, apenas lo conoces.

–Lo conozco lo suficiente. –La miro y digo solo tres palabras–: Bollos de queso.

–Por Dios, ¿nunca vas a olvidarlo? –Mi hermana suspira y sacude la cabeza.

–Si como, me río o respiro, ofendo su delicada sensibilidad. Sabes que lo vi al menos cincuenta veces y sigue haciendo esa cara de no saber bien de dónde me conoce. –Me acerco–. Somos *gemelas*.

Natalia se mete en la conversación mientras intenta disimular el decolorado de la nuca. No es justo que *su* gran busto sí haya entrado en el vestido.

–Es tu oportunidad para amigarte, Olive. Es tan lindo…

Le respondo con el Arco de Cejas Disgustadas de los Torres.

—Sea como sea, tienes que buscarlo –dice Ami y vuelve a captar mi atención.

—Espera, ¿qué?

Ve mi expresión de desconcierto y apunta a mi lista:

—Número seten...

De solo pensar en que tengo que hablarle a Ethan, me empieza a crecer el pánico. Levanto la mano para impedir que Ami siga hablando. Cuando mire mi lista, en el número setenta y tres (porque Ami sabía que no leería de antemano la lista completa) encontraré la peor tarea de todas: *Hacer que Ethan te muestre su discurso. Evitar que diga algo terrible.*

Esto no es culpa de mi suerte, esto es todo culpa de mi hermana.

CAPÍTULO DOS

Salgo de la habitación y todo el ruido, el caos y los aerosoles desaparecen de golpe; el silencio del exterior es precioso. Hay tanta paz que no quiero llegar a la puerta que tiene la caricatura de un novio colgada de la manija. Minutos antes de la boda, el inocente personajito custodia la exaltación alimentada (no tengo dudas) a base de cerveza y marihuana. Hasta Diego, que ama las fiestas, prefería arriesgar su audición y sus pulmones para estar en la habitación de la novia.

Respiro profundo tres veces para demorar lo inevitable.

Es la boda de mi gemela y en verdad exploto de felicidad por ella. Pero es difícil mantenerme a flote, en especial en estos momentos de paz y tranquilidad. Dejando de lado mi mala suerte crónica, los últimos dos meses realmente

apestaron: mi compañera de casa se fue, tuve que mudarme a un diminuto apartamento que incluso en ese momento excedía un poco mi presupuesto y entonces (como no podía ser de otro modo con mi fortuna) me despidieron de la compañía farmacéutica en la que había trabajado durante seis años. En las últimas semanas, tuve no menos de siete entrevistas y ninguna respuesta. Y heme aquí ahora, a punto de enfrentar a mi archienemigo Ethan Thomas usando la piel que le arrancaron a la rana René.

No puedo creer que hace un tiempo me desesperaba por ver a Ethan. Cuando la relación entre mi hermana y Dane recién comenzaba, Ami quiso que conociera a su familia política. Ethan bajó del auto en el estacionamiento del predio ferial de Minnesota y pude ver sus ojos azules a dos autos de distancia. De cerca noté que, además, tenía las pestañas más largas que había visto en un hombre. Pestañeaba con lentitud, dándose aires de superioridad. Me miró de reojo, sonreí torpemente y lo saludé sacudiendo la mano. Sentí de todo menos un interés propio de cuñados.

Pero luego cometí un pecado capital del que no había escuchado hasta entonces: ser una mujer curvilínea que come bollos de queso. Nos habíamos juntado en la entrada para planificar el día y yo me escurrí del grupo para comprar un tentempié… No hay nada más glorioso que la comida de la Feria Estatal de Minnesota. Volví al grupo cuando ya iban por la exposición ganadera.

Ethan me miró, notó mi bandeja con queso frito, frunció el ceño, me dio la espalda y se fue con la excusa de que tenía

que encontrar la competencia de cerveceros. No volvió a aparecer en toda la tarde.

A partir de ese día, solo se dedicó a molestarme y a hacerme sentir inferior. ¿Qué debería pensar? ¿A qué se debió su paso de la sonrisa al desagrado de un segundo al otro? Por supuesto que la opinión que formé de Ethan Thomas es que, si lo dejo, puede lastimarme. Dejando de lado esta ocasión (y solo por el vestido), me gusta mi cuerpo. No voy a permitir que nadie me haga sentir mal por eso o por los bollitos de queso.

Las voces llegan desde la suite del novio… un festejo digno de una fraternidad universitaria que puede deberse a la transpiración de uno, la cerveza o que otro haya abierto una bolsa de Cheetos solo por mirarla fijamente; cómo saberlo. Estamos hablando de la fiesta de bodas de Dane. Golpeo la puerta y se abre tan rápido que me sobresalto, engancho mi zapato en el dobladillo del vestido y tropiezo.

Es Ethan; claro que es Ethan. Me ataja por la cintura. Mientras me ayuda a incorporarme, siento cómo mi boca se tuerce y veo el mismo gesto de rechazo crecer en él mientras quita la mano y la mete en el bolsillo. Imagino que, apenas pueda, saldrá corriendo a limpiarla con una toallita desinfectante.

El movimiento me hace notar su atuendo (un esmoquin, claro) y lo bien que se amolda a su larga y firme estructura. Lleva el pelo castaño peinado con esmero hacia el costado; tiene las pestañas demasiado largas. Intento convencerme de que las cejas, gruesas y oscuras, son desagradables

(calma, Madre Naturaleza), pero es innegable que quedan increíbles con su cara.

En serio me cae mal.

Siempre supe que era guapo (no estoy ciega), pero verlo con ese moño negro es demasiada confirmación para lo poco que me agrada.

Él también me analiza. Empieza por el pelo (me debe estar juzgando por llevar un recogido tan sencillo) y mira mi maquillaje relajado (debe tener citas con modelos que hacen tutoriales de maquillaje en Instagram) antes de, lenta y metódicamente, abordar mi vestido. Respiro hondo para evitar cruzarme de brazos.

Levanta la barbilla.

—Asumo que ese vestido fue gratis.

Yo asumo que darle un rodillazo en la entrepierna se sentiría fabuloso.

—Hermoso color, ¿no lo crees?

—Pareces un Skittle. —Tuerce la boca en una pequeña sonrisa—. A pocas personas les queda bien ese color, Olivia.

Por su tono, entiendo que no pertenezco a esas pocas.

—Es Olive.

A mi familia le parece motivo de diversión que mis padres me hayan nombrado Olive y no Olivia, un nombre sin duda más lírico. Desde que tengo memoria, todos mis tíos maternos me llaman *Aceituna* para molestar a mamá.

Pero no creo que Ethan sepa del chiste interno; solo se comporta como un imbécil.

—Bueno, bueno. —Se hamaca sobre los talones.

—Bueno, todo muy divertido, pero necesito que me muestres tu discurso. —Empiezo a cansarme del jueguito.

—¿Mis *palabras* para el brindis?

—¿Me estás corrigiendo? —Estiro el brazo—. Déjame ver.

—No. —Se apoya tranquilo en el marco de la puerta.

—Es por tu bien. Ami te matará con sus propias manos si dices una estupidez, lo sabes.

Ethan inclina la cabeza, me evalúa. Mide un metro noventa y cinco, mientras que Ami y yo... no. Sin decir palabra, deja claro su punto, muy claro: *Que lo intente*.

Dane aparece sobre su hombro y se le transforma la cara cuando me ve. Parece que no soy lo que esperaban: una mucama con cervezas.

—Oh. —Se recompone rápido—. Ey, Ollie, ¿todo bien?

—Bien. Ethan justo estaba por mostrarme su discurso.

—¿Sus palabras para el brindis? —Quién iba a decir que a esta familia le importara tanto los términos correctos.

—Sí.

Dane mira a Ethan y apunta al interior de la habitación con la cabeza.

—Es tu turno. —Me mira y explica—. Estamos jugando a la Copa del Rey. Mi hermanito mayor va a morder el polvo.

—Un juego para beber antes de la boda —digo y dejo escapar una risita—. Sabia decisión.

—Voy en un minuto. —Ethan sonríe mientras su hermano se retira y, cuando vuelve a girar hacia mí, ambos abandonamos las risas para volver a nuestras caras menos amables.

—¿Escribiste algo al menos? —pregunto—. No pretenderás

improvisar, ¿no? Eso nunca sale bien. Nadie es tan divertido como cree sin guion. Tú en particular.

–¿Yo *en particular*?

Aunque Ethan es la personificación del carisma con casi todo el mundo, cuando está conmigo se parece más a un robot. Ahora mismo, tiene la cara tan rígida, tan inexpresiva, que no sé si lo estoy ofendiendo de verdad o me está incitando a que diga algo peor.

–Ni siquiera estoy segura de que seas divertido… –vacilo, pero ambos sabemos que estoy comprometida en esta batalla despiadada– *con* guion. –Levanta una de sus oscuras cejas. Consiguió provocarme–. Bueno –gruño–, solo asegúrate de que *tus palabras* no sean una mierda. –Miro el pasillo y recuerdo el otro tema que tenía que arreglar con él–. Asumo que te aseguraste de que no tengas que comer del bufé. Si no lo hiciste, estoy yendo para la cocina, puedo arreglarlo.

Cambia su sonrisa sarcástica por algo parecido a la sorpresa.

–Eso es muy amable. No, no pedí el cambio.

–Fue idea de Ami, no mía –aclaro–. Ella es quien se preocupa por tu aversión a compartir comida.

–No tengo problema con *compartir comida* –explica–. Los bufés son verdaderos parques de diversiones para las bacterias.

–Ojalá vuelques toda esa poesía y profundidad en tu discurso.

–Dile a Ami que mis *palabras* son desopilantes y nada estúpidas. –Retrocede y empuja la puerta.

Quiero decir algo inteligente, pero solo puedo pensar en la injusticia de que se hayan desperdiciado unas pestañas como esas en el Asistente de Satán, así que solo asiento y giro hacia el pasillo.

Hago mi mejor esfuerzo para no acomodarme la falda mientras camino. Puede que sea paranoica, pero creo poder sentir sus ojos clavados en el brillo ajustado de mi vestido hasta que llego al elevador.

El personal del hotel se ha comprometido con "Navidad en enero", la temática que propuso Ami. Por suerte, en lugar de terciopelo rojo y renos de peluche, el camino al altar está decorado con nieve de utilería. Aunque no hace menos de veinticinco grados adentro, el recuerdo del frío y la espumosa nieve del exterior, hace que todo se sienta gélido y ventoso. El altar está decorado con flores blancas y bayas, hay coronas de pino con pequeñas lucecitas blancas que parpadean entre las ramas colgadas detrás de cada silla. Todo se ve en verdad encantador, pero desde aquí noto las pequeñas etiquetas en las sillas que alientan a los invitados: Confía en Bodas Finley para tu día especial.

La actividad no cesa. Diego mira con disimulo hacia la recepción y localiza a los invitados atractivos. Jules está determinada a conseguir el número de uno de los padrinos y mamá le pide a Cami que le diga a papá que se fije que no tenga baja la cremallera del pantalón. Estamos esperando

que el organizador nos dé la señal y mande a las niñas de las flores a hacer lo suyo por la pasarela.

Parece que a cada segundo que pasa, mi vestido está más apretado.

Ethan ocupa su lugar a mi lado, inspira y larga el aire en una exhalación controlada que se parece mucho a un suspiro de resignación. Sin mirarme, me ofrece el brazo.

Me hago la que no me doy cuenta de su actitud y lo tomo intentando ignorar la sensación que me genera la curva de su bíceps bajo mi mano, la forma en que apenas lo flexiona y acerca mi brazo hacia él.

—¿Todavía vendes drogas?

—Sabes que no hago eso. —Aprieto los dientes.

Mira hacia nuestras espaldas y vuelve a girar. Toma aire para hablar, pero se arrepiente.

Pienso qué habrá querido decir. No creo que fuera algo sobre el tamaño, el volumen o la locura general de mi familia (se acostumbró hace mucho tiempo), pero sé que *algo* le molesta. Lo miro.

—Solo dilo.

Juro que no soy una persona violenta, pero de ver su mirada malvada clavada en mí me brotó la necesidad irrefrenable de clavar mi tacón aguja en la punta de sus zapatos pulidos.

—Es algo sobre la fila de Skittles de honor, ¿no? —pregunto.

Ni él puede negar que hay algunos cuerpos increíbles en el grupo, pero a ninguna le sienta del todo bien el verde menta satinado.

—Olive Torres, la lectora de mentes. —Nuestras sonrisas sarcásticas se encuentran.

—Todos anoten la fecha. Ethan Thomas recordó mi nombre por primera vez en tres años.

Vuelve a mirar al frente y relaja la cara. Es difícil unir al Ethan amargado e incisivo que me toca a mí con el encantador que he visto con otra gente o incluso con el alocado del que Ami se quejó durante años. Más allá de que parezca determinado a no retener nada de lo que le digo (como mi trabajo o mi *nombre*), lo que más me molesta es su influencia sobre Dane, a quien aleja de Ami durante muchos fines de semana para llevarlo a California a vivir aventuras. Claro que estas escapadas suelen coincidir con eventos importantes para cazadores de sorteos como mi hermana, su prometida: cumpleaños, aniversarios, el Día de San Valentín. El último febrero, por ejemplo, lo llevó a Las Vegas para un fin de semana de hombres, y Ami terminó yendo conmigo a una cena romántica (y gratis) en St. Paul Grill.

Siempre pensé que la distancia que imponía Ethan se basaba en que soy curvilínea y él es un intolerante. Pero ahora, parada aquí, sosteniéndome de su bíceps, se me ocurre que tal vez es tan idiota porque le duele que Ami lo haya alejado de su hermano, pero no puede decírselo a ella sin hacer enojar a Dane. Entonces, se desquita conmigo.

La epifanía me atraviesa y me deja una certeza esclarecedora.

—Es buena para él —digo, e identifico la intención protectora en mi voz.

—¿Qué dices? —Gira para mirarme.

—Ami —aclaro—. Es buena para Dane. Sé que no me soportas, pero sea cual fuera tu problema con ella, tienes que saber eso, ¿sí? Es un alma buena.

Antes de que Ethan pueda responder, el organizador (gratuito) finalmente aparece, les hace una seña a los músicos (gratuitos) y comienza la ceremonia.

Sucede todo lo que esperaba que sucediera: Ami está preciosa. Dane parece sobrio y sincero. Intercambian anillos, dicen sus votos y se dan un beso obsceno e incómodo que sin duda no está dentro de lo permitido en una iglesia, aunque esto no lo sea. Mamá llora, papá se hace el que no. Durante toda la ceremonia, mientras sostengo el enorme ramo de rosas (gratis) de Ami, Ethan parece una figura de cartón de sí mismo que solo se mueve cuando tiene que meter una mano en el bolsillo para entregar los anillos.

Me vuelve a ofrecer el brazo para retirarnos del altar y lo siento todavía más rígido, como si estuviera cubierta de *slime* y le diera miedo que lo estampara en su traje. Entonces me acerco, pero, no bien nos alejamos, doy un aleteo sutil para que sepa que podemos romper el contacto.

En diez minutos tendremos que volver a encontrarnos para las fotos y usaré ese tiempo para quitar los pétalos marchitos de los centros de mesa. Este Skittle tachará algunas tareas de su lista. ¿A quién le importa qué hará Ethan?

Parece que va a seguirme.

–¿Qué fue eso? –dice.

Miro sobre mi hombro.

–¿Qué fue qué? –pregunto.

–Allí. Recién. –Apunta con la cabeza hacia el altar.

–Ah –giro y sonrío con amabilidad–, me alegra que pidas ayuda cuando estás confundido. Entonces: eso fue una boda... una ceremonia importante y en algunos casos obligatoria para nuestra cultura. Tu hermano y mi...

–Antes de la ceremonia. –Arquea las cejas oscuras hacia abajo–. Cuando dijiste que no te soportaba, que tenía un problema con Ami.

–¿De verdad? –pregunto boquiabierta.

–Sí, de verdad. –Mira a su alrededor como si necesitara que alguien más atestiguara mi estupidez.

Por un instante no sé qué decir. Lo último que esperaba era que Ethan me pidiera explicaciones por nuestro intercambio permanente de comentarios sarcásticos.

–Ya sabes. –Sacudo vagamente la mano. Con él mirándome, lejos de la ceremonia y de la energía del salón, la teoría de la que estaba convencida hacía un rato ya no parece tan convincente–. Pienso que estás resentido porque Ami te está alejando de Dane, pero sabes que no puedes enojarte con ella sin pelearte con él, entonces te comportas como un imbécil sin remedio conmigo.

Él solo pestañea y siento que debo seguir:

–Solo es una teoría –me cubro.

–Una teoría.

—Sobre por qué me odias.

—¿Yo te odio? —Arruga el ceño.

—¿Vas a repetir todo lo que diga? —Quito mi lista de su escondite en mi ramo y se la muestro—. Porque tengo cosas para hacer.

El silencio de desconcierto se extiende por algunos segundos hasta que parece entender lo que podría haberle dicho hace mucho tiempo.

—Olive, suenas realmente loca.

Mamá le acerca a Ami una copa de champagne. Mantenerla llena debe estar en la lista de tareas de alguien, porque la veo beber, pero nunca la veo vacía. El evento pasa de una rutina cronometrada a la perfección y un tanto formal a una verdadera fiesta. Los volúmenes dejan de ser los de una reunión de gente respetable para convertirse en dignos de una fraternidad universitaria. Los invitados tragan el bufé de mariscos como si fuera lo primero que comen en semanas. El baile ni siquiera empezó y Dane ya tiró el moño de su traje en una fuente y se quitó los zapatos. A Ami parece no importarle y eso solo habla de sus propios niveles de alcohol en sangre.

Cuando llega el momento del brindis, lograr que al menos la mitad de los invitados permanezca callada parece una tarea monumental. Luego de golpear suavemente mi copa de cristal con un tenedor y no lograr que el sonido baje un

solo decibel, Ethan decide arrancar su discurso sin esperar que alguien lo escuche.

—Estoy seguro de que muchos de ustedes deberán ir a orinar pronto —comienza hablando con un micrófono de mala calidad—, así que seré breve. —Logra calmar a la multitud y continúa—. No creo que Dane quiera que hable, pero visto y considerando que no solo soy su hermano mayor, sino también su único amigo, aquí estamos.

Lanzo una carcajada que me sorprende. Ethan hace una pausa, me mira y sonríe con asombro.

—Soy Ethan —continúa y, cuando toma un control remoto que estaba cerca de su plato, una presentación con fotos de Ethan y Dane de niños comienza a reproducirse en la pantalla a nuestras espaldas—. El mejor hermano, el mejor hijo. Estoy encantado de compartir este día con tantos amigos, familiares y, sobre todo, alcohol. En serio, ¿visitaron el bar? Que alguien vigile a la hermana de Ami porque si toma una copa de champagne de más, ese vestido no aguantará en su lugar. —Me guiña un ojo—. ¿Recuerdas la fiesta de compromiso, Olivia? Si tú no, yo sí.

Natalia sujeta mi muñeca antes de que pueda alcanzar un cuchillo.

—¡Hombre! —grita Dane, borracho, y se ríe de un modo exagerado. Me gustaría que existieran las maldiciones para lanzarle una. (Para aclarar, no me *saqué* el vestido en la fiesta de compromiso. Solo usé el dobladillo para secarme el sudor de la frente una o dos veces. Hacía mucho calor y el tequila me hace transpirar).

—Si miran estas fotos familiares —dice Ethan señalando hacia la pantalla donde él y Dane adolescentes esquían, surfean y, en general, se ven como idiotas con buena genética— se darán cuenta de que fui un hermano mayor modelo. Fui de campamento primero, manejé primero, perdí primero la virginidad. Lo siento, no hay fotos de eso. —Guiña el ojo al público de un modo encantador y un coro de risitas recorre el salón—. Pero Dane encontró primero el amor. —Los invitados se unen en un *awww* colectivo—. Espero tener la suerte de encontrar alguien la mitad de espectacular que Ami algún día. No la dejes ir, Dane, porque ninguno de los dos sabe qué ha visto en ti. —Levanta su whisky y casi doscientos brazos se alzan para acompañarlo en el brindis—. Felicitaciones para ambos. Bebamos. —Luego se sienta y me mira—. ¿Suficiente guion para ti?

—Fue casi adorable. —Miro sobre su hombro—. Todavía es de noche. Tu ogro interior debe estar durmiendo.

—Vamos, te reíste.

—Motivo de sorpresa para ambos.

—Es tu turno de mostrar cómo se hace —dice y me recuerda que debo ponerme de pie—. Sé que es mucho pedir, pero intenta no pasar vergüenza.

—Cállate, Ethan. —Tomo mi teléfono, donde guardé mi discurso, y trato de ocultar el tono defensivo.

Esa fue buena, Olive.

Se ríe mientras se inclina para comer un bocado de pollo.

Un tímido aplauso atraviesa el salón cuando me paro y enfrento a los invitados.

—Hola a todos. —El micrófono acopla y lanza un quejido agudo que asusta a la audiencia. Me lo alejo de la boca, giro hacia mi hermana y mi nuevo cuñado y grito—: ¡Lo hicieron!

Todos festejan cuando Dane y Ami se dan un tierno beso. Hace un rato los vi bailar la canción favorita de Ami (*Glory of Love*, de Peter Cetera) y me las ingenié para ignorar los esfuerzos de Diego para que lo mire y pueda hacerme algún comentario no verbal sobre el terrible gusto musical de Ami. Realmente quedé atrapada en la perfección de la escena que se desarrollaba frente a mí: mi gemela en su hermoso vestido de novia, con el pelo un poco más flojo por las horas y el movimiento, su dulce sonrisa de genuina felicidad.

Unas lágrimas me brotan de los ojos mientras entro a la aplicación de notas y abro mi discurso.

—Para quienes no me conocen, aclaro: no, todavía no están tan borrachos, soy la gemela de la novia. Mi nombre es Olive, no Olivia —digo, y lanzo una mirada filosa a Ethan—. La hermana favorita, la cuñada favorita. Cuando Ami conoció a Dane... —Hago una pausa porque un mensaje de Natalia aparece en la pantalla y tapa mi discurso.

Solo para que lo sepas, tus tetas se ven increíbles.

Desde su lugar, me levanta un pulgar. Deslizo el mensaje para que salga de la pantalla.

—... me habló de él de un modo en el que nunca...

¿Qué talla de sujetador estás usando?

También Natalia. En serio, ¿qué clase de familia te manda mensajes mientras das un discurso que es obvio que estás leyendo *desde el teléfono?* La mía. Lo ignoro e intento retomar rápido el hilo. Me aclaro la garganta.

–... habló de él de un modo que no había escuchado antes. Había algo en su voz...

> ¿Sabes si el primo de Dane está soltero?
> O si podría estarlo pronto... ;)

Fulmino a Diego con la mirada y deslizo el dedo por la pantalla de forma agresiva.

–... algo en su voz me indicaba que pensaba que esta vez era diferente, que se sentía diferente. Yo...

> No hagas esa cara. Pareces estreñida.

Mi madre. Por supuesto.

Deslizo y sigo. A mis espaldas, Ethan entrelaza los dedos detrás de la cabeza con aires de superioridad y puedo sentir su sonrisa de satisfacción sin tener que mirarlo. Persisto (porque no puedo dejarlo ganar este round), pero solo logro decir dos palabras más y me interrumpe un quejido de dolor.

Todo el mundo mira a Dane, que se toma el estómago. Ami apenas llega a ponerle una mano en el hombro antes de que él tenga que taparse la boca para contener el vómito que sale, igualmente, disparado como un misil entre sus dedos hacia el hermoso (y gratuito) vestido de mi hermana.

CAPÍTULO
TRES

El malestar repentino de Dane no pudo haber sido producto del alcohol, porque la hija de una de las damas de honor tiene siete años y, luego de que Ami se vengara de Dane vomitando sobre él, la pequeña Catalina también despidió su cena. A partir de ahí, la plaga se esparció como un incendio forestal a lo largo y ancho del salón.

Ethan se para, camina hacia atrás y apoya la espalda contra la pared. Hago lo mismo, pienso que es mejor contemplar el desastre desde un lugar seguro. Si esto fuera una película, sería una de humor escatológico. Pero estar aquí y ver la desgracia suceder a gente que conocemos, con la que brindamos y hasta quizá besamos, es aterrador.

Desde Catalina hasta el gerente del hospital en el que trabaja Ami y su esposa; Jules y Cami, unas personas que estaban sentadas en la mesa cuarenta y ocho, mamá, la abuela de Dane, papá, Diego...

Ya no puedo seguir el rastro del brote porque todo se descontrola. Un invitado se cae sobre un mozo y varias piezas de porcelana se estrellan contra el suelo. Algunos intentan huir doblados sobre sus estómagos y clamando por un baño. Sea lo que sea, esta maldición quiere salir de los cuerpos por cualquier vía disponible; no sé si reír o llorar. Incluso quienes no vomitan o corren hacia el baño tienen la piel verde.

—Tu discurso no fue *tan* malo —dice Ethan.

Si no me diera miedo que me vomitara encima por el movimiento, lo echaría de nuestro refugio a empujones.

Mientras un coro de arcadas suena alrededor, una certeza invade nuestro espacio de paz y lentamente nos miramos con ojos bien abiertos. Evalúa mi rostro y yo el suyo. Su semblante se ve normal, ni un poco verde.

—¿Tienes náuseas?

—Solo las que me provocan ver esto y verte a ti, pero fuera de eso no.

—¿Diarrea incontenible?

—¿Cómo es que estás soltero? Francamente es un misterio. —Lo miro fijo.

En lugar de estar aliviado por sentirse bien, pone la cara más engreída que he visto jamás.

—Tenía razón sobre los bufés y las bacterias.

—Es demasiado rápido para que sea una intoxicación.

—No necesariamente. —Señala los cubos de hielo en los que había langostinos, almejas, caballa, mero y otras diez

variedades de elegantes pescados y mariscos–. Te apuesto…
–Levanta un dedo como si estuviera probando el aire–. Te
apuesto que es una intoxicación por ciguatera.

–No tengo ni idea de qué es eso.

Respira hondo, como si estuviera disfrutando el esplendor del momento y no pudiera advertir que lo que está sucediendo en el baño ha comenzado a invadir el pasillo.

–Nunca estuve tan orgulloso de ser el eterno enemigo de
los bufés.

–Creo que lo que quieres decir es "Gracias por asegurarte de que tuviera un plato de pollo, Olive".

–Gracias por asegurarte de que tuviera un plato de pollo,
Olive.

No estar vomitando es un alivio, pero la situación me
horroriza. Era el día soñado de Ami. Pasó los últimos seis
meses preparando este momento y esta es la versión de bodas de una película de zombis.

Entonces hago lo único que se me ocurre: voy hacia ella,
me inclino, enrosco su brazo en mi nuca y la ayudo a incorporarse. No hay necesidad de que todos vean a la novia en
este estado: cubierta de vómito (suyo y de Dane) y tomán-
dose el estómago como si fuera a perderlo.

Más que caminando estamos tambaleándonos (en realidad, la estoy arrastrando); cuando estamos llegando a la
puerta, siento cómo la parte de atrás de mi vestido se des-
garra por completo.

Aunque me cueste admitirlo, Ethan tenía razón: la culpa de que la boda estuviera arruinada la tiene algo llamado ciguatera, una indigestión que ocurre cuando se come pescado contaminado con ciertas toxinas. Parece que no se puede condenar al servicio de catering porque no tiene relación con la preparación de la comida (no puedes quitarle las toxinas a un pescado intoxicado aunque lo cocines hasta carbonizarlo). Salgo del navegador cuando leo que los síntomas pueden durar semanas o meses. Esto es una catástrofe.

Por razones obvias, cancelamos la *tornaboda* (un enorme festejo que íbamos a hacer durante la madrugada en la casa de la tía Sylvia). Ya imagino que mañana pasaré el día envolviendo y congelando la impresionante cantidad de comida que cocinamos durante los últimos tres días; no hay forma de que alguien vuelva a ingerir algo sólido por mucho tiempo. Algunos invitados tienen que ser trasladados al hospital, pero la mayoría solo se retira a sus hogares o habitaciones de hotel para sufrir en soledad. Dane está en su suite; mamá en la de al lado, doblada en el retrete, y papá fue desterrado a uno de los baños de la recepción. Desde allí me mandó un mensaje para que recordara darle una buena propina a la persona que se ocupa de mantener la limpieza de los baños.

La habitación de la novia se ha convertido en una unidad de primeros auxilios. Diego está en el suelo de la sala de estar, aferrándose a un cesto de basura. En el otro extremo del ambiente, Natalia y Jules tienen una cubeta cada una (cortesía del hotel) y están en posición fetal sobre el sofá. Ami lanza lloriqueos agudos mientras se retuerce para

librarse de su vestido. La ayudo y decido que está bien que se quede unos minutos en ropa interior. Al menos pudo salir del baño. Seré honesta, los ruidos que escuché mientras estaba allí no eran dignos de una noche de bodas.

Camino alrededor del dormitorio prestando mucha atención a dónde piso; cambio paños húmedos de las frentes, masajeo espaldas, vacío cubetas y le agradezco al universo por mi alergia a los mariscos y mi tolerancia al asco.

Salgo del baño con guantes de goma colgando del hombro y escucho que mi hermana ruge como un zombi desde dentro de una cubeta:

–Tienes que usar mi viaje.

–¿Qué viaje?

–La luna de miel.

La propuesta es tan desubicada que la ignoro y le pongo un cojín bajo la cabeza. Luego de un par de minutos, vuelve a hablar:

–Ve, Olive.

–De ninguna manera, Ami.

Su luna de miel es una estadía de diez días en Maui con todo incluido. La ganó llenando más de mil formularios. Lo sé porque la ayudé a poner las estampillas a la mitad de ellos.

–No es reembolsable. Tendríamos que salir mañana y… –Una arcada la obliga a hacer una pausa–. No podremos.

–Los llamaré. Lo van a solucionar, estoy segura, vamos.

Sacude la cabeza y escupe hacia arriba el agua que acabo de hacerle tomar en sorbos. Tiene la voz ronca, como si estuviera poseída por un demonio.

—No lo solucionarán. —Mi pobre hermana se transformó en una criatura del pantano. Nunca había visto a alguien de este tono de gris—. No les importan las enfermedades o los accidentes, lo dice el contrato. —Vuelve a caer al suelo y mira hacia el techo.

—¿Por qué estás pensando en esto ahora? —pregunto, aunque sé la respuesta. Adoro a mi hermana, pero ni siquiera una enfermedad así de violenta le impedirá reclamar un premio ganado en buena ley.

—Puedes usar mis documentos para registrarte —dice—. Solo tienes que fingir ser yo.

—Ami Torres, ¡eso es ilegal!

Gira la cabeza para mirarme, tiene los ojos tan vacíos que es cómico; tengo que contener una risa.

—Ahora no es prioridad —digo.

—Sí que lo es. —Batalla para sentarse—. Voy a estar muy estresada si no lo haces.

La miro fijo y la contradicción hace que mis palabras salgan firmes pero enredadas.

—No quiero dejarte. Ni que me arresten por fraude. —Puedo darme cuenta de que no va a dejar de insistir. Finalmente, me rindo—. Bien. Déjame llamar y ver qué puedo hacer.

Veinte minutos después, me doy cuenta de que tiene razón: al servicio al cliente de Aline Turismo no podría importarle menos los intestinos y el esófago de mi hermana. Según internet y un médico contratado por el hotel, que está visitando a todos los invitados, Ami tardará unas semanas en recuperarse.

La reserva desaparecerá si ella y su acompañante designado no la toman en los días correspondientes.

–Lo siento, Ami. Esto es monumentalmente injusto –digo.

–Mira –comienza, pero la interrumpen algunas arcadas– considera este el momento en el que tu suerte cambia.

–Doscientas personas comenzaron a vomitar mientras Olive daba su discurso –nos recuerda Diego desde el suelo.

Ami logra incorporarse y se apoya en el sillón.

–Lo digo en serio. Tienes que ir, Ollie. *Tú* no te enfermaste. Tienes que celebrarlo.

Dentro de mí, un pequeño rayo de sol asoma entre una nube, pero vuelve a desaparecer.

–Preferiría que el cambio de suerte no fuera a expensas de nadie –le digo.

–Desafortunadamente –discute Ami– no puedes elegir las circunstancias. Así funciona la suerte: sucede cuando y donde sucede.

Le doy otra taza de agua, una muda de ropa limpia y me acurruco a su lado.

–Lo pensaré –concedo.

Aunque, en verdad, cuando la veo así (verde, sudada, indefensa) sé que no solo jamás tomaría sus vacaciones soñadas, sino que nunca me alejaría de su lado.

Apenas salgo al pasillo recuerdo que mi vestido tiene un enorme tajo en la espalda. Tengo el trasero afuera, literal.

Lo positivo es que ahora sí está lo suficientemente holgado en la parte de adelante como para cubrir mis senos. Vuelvo a la habitación, deslizo mi tarjeta por la cerradura, pero se prende una luz roja.

Vuelvo a intentar y escucho la voz de Satán detrás de mí.

—Tienes que... —Suspira con impaciencia—. No, déjame mostrarte.

Lo último que quiero en este momento es que Ethan alardee e intente explicarme cómo abrir una puerta de hotel.

Me quita la tarjeta y la apoya contra el círculo negro de la cerradura. Lo miro incrédula, escucho cómo la puerta se destraba. Comienzo a agradecerle sarcásticamente, pero él está muy ocupado con la vista de mi faja modeladora.

—Tu vestido está roto —dice para ayudar.

—Tienes espinaca en el diente.

Es mentira, pero lo distrae y me permite entrar en la habitación y cerrarle la puerta en la cara.

Por desgracia, golpea.

—Un segundo, tengo que vestirme.

—¿Por qué vas a empezar a usar ropa justo ahora? —La puerta amortigua el volumen de su pregunta.

Consciente de que no hay nadie en la habitación a quien le importe verme desnuda, revoleo mi vestido y faja en el sillón, tomo la ropa interior y vaqueros de mi bolso y salto dentro de ellos. Mientras termino de ponerme la camiseta, abro solo un poco la puerta para que no pueda ver a Ami hecha una bolita en su ropa interior de encaje.

—¿Qué quieres?

—Necesito hablar rápido con Ami —dice con el ceño fruncido.

—¿De verdad?

—De verdad.

—Tendrá que ser conmigo, mi hermana está apenas consciente.

—¿Entonces por qué no estás con ella?

—Para que lo sepas, estaba yendo a buscarle Gatorade —respondo—. ¿Por qué no estás tú con Dane?

—Porque hace dos horas que no sale del baño y necesito la información de la luna de miel. Dane me pidió que me fijara si logro reprogramarla.

—Es imposible —informo—. Ya llamé.

—Está bien —exhala largo y lento mientras se peina el pelo, injustamente grueso y brillante—. De ser así, voy a decirle que iré yo.

—Guau, ¡qué generoso! —le ladro.

—¿Qué? Él me lo ofreció.

—Desafortunadamente, el acompañante designado es Dane, no tú —dije enderezando mi postura al máximo.

—Solo le pidieron el apellido, y casualmente es el mismo que el mío.

Maldita sea.

—Bueno… Ami también me lo ofreció a mí. —No es que esté planeando tomar el viaje, pero no permitiré que él lo haga.

Parpadea hacia un lado y luego directamente hacia mí. Ya he visto a Ethan Thomas usar esa sonrisa despareja y esas

pestañas para endulzar los oídos de la tía María y conseguir que le cocine tamales. Sé que puede ser encantador si se lo propone. Claramente, ahora *no* es el caso, porque agrega sin entusiasmo:

—Olive, tengo algunos días de vacaciones para tomarme y creo que las necesito.

Siento el fuego subir. ¿Por qué *él* cree que lo merece? ¿Tiene setenta y cuatro ítems en su lista de tareas escrita en papel decorado? No, no tiene. Y ahora que lo pienso, su *discurso* fue tibio. Apuesto a que lo escribió en la habitación del novio mientras tomaba el fondo de una lata de cerveza.

—Bueno —respondo—, yo estoy desempleada contra mi voluntad, así que creo que necesito estas vacaciones más que tú.

—Eso no tiene sentido. —Frunce todavía más el ceño y hace una pausa—. Espera. ¿Te despidieron de Bukkake?

—Es *Butake*, idiota. Y no es de tu incumbencia, pero sí. Me despidieron hace dos meses. Seguramente te alegrará saberlo. —Ahora soy yo la que frunce el ceño.

—Un poco.

—Eres Voldemort.

—Supongo que podríamos ir los dos. —Se encoge de hombros y estira la mano para rascarse el mentón.

Entrecierro los ojos y espero que no note que estoy analizando su frase, aunque eso sea exactamente lo que estoy haciendo. Me pareció haber escuchado que sugirió que fuéramos…

—¿A la luna de miel? —pegunto incrédula. Él asiente—. *¿Juntos?* —Vuelve a asentir—. ¿Estás drogado?

–No en este momento.

–Ethan, apenas podemos soportar estar sentados uno al lado del otro durante lo que dura una comida.

–Por lo que escuché –dice– ganaron la suite nupcial. Va a ser enorme. Ni siquiera tendremos que vernos. Está todo incluido: tirolesa, esnórquel, caminatas, surf. Vamos. Podremos estar cerca sin cometer un crimen violento.

Desde adentro de la habitación, Ami ruge en un tono grave.

–Veteeee, Olive.

Giro hacia ella.

–Pero… es *Ethan*.

–Mierda –tartamudea Diego–, si puedo llevar conmigo esta cubeta de basura, voy *yo*.

–Ethan no es tan malo. –Con mi visión periférica puedo ver a Ami levantar un brazo verdoso y moverlo con flacidez.

¿No es tan malo? Vuelvo a mirarlo y lo evalúo. Demasiado alto, demasiado en forma, demasiado hegemónicamente bello. Pero nada amigable, nada confiable, nada divertido. Su sonrisa parece inocente… aunque sé que solo lo es en el exterior: un atisbo de dientes, un hoyuelo, pero sus ojos son un agujero negro.

Luego pienso en Maui: surf, piñas, cócteles y sol. Oh, hace cuánto no veo el sol. Miro hacia la ventana, el cielo está gris y no tengo que salir para saber el frío que hace. Sé que el camión amarillo está patrullando las calles para correr la nieve. Sé que estos días son tan gélidos que se me podría congelar el pelo si salgo del apartamento sin secarlo

perfectamente. Sé que, si abril llega sin un calor consistente, estaré deprimida y encorvada como un Skeksis.

–Vengas o no, me voy a Maui –declara, interrumpiendo mi viaje en espiral por las tuberías de la mente; se inclina y agrega–: y lo pasaré sensacional.

Veo sobre el hombro a Ami alentándome (como puede) y algo me pesa en el pecho de solo imaginarme aquí, rodeada de nieve, olor a vómito, con el paisaje del desempleo en el horizonte mientras Ethan yace al costado de una piscina con un trago en la mano.

–Bien –accedo, y le apoyo un dedo sobre el pecho en señal de advertencia–. Tomaré el lugar de Ami, pero estaremos cada uno por su lado.

–No lo haría si fuera de otro modo –responde.

CAPÍTULO CUATRO

Resulta que estoy dispuesta a tomar el lugar de mi hermana enferma en su luna de miel soñada, pero mi límite es estafar a la aerolínea. Como estoy en quiebra, encontrar un vuelo accesible desde la gélida tundra a Maui en pleno enero requiere algo de creatividad. Ethan no es de ayuda, seguramente porque es de esos treintañeros maduros que sí tienen una caja de ahorros y no tienen que hurgar en el cenicero del auto para dar con alguna moneda perdida. Debe sentirse bien vivir así.

Nos ponemos de acuerdo en que tenemos que viajar *juntos*. Por mucho que quiera deshacerme de él, la agencia de turismo dejó muy en claro que si descubren algún incumplimiento de los términos y condiciones nos cobrarán por el total del paquete. No sé si es el olor a vómito o la idea de pasar tanto tiempo cerca de mí, pero Ethan se aleja por el pasillo y murmura:

—Avísame cuánto tengo que pagarte.

Desaparece antes de que pueda decirle que el monto será menos de lo que se imagina.

Por suerte mi hermana fue una gran maestra y pude conseguir dos boletos a Hawái tan baratos que casi son gratis. Un avión es un avión y *llegar* a Maui es lo que realmente importa, ¿no?

Todo va a estar bien.

Puede que AhorraJet no sea la aerolínea más lujosa, pero no es tan mala como para justificar los comentarios por lo bajo y las miradas de odio que me lanza el hombre sentado a mi lado.

—Puedo escucharte, ¿sabes?

Ethan se queda en silencio y pasa una hoja de su revista. Entrecierra los ojos y sé exactamente lo que está pensando: *No puedo creer que dejé que te ocuparas de esto.*

No estoy segura de haber visto antes a alguien dar vuelta las hojas de *El mundo del tejido* con tanto ímpetu. Fue un lindo detalle que tuvieran material de lectura en la puerta de embarque como si fuera el consultorio de un ginecólogo; lo desconcertante fue que la revista más nueva fuera de 2007.

Reprimo la irrefrenable necesidad de tirarle una oreja.

Tendremos que fingir ser recién casados durante todo el viaje, no estaría mal empezar ahora.

—Terminemos con esta chiquilinada —digo firme—. Si tenías una opinión tan formada sobre el vuelo, te hubieras ocupado tú.

—Si hubiera sabido que ibas a comprar pasajes en una patata con alas, me hubiese ocupado yo. —Mira hacia arriba con un gesto de pánico—. Ni siquiera sabía que existía esta parte del aeropuerto

Pongo los ojos en blanco y veo que la mujer sentada frente a nosotros nos mira y escucha nuestra conversación. Bajo la voz y le digo con una sonrisa falsa:

—Si hubiera sabido que serías tan quisquilloso, te hubiese dicho que no me fastidiaras y te ocuparas de tu maldito pasaje.

—¿Quisquilloso? —Ethan señala el avión que hay al otro lado de la ventana—. ¿Viste esa chatarra? No me asombraría que nos pidieran dinero para el combustible.

Le quito la revista y ojeo un artículo titulado "¡Camisetas y pulóveres de lana liviana para el verano!".

—Nadie te obliga a ir gratis a Maui en este viaje soñado —concluyo—. Y, para tu información, no todos podemos costear pasajes más caros. Te avisé que mi presupuesto era pequeño.

—Obviamente no me imaginé que fuera tan pequeño. De haber sabido, me hubiera hecho cargo del gasto —resopla.

—¿Aceptar dinero del fondo para acompañantes sexuales? —Con una mano en el pecho, finjo ofensa—: No me atrevería.

Ethan vuelve a tomar la revista.

—Mira, Olivia, solo estoy aquí sentado leyendo. Si quieres pelear, vé allí y pídeles a los representantes de la aerolínea que nos muevan a primera clase.

Quiero preguntarle cómo puede ser que esté yendo a Maui y *sea más desagradable que nunca*, pero siento el teléfono vibrar en mi bolsillo. Es probable que sea: A) Ami para actualizar el estado del vómito, B) Ami para recordarme algo de lo que me he olvidado y, de todos modos, no tengo tiempo para solucionar, C) alguno de mis primos para contarme un chisme, o D) mamá para pedirme que le pregunte algo a papá o le diga algo a papá o *llame* a papá de algún modo. Por más espantosas que suenen todas esas opciones, prefiero escuchar a cualquiera de ellos antes que tener que conversar con Ethan Thomas.

Tomo mi teléfono y me paro mientras le pido:

—Avísame si embarcamos.

Obtengo un gruñido desinteresado como única respuesta.

El teléfono vuelve a sonar, pero no es mi hermana sino un número desconocido con código de área de Twin Cities.

—¿Hola?

—Busco a Olive Torres.

—Ella habla.

—Mi nombre es Kasey High, soy la encargada de recursos humanos en Hamilton Biotecnología. ¿Cómo estás?

Mi corazón galopa mientras repaso mentalmente la docena de entrevistas que tuve durante los últimos dos meses. Todas fueron para puestos de coordinación en medicina

científica (el nombre elegante para los científicos que se reúnen con médicos para hablarles sobre los medicamentos en términos más técnicos que los que puede manejar el equipo de ventas), pero Hamilton estaba primero en mi lista porque la compañía se especializa en vacunas para la gripe. Tengo experiencia en virología y no tener que incorporar los conocimientos de un campo completamente nuevo en pocas semanas me pareció ideal.

Aunque, para ser honesta, a estas alturas estoy dispuesta a pedir trabajo en Hooters si con eso consigo pagar la renta.

Con el teléfono contra el oído camino hacia una zona más silenciosa e intento no sonar tan desesperada como me siento. Luego de mi experiencia con el vestido de dama de honor, soy mucho más realista respecto de cómo podría quedarme el naranja del micro short de Hooters o los pantis brillantes que completan el uniforme.

–Todo bien –respondo–. Gracias por preguntar.

–Me comunico contigo porque, luego de evaluar a todos los candidatos, el señor Hamilton quisiera ofrecerte el puesto de coordinadora de medicina científica. ¿Sigues interesada?

Giro sobre mis talones y miro hacia donde está Ethan para ver si la dosis de felicidad de las palabras que acabo de escuchar es suficiente para contagiarlo. Pero él sigue descargando su fastidio sobre la revista de tejido.

–¡Oh, por Dios! –exclamo mientras sacudo una mano sobre mi cara como para darme aire–. ¡Sí, definitivamente!

¡Un sueldo! ¡Estabilidad financiera! Poder dormir sin el miedo de la inminente indigencia.

–¿Cuándo podrías comenzar? Aquí tengo una nota del señor Hamilton que dice 'Cuanto antes, mejor'.

–¿Comenzar? –dudo mientras contemplo a los viajeros de clase turista que llevan puestos collares con flores de plástico y camisas con estampados hawaianos–. ¡Pronto! Ahora. Pero no ahora *ahora*. Dentro de una semana. Diez días en realidad. Puedo empezar en diez días porque... –Suena un anuncio y veo a Ethan levantarse de su asiento. Todavía molesto, me señala la fila de gente que empieza a formarse. Mi cerebro colapsa de tanto caos y alegría–. Tuve un problema familiar... Y también tengo que ocuparme de un familiar enfermo... Y...

–Está bien, Olive –pone fin a mi agonía con piedad y calma–. Acaban de pasar las fiestas y todo sigue un poco revuelto. Pondré el lunes 21 de enero como fecha tentativa de incorporación. ¿Te parece bien?

–Me parece perfecto –respiro, creo que es la primera vez desde que respondí el teléfono.

–Maravilloso –dice Kasey–. Pronto recibirás un correo con la propuesta formal y algunos papeles para completar. Necesitamos que los firmes lo más rápido posible si decides avanzar. Es suficiente con un escaneo o una firma digital. Bienvenida a Hamilton Biotecnología. Felicitaciones, Olive.

Vuelvo hacia Ethan aturdida.

–Al fin –dice, con su equipaje de cabina en una mano y el mío en la otra–. Estamos en el último grupo para embarcar. Creí que iba a... –se detiene y entrecierra los ojos mientras analiza mi rostro–. ¿Estás bien? Pareces... contenta.

La llamada que acabo de tener se reproduce en mi mente una y otra vez. Quiero revisar mi registro de llamadas y discar al último número para asegurarme de que Kasey no se haya confundido de Olive Torres. ¿Me salvé de una intoxicación en masa, gané unas vacaciones gratis y conseguí trabajo en el transcurso de veinticuatro horas? Yo no tengo esta suerte. *¿Qué está sucediendo?*

Ethan chasquea los dedos frente a mis ojos y me sobresalto.

—¿Todo bien? ¿Cambiaste de planes? —Me mira con cara de desconcierto, creo que desea tener cerca una rama para pincharme.

—Conseguí trabajo.

Ethan se toma un momento para procesar mis palabras.

—¿Justo *ahora*?

—Tuve la entrevista hace algunas semanas. Comenzaré luego del viaje.

Esperaba que se decepcionara, pero, por el contrario, levanta las cejas y dice con calma mientras me guía hacia la fila para embarcar:

—Eso es excelente, Olive. Felicitaciones.

Me sorprende que no haya preguntado si es un puesto de mantenimiento o que no me haya deseado suerte en mi nuevo trabajo como vendedora de heroína pediátrica. No esperaba *sinceridad*. Nunca estoy en el grupo de los que reciben su encanto, ni siquiera la versión diluida de recién; estoy tan familiarizada con el Ethan sincero como lo estoy con un oso hambriento.

—Eh, gracias.

Rápidamente le escribo a Diego, a Ami y a mis padres (por separado, claro) para contarles la buena noticia; pára cuando termino, estamos en el umbral del pasillo hacia el avión con los pasajes en la mano. La alegría me invade: sin el estrés del desempleo, puedo verdaderamente *dejar* Twin Cities por diez días. Puedo tomarme unas auténticas vacaciones en una isla tropical.

Sí, con mi enemigo, pero, incluso así, lo elijo.

El corredor hacia el avión es un puente raquítico que nos lleva de la miniterminal a nuestro avión todavía más mini. La fila avanza lento porque los pasajeros intentan forzar sus enormes equipajes en los diminutos compartimentos. Si estuviera con Ami, le haría un comentario sobre por qué la gente se resiste a llevar maletas del tamaño indicado así todos despegamos y aterrizamos en horario. Pero Ethan logró pasar cinco minutos sin quejarse, no voy a darle el gusto.

Llegamos a nuestros asientos; el avión es tan angosto que solo hay cuatro lugares por fila, dos a cada lado del pasillo. En realidad, están tan cerca que bien podría ser un gran sofá dividido por un apoyabrazos enclenque. Ethan está adherido a mi brazo. Tengo que pedirle que mueva el peso del cuerpo hacia la otra nalga para poder abrocharme el cinturón. Luego del desconcierto por el grave sonido del metal trabándose, se endereza y nos damos cuenta al mismo

tiempo de que nuestros cuerpos se están tocando desde los hombros hasta los muslos, solo separados en la cintura por un apoyabrazos durísimo e inamovible.

Mira sobre las cabezas de los pasajeros.

–No confío en este avión –mira hacia atrás en el pasillo–, ni en su tripulación. ¿Yo vi mal o el piloto estaba usando un paracaídas?

Ethan siempre es tan relajado, calmo y centrado que molesta; pero ahora que le presto atención puedo notar que sus hombros están tensos y su rostro pálido. Creo que está sudando. Cuando me doy cuenta de que *tiene miedo* su actitud en el aeropuerto cobra un nuevo sentido.

Lo veo tomar una moneda del bolsillo y acariciarla con el pulgar.

–¿Qué es eso?

–Una moneda.

–¿Acaso es una moneda de la suerte? –Saboreo el momento.

Me ignora con un gesto amenazante y vuelve a guardarla en su pantalón.

–Siempre pensé que tenía mala suerte –le cuento en un rapto de bondad–, pero mira: no comí mariscos por mi alergia, estoy yendo a Maui y conseguí trabajo. Sería muy cómico –me río y giro hacia su lado– que la primera racha de buena suerte en toda mi vida terminara con un accidente aéreo.

A juzgar por su expresión, no le parece para nada gracioso. Cuando una mujer de la tripulación pasa por nuestro lado, Ethan cruza el brazo por encima de mí y la para en seco.

–Disculpe, ¿podría decirme cuántos kilómetros tiene este avión?

–Los aviones no tienen kilómetros, tienen horas de vuelo –sonríe la tripulante de cabina.

–Okey, entonces, ¿cuántas horas de vuelo tiene este avión? –Lo veo tragar con impaciencia.

La mujer gira la cabeza en señal de confusión ante la pregunta.

–Tendría que consultarle al capitán, señor.

Ethan se inclina sobre mí para acercarse, me hundo en el asiento y no puedo evitar captar el delicioso olor de su jabón.

–¿Y qué pensamos del capitán? ¿Es competente? ¿Confiable? –Ethan guiña un ojo y me doy cuenta de que su ansiedad no disminuyó, pero la está canalizando a través del coqueteo–. ¿Durmió bien?

–El capitán Blake es un gran piloto.

Miro a uno, luego al otro, y hago un gesto dramático con la alianza de bodas que me prestó mi tía Sylvia. Ninguno lo nota.

–Claro –dice Ethan–. Quiero decir… no es del tipo que estrellaría un avión, ¿verdad? –Le sonríe y, guau, creo que podría pedirle los datos de su tarjeta de crédito, su grupo sanguíneo o que gestara a sus hijos y ella diría que sí complacida.

–Solo una vez –le responde divertida y ahora es ella quien guiña el ojo antes de seguir su camino.

♥

Durante la siguiente hora Ethan apenas se mueve, no habla y se comporta como si respirar hondo fuera a desestabilizar el avión y hacerlo caer en picada. Tomo mi iPad y en el proceso recuerdo que no tenemos wifi. Abro un libro, deseando dispersarme con algo de diversión paranormal, pero no puedo concentrarme.

–Un vuelo de ocho horas sin película –me quejo por lo bajo mientras miro el respaldo sin pantalla de la butaca delante de mí.

–Quizá creen que pronto tu vida pasará frente a tus ojos y eso será suficiente distracción.

–¡Está vivo! –Me doy vuelta para mirarlo–. ¿Hablar no interferirá con la presión barométrica de la cabina?

–No lo descarto. –Vuelve a tomar su moneda de la suerte del bolsillo.

Nunca pasé tanto tiempo con Ethan, pero construí una idea bastante precisa de él por las historias que escuché de Dane y Ami. Temerario, cazador de aventuras, ambicioso, despiadado… Este, que se aferra del apoyabrazos como si su vida dependiera de ello… no es esa persona.

Respira profundo, afloja los hombros y hace una mueca. Si yo que mido un metro sesenta estoy algo incómoda, no puedo imaginar lo que será para Ethan, cuyas piernas nada más deben medir tres metros. Hablar parece haber roto la maldición de inmovilidad: ahora sus rodillas rebotan con nerviosismo y golpea los dedos contra la mesa rebatible hasta agotar la paciencia de la dulce anciana de la fila de adelante, que lo mira con odio. Le sonríe para disculparse.

—Cuéntame de tu moneda —le propongo y miro hacia su puño, que todavía aprieta el amuleto—. ¿Por qué crees que te da buena suerte?

Parece sopesar internamente el riesgo de interactuar y los beneficios de una distracción potencial.

—No es que quiera alentar la conversación —responde—. ¿Pero qué ves? —Abre la palma.

—Es de 1955 —noto.

—¿Qué más?

—Ah... ¿te refieres a las letras duplicadas? —descubro al mirar más cerca.

—Justo aquí, sobre la cabeza de Lincoln. —Se inclina y señala. Puedo asegurar que la frase "In God we trust" fue estampada dos veces.

—Nunca había visto una así —admito.

—Hay muy pocas. —Acaricia la superficie con el pulgar y vuelve a guardarla.

—¿Es muy valiosa?

—Cerca de mil dólares.

—¡Mierda! —exclamo.

Entramos en una turbulencia leve y los ojos de Ethan se desorbitan, mira hacia todos lados como si estuvieran a punto de caer las máscaras de oxígeno.

—¿Dónde la conseguiste? —intento distraerlo.

—Compré un plátano a la salida de una entrevista laboral y me la dieron como vuelto.

—¿Y?

—Conseguí el empleo y, cuando quise comprar un dulce,

la máquina expendedora la rechazó porque pensó que era falsa. La llevo conmigo desde entonces.

–¿No te preocupa perderla?

–Esa es la clave de la suerte, ¿no? –responde con los dientes apretados–. Tienes que confiar en que nunca te abandonará.

–¿Y *ahora* se te fue la confianza?

Intenta relajarse sacudiendo la cabeza. Si estoy leyendo bien sus gestos, se arrepiente de haberme hablado. Pero la turbulencia se intensifica y su metro noventa vuelve a la rigidez total.

–¿Sabes? –comento–, nunca me hubiera imaginado que te daba miedo volar.

–No me da miedo –inhala profundo varias veces.

No hace falta que refute su declaración. La fuerza que tengo que hacer para correrle la mano de mi lado del apoyabrazos es prueba suficiente.

–Tampoco me encanta –agrega.

Pienso en los fines de semana que pasé acompañando a Ami porque Dane estaba con su hermano y la cantidad de discusiones que eso generó entre ellos.

–¿No deberías ser como Bear Grylls?

–¿Quién? –Me mira con desconcierto.

–¿Y el viaje a Nueva Zelanda? ¿El canotaje por el río? ¿Los viajes de hermanos para tentar a la muerte? ¿El surf en Nicaragua? Vuelas por diversión todo el tiempo.

Descansa la cabeza contra el asiento y vuelve a cerrar los ojos para ignorarme.

Mientras las ruedas chirriantes del carrito de bebidas

avanzan por el pasillo, Ethan vuelve a invadir mi espacio y llama a la tripulante.

–¿Puedo pedirte whisky con soda? –Me mira y corrige su pedido–. Mejor dos.

–No me gusta el whisky.

–*Ya lo sé.* –Guiña un ojo.

–Lo siento, pero no tenemos whisky.

–¿Un gin tonic?

La azafata hace una mueca, Ethan baja los hombros, desilusionado.

–¿Cerveza?

–Eso sí tengo. –Abre un cajón y le pasa dos latas de cerveza barata–. Son veintidós dólares.

–¿Veintidós dólares *estadounidenses*? –Toma las cervezas para devolvérselas.

–También tenemos refrescos, que son gratis –dice–. Pero si quieres hielo, cuesta dos dólares.

–Espera –intervengo mientras busco mi bolso.

–No pagarás mi cerveza, Olive.

–Tienes razón, no lo haré. –Tomo dos cupones y se los alcanzo a la mujer–. Pero sí Ami.

–Como no podía ser de otro modo.

La tripulante de cabina continúa su recorrido.

–Más respeto –digo– que la obsesión de mi hermana por conseguir cosas gratis es lo que nos trajo hasta aquí.

–Y llevó a doscientos de nuestros familiares y amigos a la sala de emergencias.

Siento un impulso protector hacia Ami:

—La policía ya dijo que no tenía la culpa.

—Y el noticiero de las seis. —Abre la cerveza, que hace un ruido muy satisfactorio.

Amago a responder, pero me distraigo por el modo en que su nuez de Adán se mueve cuanto toma. Y toma. Y toma.

—Bueno.

—No sé qué me sorprende —sigue—, si estaba condenado al fracaso de cualquier manera.

El impulso se convierte en llamarada:

—Hola, Ethan, estás hablando de tu hermano y tu cu...

—Cálmate, Olive. No me refiero *a ellos*. —Toma otro trago y lo miro fijo—. Me refiero a las bodas en general. —Se estremece y pronuncia la palabra siguiente con repulsión—. *Al romance*.

Ah, es de esos.

Admito que mis padres no fueron el mejor modelo de romance, pero el tío Omar y la tía Sylvia estuvieron casados cuarenta y cinco años; el tío Hugo y la tía María, casi treinta. A mi alrededor hay varios ejemplos de relaciones felices y duraderas, así que sé que existen... aunque puede que no sean para mí. Me gusta pensar que Ami no empezó algo que está condenado a fracasar, que realmente puede ser feliz con Dane.

Ethan toma la mitad de la primera cerveza de un solo trago mientras yo intento unir las piezas de lo que sé de él. Tiene treinta y cuatro años, dos más que nosotras y que Dane. Trabaja de... algo de matemáticas, lo que explica que

sea tan irrefrenablemente gracioso. Lleva siempre consigo al menos un tipo de desinfectante y no come en bufés. Creo que estaba soltero cuando nos conocimos, pero al poco tiempo comenzó una relación que al menos parecía formal. Creo que su pareja no le caía muy bien a su hermano porque recuerdo una ocasión en la que Dane despotricaba contra ella y deseaba que no se comprometieran.

Oh, por Dios, ¿estoy yéndome a Maui con el prometido de otra mujer?

—No estás saliendo con nadie ahora mismo, ¿no? —pregunto—. ¿Cuál era su nombre...? Sierra, Simba... ¿algo así?

—¿Simba? —Casi se ríe. Casi.

—Me encanta que te sorprenda que alguien no lleve el minuto a minuto de tu vida amorosa.

—No me iría en una falsa luna de miel contigo si estuviera con alguien. —Hace un gesto que le arruga la frente. Se hunde en su asiento y vuelve a cerrar los ojos—. Basta de hablar. Tenías razón, hace que el avión se mueva.

Con collares de flores y el aire del mar adhiriendo la ropa a nuestros cuerpos, nos subimos a un taxi justo en la salida del aeropuerto. Paso la mayor parte del viaje con la cabeza contra la ventanilla tratando de absorber lo azul del cielo y los retazos de océano que puedo capturar entre los árboles mientras avanzamos. Ya puedo sentir cómo el cabello se me infla por la humedad, pero vale la pena. Maui es impresionante. Ethan

va a mi lado en silencio, contemplando la vista y escribiendo ocasionalmente algo en su teléfono. No quiero perturbar la calma, pero saco algunas fotos borrosas mientras seguimos por la autopista y se las envío a Ami. Responde con un emoji.

☹

Lo sé, lo siento.

No te disculpes.

Mamá no se separa de mi lado.

¿Quién es la verdadera ganadora?

Disfruta o te patearé el trasero cuando vuelvas.

Mi pobre hermana. Es verdad que preferiría estar con Ami o... con cualquier persona en realidad, pero aquí estamos y estoy determinada a sacarle provecho. Tengo diez hermosos y soleados días por delante.

Cuando el taxi aminora la marcha y toma la última curva, el hotel aparece, imponente, frente a nuestros ojos. El edificio es colosal: una estructura compuesta por varias torres, vidrio, balcones y plantas decorativas en cada rincón. La orilla del mar está *justo ahí*, tan cerca que, si alguien tirara una piedra desde la planta más alta, probablemente podría pegarle a un surfista.

Tomamos un camino ancho con enormes higueras a ambos lados. Cientos de faroles colgados de las ramas más altas se menean con la brisa. Si es así de hermoso durante el día, no puedo imaginarme el paisaje con la puesta del sol.

Llega música desde unos parlantes escondidos entre la vegetación y, a mi lado, Ethan mira hacia delante, concentrado en el camino.

Finalmente nos detenemos y dos botones aparecen de la nada. Bajamos del auto impactados por lo que nos rodea y nuestras miradas se encuentran sobre el techo del taxi. Huele a plumería, y el sonido de las olas rompiendo en la playa ahoga el ruido de los motores en el estacionamiento. Estoy segura de que Ethan y yo alcanzamos nuestro primer y enfático consenso: *Mierda. Este lugar es increíble.*

Tan distraída estoy que tartamudeo cuando uno de los botones toma un puñado de etiquetas para equipaje y pregunta mi nombre.

–¿Mi nombre?

–Para la maleta.

–La maleta. Claro. Mi nombre. *Mi* nombre es… es una historia graciosa…

Ethan rodea el auto y me toma de la mano.

–Torres –dice–. Ami Torres-próximamente-Thomas, y yo soy su esposo. –Se inclina y me da un beso en la cabeza para dar más credibilidad–. Está confundida por el viaje.

Pasmada, lo veo mirar al botones mientras resiste la desesperación por limpiarse los labios con el puño.

–Perfecto –dice el botones mientras garabatea el nombre

en algunas etiquetas que luego pega en las manijas de nuestras maletas–. El registro se hace pasando esas puertas –sonríe y señala un amplio lobby–. Les llevaremos su equipaje a la habitación.

–Gracias. –Ethan pone algunos billetes en la palma de la mano del botones y me arrastra hacia el mostrador–. Convincente –reprocha cuando nadie puede escucharnos.

–Ethan, no sé mentir.

–¿En serio? No se notó para nada.

–No es mi fuerte, ¿sí? Los que no fuimos tocados por la Mano Negra consideramos que la honestidad es una virtud.

–Dame las dos identificaciones. La tuya y la de Ami. Para que no entregues la incorrecta por error. Yo me encargo de pagar el depósito de accidentes con mi tarjeta de crédito. Luego arreglamos.

Las ganas de pelear burbujean en mi pecho, pero tiene razón. Ahora, que ya ensayé y repasé en mi mente, estoy segura de que la próxima vez que alguien pregunte mi nombre gritaré como un robot: "ME LLAMO AMI". Es mejor que casi escupirle toda la historia a un botones, pero no mucho mejor.

–Guárdalas en la caja fuerte cuando tengamos la habitación –digo mientras abro mi bolso y tomo las identificaciones.

Las acomoda en la billetera junto a la de él.

–Déjame hablar a mí en la recepción. Por lo que me dijo Dane, son muy estrictos con las reglas del premio y de solo mirarte puedo notar que estás mintiendo.

Me aprieto la cara, frunzo el ceño y sonrío, todo al

mismo tiempo para tratar de borrar mi expresión; repito la secuencia varias veces. Ethan mira con horror.

–Compórtate, Olive. Cuando era más joven estoy seguro de que estuvo en mi lista de cosas por hacer antes de morir, pero esta noche no quiero dormir en la playa.

Mele Kalikimaka suena de fondo cuando entramos al hotel. El espíritu navideño persiste, aunque ya haya pasado Año Nuevo: un enorme árbol de Navidad se alza en la entrada a la recepción, sus ramas salpicadas de lucecitas centelleantes soportan el peso de cientos de adornos rojos y dorados; del techo cuelgan guirnaldas y más adornos que también se enroscan en las columnas, asientos, canastos, floreros y casi cualquier superficie disponible. El agua de una gran fuente golpea contra la piscina debajo y, en el aire húmedo, el aroma de la plumeria se mezcla con el del cloro.

Los empleados nos saludan de inmediato. Me duele el estómago y mi sonrisa es demasiado forzada. Una hermosa mujer con rasgos polinesios toma la identificación de Ami y la tarjeta de crédito de Ethan.

–Felicitaciones por haber ganado las raspaditas. –Sonríe mientras ingresa los nombres.

–¡Me encantan las raspaditas! –digo con tanto entusiasmo que me gano un codazo de Ethan. La recepcionista estudia con detenimiento la foto de Ami y lentamente vuelve a mirarme–. Engordé algunos kilos. –Me sonrojo.

Como no hay una buena respuesta para esa declaración, sonríe amablemente y continúa cargando información. No sé por qué siento que debo continuar hablando, pero lo hago.

—Me quedé sin empleo durante el otoño y desde entonces no paré de tener entrevistas. —Puedo oler el nerviosismo de Ethan a mi lado. Lo siento apoyar una mano en mi cintura, tomar mi camiseta y jalarla con tanta fuerza que me recuerda a un ave de presa intentando matar a un desafortunado ratoncito—. Suelo cocinar cuando estoy estresada, por eso me veo un poco diferente en esa foto. Esa foto en la que estoy yo. Pero sí conseguí empleo. Hoy, de hecho, ¿no es increíble? No me refiero a que sea imposible de creer. Ni la boda ni el empleo.

Cuando finalmente tengo que parar para tomar aire, Ethan y la mujer me miran fijo.

Sonríe incómoda y desliza hacia mí una carpeta con numerosos mapas e itinerarios de actividades:

—Tenemos para ustedes la suite nupcial.

Mi cerebro repasa el término *suite nupcial* y solo viene a mi mente la habitación que compartieron Lois y Clark Kent en *Superman II*: las telas rosadas, la bañadera con forma de corazón, la cama gigante.

—Todo está incluido en el paquete romántico —continúa— y pueden elegir entre numerosas actividades como cena a la luz de las velas en el Jardín Molokini, un masaje en pareja en el balcón del spa al atardecer, servicio a la habitación con pétalos de rosa y champagne…

Ethan y yo nos miramos fugazmente.

—En realidad preferimos el aire libre —interrumpo—. ¿Hay opciones más vigorosas y menos… desnudas?

Inserte aquí una pausa incómoda.

—Encontrarán un listado más detallado en la habitación. Mírenlo y reservamos lo que tengan ganas de hacer.

Le agradezco y miro a Ethan de reojo, me está mirando con ternura... lo que significa que está pensando en qué menú (sin bufé, claro) servirán en mi funeral luego de que me mate y esconda el cuerpo.

Desliza nuestras tarjetas para activarlas, se las entrega a Ethan y sonríe con amabilidad:

—Estarán en la última planta. Los elevadores están allí a la vuelta. Haré que les alcancen sus maletas de inmediato.

—Gracias —dice Ethan con naturalidad, sin escupir hasta el último detalle de su último año de vida. Sin embargo, me complace ver como vacila en su paso firme cuando la mujer nos saluda:

—Felicitaciones, señor y señora Thomas. Disfruten su luna de miel.

CAPÍTULO CINCO

La cerradura hace un pitido y la puerta doble se abre. Me quedo sin aliento. Nunca antes había estado hospedada en una suite, ni hablar de una así de lujosa. Brindo por la luna de miel soñada de Ami e intento no sentirme feliz porque ella haya tenido que quedarse sufriendo en St. Paul para que yo pueda estar aquí. Pero es difícil; esto realmente salió muy bien para mí.

Bueno, no tan bien. Miro a Ethan, que me hace un gesto para que entre. Frente a nosotros hay una sala de estar ridículamente grande con un sofá, un diván, dos sillas, una mesa de café sobre una alfombra blanca y peluda que sostiene un arreglo floral de orquídeas violeta, un control remoto tan complejo que probablemente maneja a una asistente biónica y una cubeta de hielo con una botella de champagne y dos copas con la inscripción "señor" y "señora" grabada en el cristal. Miro a Ethan lo suficiente para que nuestro aluvión de burlas eche raíces en la habitación.

A la izquierda de la sala de estar hay un pequeño rincón comedor con una mesa, un candelabro y un carrito de bebidas con todo tipo de vasos decorados con temática tiki. Trago mentalmente cuatro margaritas y me mareo de antemano por la inminente borrachera gratis que estoy a punto de disfrutar.

Pero al final se encuentra la verdadera joya de la habitación: una pared de puertas de vidrio que dan hacia un balcón con vista directa a la playa. Suspiro, las abro y salgo hacia la cálida brisa de enero. La temperatura (tan agradable, tan *lo contrario* a Minnesota) me da una repentina claridad: estoy en Maui, en una suite soñada, en un viaje con todo incluido. Nunca había estado en Hawái. Nunca había hecho nada soñado, punto. Empiezo a bailar de alegría justo cuando Ethan me saca de mi ensueño aclarándose la garganta y fastidiándose más fuerte que las olas.

Parece que estuviera pensando: *Estuve en lugares mejores.*

—Esta vista es *increíble* —digo casi en tono confrontativo.

—Tal como tu tendencia a hablar de más —dice, y pestañea lento.

—Ya te dije que no soy buena mintiendo. Me puse nerviosa cuando miró la identificación de Ami.

Junta las manos en una plegaria sarcástica. Molesta, me escapo del señor Aguafiestas y vuelvo al interior. Justo a la derecha de la entrada hay una pequeña cocina que no había

notado; luego hay un pasillo que lleva a un pequeño baño y al fastuoso dormitorio. Cuando entro noto que hay otro baño (gigante) con una bañadera lo suficientemente grande como para dos personas. Giro y encuentro la (inmensa) cama. Quiero zambullirme. Quiero quitarme la ropa y sentir la seda de…

El chirrido de una frenada suena en mi cerebro y me aturde.

Pero… *¿cómo?* ¿Cómo llegamos hasta aquí sin haber discutido la logística de las camas? ¿Pensábamos que la suite de luna de miel iba a tener dos dormitorios? Sin dudarlo, ambos moriremos en el monte *No Compartiré una Cama Contigo,* ¿pero cómo decidiremos a quién le toca qué? Obviamente, creo que la cama me corresponde a mí… Pero, conociendo a Ethan, debe creer que él se quedará en el dormitorio y yo, feliz de la vida, construiré una cueva de duende bajo la mesa del comedor.

Salgo justo cuando Ethan cierra las anchas puertas y nos deja encerrados en este momento incómodo de convivencia forzada. Nos damos vuelta al mismo tiempo para mirar el equipaje.

—Guau —digo.

—Sí —concuerda.

—Es muy lindo.

Ethan tose. En algún lugar, un reloj marca los segundos demasiado alto y empeora el silencio incómodo.

Tic.

Tic.

Tic.

—Lo es. —Se rasca la nuca. Se oyen las olas romper a lo lejos—. Y, obviamente, eres la mujer, te corresponde el dormitorio.

Parte de esa frase es lo que quería escuchar, y la otra parte es terrible. Tuerzo la cabeza y alzo las cejas:

—No me corresponde *porque soy mujer*. Me corresponde porque fue mi hermana quien la ganó.

—Bueno, si vamos a usar esos criterios, me corresponde a mí, porque Ami la ganó usando los puntos Hilton de Dane. —Se encoge de hombros con un gesto idiota.

—Pero ella organizó todo —discuto—. Si fuera por Dane, hubiesen pasado esta semana en un motel de ruta.

—Te das cuenta de que me estás peleando solo por pelear, ¿no? Ya te dije que podías quedártela.

—¿Lo que estás haciendo tú no es pelear? —señalo.

Suspira como si yo fuera la persona más insoportable del mundo.

—Quédate con la cama. Dormiré en el sofá. —Lo mira. Se ve lindo y cómodo, pero sigue siendo un sofá, y dormiremos aquí diez noches—. Estaré bien —agrega una pequeña dosis de martirio.

—Bueno, si te comportarás como si estuviera mandándote al calabozo, entonces no la quiero.

Exhala suave, se acerca hacia su maleta, la levanta y la lleva hacia el dormitorio.

—¡Espera! —exclamo—. Me arrepentí. Sí la quiero.

Ethan se detiene, pero no se da vuelta para mirarme.

–Solo estoy yendo a acomodar algunas cosas en el armario, así no dejo mi maleta en la sala de estar durante diez días. –Me lanza una mirada sobre el hombro–. Me imagino que no tendrás problema con eso, ¿no?

Tiene tan calculado el balance entre ser generoso y pasivo agresivo que no termino de entender qué tan idiota es y se vuelve imposible calcular las dosis correctas de sarcasmo.

–No –respondo, y agrego, magnánima–: Usa todo el espacio que necesites.

Lo escucho resoplar mientras desaparece de mi vista.

La peor parte es que nos llevamos mal. Pero la mejor parte es que ¡no tenemos por qué llevarnos bien! La esperanza me infla como a un globo de helio. Ethan y yo podremos orbitar al otro sin necesidad de interactuar y hacer lo que nos plazca en estas vacaciones individuales.

En mi caso, la probada del paraíso incluirá spa, tirolesa, buceo, y todas las aventuras que pueda encontrar. También las del tipo alcohólico. Si las vacaciones perfectas de Ethan incluyen ansiedad, quejas y resoplidos exasperados, que lo haga donde quiera, pero yo no tengo que soportarlo.

Abro mi casilla de correo electrónico y veo un mensaje sin leer de Hamilton. La oferta es… bueno, basta decir que no tengo que averiguar nada para saber que la aceptaré. Podrían haberme dicho que mi escritorio estaba en la boca de un volcán y, por este dinero, lo hubiese aceptado sin dudar.

Tomo mi iPad, firmo los documentos y los envío.

Casi temblando de entusiasmo, reviso la lista de actividades del hotel y decido que lo primero en la lista será una

exfoliación facial y corporal en el spa. Sola. Ethan no parece del tipo de personas que disfrutan la cosmetología, pero sería lo peor tener que soportarlo levantando una rebanada de pepino de mi párpado para mirarme mal mientras intento relajarme con una bata puesta.

—Ethan —lo llamo—, ¿qué piensas hacer hoy?

Me responde con silencio y puedo sentir el pánico que le genera que vaya a proponerle algo juntos.

—No te pregunto porque quiera tu compañía —agrego rápido.

Vuelve a dudar y, cuando finalmente responde, su voz suena débil, como si hubiera estado escondido:

—Gracias a Dios.

Entendido.

—Seguramente vaya al spa.

—Haz lo que quieras, pero no gastes todos los créditos de masajes.

—¿Cuántas veces crees que puedo querer que me masajeen en una tarde? —Frunzo el ceño, pero no puede verme.

—Prefiero no pensarlo.

Me aseguro de que el spa tenga duchas, tomo mi llave y dejo a Ethan para que siga desempacando malhumorado, pero en soledad.

♥

Un ínfimo atisbo de culpa aparece cuando me miman y consienten por casi tres horas usando el nombre de Ami.

Mi rostro es exfoliado, masajeado e hidratado. Me frotan arcilla por todo el cuerpo hasta que la piel termina enrojecida. Siento un hormigueo recorrerme cuando lo cubren con toallas tibias de eucaliptus.

Me prometo a mí misma guardar algo de cada sueldo para llevar a mi hermana a un lujoso spa en Minnesota cuando deje de sentirse como "un cadáver recién resucitado". Puede que no sea Maui, pero estoy determinada a devolverle todo lo que pueda de esta experiencia. Mi única ocupación esta semana es darles propinas a los empleados. Me siento una impostora. Estas actividades renovadoras y relajantes no son para mí. Yo soy la que termina con un hongo en los pies luego de atenderme con una pedicura en Twin Cities y con una quemadura por depilarme con cera la línea de bikini en un spa de Duluth.

Blanda como una medusa y embriagada de endorfinas, miro a Kelly, la masajista.

—Eso fue… increíble. Si me gano la lotería, me mudaré aquí y te pagaré para que hagas eso todos los días.

Deben decírselo a diario, pero se ríe como si fuera tremendamente ingeniosa.

—Me alegra que lo hayas disfrutado.

Disfrutar es poco decir. No solo fue soñado, sino que me mantuvo lejos de Ethan por tres horas.

Vuelvo al salón donde me invitan a quedarme tanto tiempo como desee. Me zambullo en el sillón de terciopelo rosa y tomo mi teléfono del bolsillo de la bata. Me sorprende encontrar mensajes de mi madre (*Dile a tu padre que*

nos alcance papel higiénico y *Gatorade*), mi hermana (*Dile a mamá que se vaya a su casaaa*), Diego (*¿Este es el castigo por burlarme de la tintura de Natalia? Me disculparía, pero he visto trapeadoras más hidratadas*), y Jules (*¿Te molesta que me quede en tu apartamento en tu ausencia? Esto es una plaga, puede que tenga que prender fuego mi casa*).

Demasiado relajada y adormecida para lidiar con ellos, tomo un ejemplar de *Us Weekly*. Pero ni los chismes de la farándula ni el último escándalo de *Bachelor* consiguen mantenerme despierta; siento cómo se cierran mis párpados con un agotamiento feliz.

—¿Señorita Torres?

—¿Sí? —murmuro atontada.

—¿Señorita Torres? ¿Es usted?

Abro los ojos de golpe y casi tiro el agua de pepino que me había apoyado sobre el pecho. Cuando me incorporo y alzo la vista, solo puedo ver un enorme bigote canoso.

Y, oh. Conozco ese bigote; conocí ese bigote en una entrevista muy importante. Recuerdo haber pensado: "Guau, ¡el doble de riesgo de Sam Elliott es el CEO de Hamilton! ¿Quién iba a decirlo?".

Miro mejor. Sí, el doble de riesgo de Sam Elliott (Charles Hamilton, mi nuevo jefe) está frente a mí en Maui.

Espera… ¿qué?

—Señor Hamilton, ¡hola!

—Me *parecía* que eras tú. —Cuando nos vimos por última vez estaba menos bronceado, el pelo canoso estaba más corto y definitivamente no estaba usando una bata blanca y ojotas.

Estira los brazos para abrazarme.

Ah. Bueno, parece que haremos esto. Me paro y él nota mi incomodidad (porque no suelo abrazar a mis jefes, sobre todo si solo están usando una bata) pero luego piensa que su cerebro está de vacaciones y, aunque tampoco suele abrazar a sus empleados, ya es tarde para retractarse y todo termina en un incómodo abrazo de costado para que nuestras batas no se choquen de frente.

—Qué pequeño es el mundo —dice cuando nos despegamos—. ¿Cargando las baterías antes de arrancar la aventura Hamilton? Me gusta tu actitud. No puedes ocuparte de los otros si no te ocupas de ti.

—Exacto. —Siento los litros de adrenalina correr por mis venas; pasar de Zen a Alerta Nuevo Jefe es desconcertante. Me ato más fuerte la bata—. Y quiero volver a agradecerle por la oportunidad. Estoy muy entusiasmada por sumarme al equipo.

—Apenas te conocí supe que eras la indicada para el puesto. Tu trabajo en Butake fue encomiable. Siempre pensé que Hamilton no sería nada sin sus trabajadores. Honestidad, integridad, fidelidad… esos son nuestros valores.

Asiento; el señor Hamilton me cae bien… su reputación en el campo de la biotecnología es impecable y es conocido por ser un CEO que se involucra en el trabajo cotidiano; pero no puedo ignorar que esa frase es la misma que me dijo cuando nos despedimos luego de la entrevista. Después de haberles mentido a más de veinte empleados del hotel, volver a escucharla se siente más amenazante que alentadora.

Se oye el ruido de pasos apresurados atravesando el salón y aparece Kelly, asustada.

—Señora Thomas.

Mi estómago da un giro.

—Oh, gracias a Dios sigue aquí. Olvidó su alianza de matrimonio en el gabinete. —Abre la mano y apoya la cinta de oro sobre la mía.

Contengo un grito de espanto mientras intento agradecerle.

—¿"Señora Thomas"? —repite Hamilton.

La masajista nos mira confundida.

—Quieres decir Torres —dice.

—No… —consulta en una carpeta y vuelve a mirarnos—. A menos que haya habido un error, ella es la señora Thomas.

Tengo dos opciones frente a mí:

1. Admitir que tomé el lugar de mi hermana en su luna de miel porque se enfermó y ahora estoy fingiendo estar casada con un hombre que se llama Ethan Thomas para robarnos este paquete turístico.

2. Poner cara de piedra y decirles que acabo de casarme y (qué tonta) todavía no me acostumbro a mi nuevo nombre.

En cualquier caso, soy una mentirosa. La opción uno conserva mi integridad, pero la opción dos no me evita decepcionar a mi nuevo jefe (especialmente considerando que la mitad de mi entrevista estuvo centrada en la importancia de construir un equipo de trabajo con "altos valores morales" formado por personas que "ponen la honestidad y la integridad por encima de todo lo demás"), y no terminaré durmiendo en la playa, hambrienta y desempleada, con

nada más que una enorme factura del spa y el hotel para cubrirme.

Obvio que sé que solo una de esas opciones es la correcta. Pero no es la que elijo.

—Ah, sí, acabo de casarme.

Oh por Dios, ¿por qué? ¿Por qué hace esto mi boca? Eso fue en verdad lo *peor* que podría haber dicho porque cuando regresemos de este viaje tendré que fingir estar casada *cada vez* que me cruce con el señor Hamilton (posiblemente todos los días) o inventar un falso divorcio justo después de la falsa boda.

Uf.

Su sonrisa es tan grande que levanta el bigote. La masajista agradece que haya pasado el momento de tensión y se retira con una sonrisa. Sigo sonriendo. El señor Hamilton me estrecha la mano con entusiasmo.

—¡Esas son noticias maravillosas! ¿Dónde fue la boda?

—En el Hilton de St. Paul. —Al menos en eso puedo decir la verdad.

—Dios mío —dice sacudiendo la cabeza—, recién están arrancando, ¡qué bendición! Mi Molly y yo estamos celebrando nuestro aniversario número treinta. ¿Te lo imaginas?

Abro mucho los ojos, como si fuera *una locura* que este canoso haya estado casado treinta años y logro formular algunos sonidos sobre que es *maravilloso* y *espectacular* y que *debes estar... tan feliz.*

Y luego... toma un yunque metafórico y me tira al suelo de un golpe:

–¿Por qué no cenan con nosotros?

¿Ethan y yo, sentados lado a lado en una mesa teniendo que… tocarnos y sonreír y fingir que nos amamos? Me recorre un escalofrío.

–Oh, no quisiéramos molestar. No deben estar nunca solos.

–¡Claro que sí! Nuestros hijos ya se independizaron; siempre estamos solos. Vamos. Es nuestra última noche y, para ser sincero, estoy seguro de que Molly ya no me soporta –suelta una gran carcajada–. No sería ninguna molestia.

Si hay una salida para esta situación, no la encuentro con la suficiente velocidad. Creo que tengo que morder el polvo.

Sonriendo (y esperando disimular el terror que siento) me rindo. Necesito este trabajo y muero por caerle bien al señor Hamilton. Tendré que pedirle a Ethan un favor enorme. Le deberé una tan grande que me dan ganas de romper algo.

–Claro, señor Hamilton, nos encantaría.

Vuelve a apretarme la mano.

–Llámame Charlie.

El pasillo se deforma y se alarga frente a mí. Desearía que no fuera una ilusión provocada por el pánico y que realmente hubiera un kilómetro hasta nuestra suite. Pero no. Y antes de lo que quisiera estoy de vuelta en la habitación rezando, un poco porque Ethan esté afuera haciendo alguna actividad que lo mantenga ocupado hasta mañana y otro poco porque esté aquí y pueda ir a cenar con los Hamilton.

Apenas entro, lo veo sentado en el balcón. ¿Por qué vino hasta Maui para quedarse en la habitación del hotel? Aunque en realidad me parece un buen plan, me molesta compartir el gen ermitaño con él.

Al menos se puso pantalones cortos, una camiseta y está descalzo. El viento le vuela el cabello oscuro, pero me lo imagino con los ojos entrecerrados y criticando la playa, pensando que las olas podrían ser mejores.

Cuando me acerco, veo que sostiene un vaso de trago largo. Tiene los brazos bronceados y torneados; las piernas son sorprendentemente musculosas y parecen no acabar nunca. Por algún motivo tenía la esperanza de que en pantalones cortos y camiseta su cuerpo pareciera una rama deforme con extremidades puestas en ángulos extraños. Quizá porque es muy alto. O quizá porque la situación era más tolerable si me convencía de que solo tenía un rostro bonito y que era deforme y desgarbado bajo la ropa.

Francamente, es una gran injusticia que su cuerpo esté tan bien formado.

Corro la puerta del ventanal intentando no hacer ruido; parece bastante relajado. Seguramente esté pensando en ahogar cachorros, pero no soy quién para juzgar. Al menos no hasta que haya cenado con mi jefe. Luego puede ser.

Me doy cuenta de que si quiero conseguir mi objetivo tengo que ser encantadora, por lo que dibujo una sonrisa en el rostro:

—Ey, hola.

—Olivia. —Me mira y entrecierra los ojos azules.

–¿Qué hay de nuevo, Elijah? –Guau, comienzo a hartarme de este estúpido jueguito de nombres.

–Solo disfruto del paisaje. –Bueno, eso fue amable.

–No sabía que sabías hacer eso.

–¿Hacer qué? –Pestañea y vuelve la vista hacia el agua.

–¿Disfrutar cosas?

Se ríe incrédulo y creo que es el momento indicado para pasar al modo adorable.

–¿Cómo estuvo el masaje? –pregunta.

–Genial. –Busco en la mente palabras que no delaten mi pánico y humillación–. Muy relajante. –Vuelve a mirarme.

–¿Así es como luces *relajada*? Guau. –Como no respondo, indaga–. ¿Qué te pasa? Estás más rara que nunca.

–Nunca te había visto en pantalones cortos –admito. Las piernas, en particular los músculos de las piernas son un descubrimiento interesante. Intento borrar el rastro de elogio en mi voz–. Es raro.

–No me atreví a imitarte con la exposición de escote de la ceremonia –dice y hace un gesto con la mano–, pero me dijeron que los pantalones cortos eran adecuados para la isla.

No puedo creer que siga insistiendo con mi vestido de dama de honor, pero no va a distraerme de mi objetivo.

–En fin… No vas a creerlo –digo mientras acerco una silla a su lado y tomo asiento–. ¿Recuerdas que en el aeropuerto me ofrecieron el puesto en Hamilton? –Asiente, ya molesto–. Bueno. Adivina quién está aquí. –Intento forzar el entusiasmo sacudiendo las manos en el aire–. ¡El mismísimo señor Hamilton!

Ethan gira hacia mí en un segundo y puedo ver el terror en sus ojos: nuestro plan de anonimato total acaba de ser arruinado.

–¿*Aquí* aquí? ¿En el hotel?

–Me lo crucé en el spa. En bata –agrego sin necesidad–. Me abrazó. Fue raro. Así que, entooooonces, nos invitó a cenar esta noche. Con él y su esposa.

–Paso –dice y ríe una vez.

Cierro mis dedos en un puño para no abofetearlo. Pero un puñetazo podría dejar una marca peor, así que vuelvo a abrir las manos y me siento sobre ellas.

–La masajista me llamó "señora Thomas" *frente al señor Hamilton*. –Hago una pausa para ver si entiende la indirecta. Como no reacciona, agrego–: ¿Comprendes lo que quiero decir? Mi nuevo jefe cree que acabo de casarme.

Ethan pestañea varias veces con lentitud.

–Podrías haberle dicho que estábamos fingiendo.

–¿Frente al personal del hotel? De ninguna manera. Además, ¡no para de hablar de integridad y honestidad! En ese momento me pareció que seguir la mentira era la mejor opción, pero ahora me doy cuenta del error que cometí. Ahora cree que *me casé*.

–Lo cree porque se lo dijiste con todas las letras.

–Cállate, Eric, necesito pensar. –Medito mientras muerdo mis uñas–. Puede llegar a funcionar, ¿no? Me refiero a que dentro de unos días puedo decirle que resultaste ser violento y tuve que pedir la nulidad luego del viaje. Nunca se enterará de la mentira. –Tengo una idea tan buena que

me obliga a sentarme–. ¡Oh! Puedo decirle que moriste. –Ethan me mira fijo–. Salimos a bucear –digo con el ceño fruncido– y nunca regresaste al bote, una tragedia. –Pestañea–. ¿Qué? –pregunto–. Nunca volverás a verlo. No tienes que caerle bien ni tampoco necesita, ya sabes, saber que sigues existiendo.

–Pareces muy segura de que iré a cenar.

Pongo mi expresión más adorable. Cruzo mis piernas, las descruzo, me inclino, bato rápido mis pestañas y sonrío.

–¿Por favor? Sé que es mucho pedir.

–¿Se te metió algo en el ojo? –pregunta mientras se aleja.

Mis hombros se caen por la decepción y lanzo un gruñido. No puedo creer lo que estoy a punto de decir:

–Te dejaré el dormitorio si vienes e interpretas tu papel.

Se muerde el labio mientras piensa.

–¿Tendríamos que fingir estar casados? Me refiero a que tendremos que tocarnos y… ¿ser amables?

Ethan pronuncia la palabra *amables* con el mismo tono que el resto de las personas diría *desmembramiento*.

–Es muy importante para mí. –Creo que lo logré. Me acerco un poco arrastrando la silla–. Prometo ser la mejor esposa falsa que hayas tenido jamás.

Inclina su trago y lo termina. Definitivamente no miro lo largo y definido que tiene el cuello.

–Bien. Iré.

–Muchas muchas gracias. ¡Oh, por Dios! –Casi me desmayo de la felicidad.

–Pero me quedo con el dormitorio.

CAPÍTULO SEIS

S.O.S.

AMI

EL SEÑOR HAMILTON ESTÁ AQUÍ
Y LE DIJE QUE ESTOY CASADA Y NO SÉ POR QUÉ.
AHORA TENGO QUE FINGIR SER LA ESPOSA DE ETHAN
DURANTE UNA CENA COMPLETA
Y ES PROBABLE QUE ME DESPIDAN
Y TENGA QUE DORMIR EN TU BAÑADERA
PORQUE NO SÉ MENTIR.

AMI, ESTA ES UNA EMERGENCIA DE GEMELAS.

ESPERA.

No me quedan fluidos en el cuerpo.

Hace 36 horas que no me separo de mamá.

Si no me mata la intoxicación puede que igualmente le pida a alguien que me mate. O a ella.

ASÍ QUE PARA UN POCO POR FAVOR.

Perdón, perdón

PERO ESTOY DESESPERADA

¿Tu jefe está en el hotel? ¿En Maui?

Está celebrando su aniversario.

Alguien me llamó señora Thomas y creo que enloquecí.

Te llamarán señora Thomas durante toda la estadía.

Mejor que vayas acostumbrándote. Y cálmate. Puedes con esto.

¿Sabes quién soy? Definitivamente no puedo con esto.

Tienes que dar respuestas simples.

Te delatas cuando te pones nerviosa.

Oh, por Dios. Eso es justo lo que dijo Ethan.

¿Quién iba a decir que Ethan era tan inteligente?

Ahora, si me disculpas, tengo que ir a vomitar por vez número 50 en el día de hoy.

No desperdicies mi viaje.

Miro fijo a mi teléfono y deseo que mi hermana estuviera conmigo. Sabía que esta racha de suerte era muy buena para ser real. Le escribo un mensaje rápido para pedirle que me llame a la noche y que me tenga informada sobre cómo se siente. Luego le escribo a Diego:

Enséñame a mentir.

¿Quién habla?

MALDITA SEA, DIEGO.

ESTÁ BIEN. ¿A quién tenemos que mentirle?

A mi nuevo jefe.

¿¿¿En Maui???

No preguntes.

Solo explícame cómo lograste salir
con aquellos gemelos sin que ninguno
de los dos supiera que veías al otro.

Ilumíname, Yoda.

Regla número uno: solo miente si es necesario
y mantén la mentira simple.

Explicas demasiado, me da vergüenza ajena.

AVANZA.

Debes saber cómo continuará la historia.

No intentes improvisar. Por dios, eres pésima en
eso.

No juguetees con las manos, no toques tu cara.
Sueles hacer eso. Solo quédate quieta.

Ah, y, si puedes, tócalos tú a ellos.

Crea una sensación de intimidad y hace que prefieran quitarse los pantalones antes que seguir indagando en tu historia.

¡Es mi jefe!

Un poco de contacto no dañará a nadie.

Diego...

Eres científica, investiga.

Escucho un golpe y alzo la vista del buscador abierto en mi celular.

—No es que quiera ser el cliché del esposo que te regaña por llegar tarde –hace una pausa y puedo imaginarlo mirando su reloj con el ceño fruncido–. Pero son casi las seis.

—Lo sé –reprimo el grito en mi respuesta.

Luego de que Ethan accedió a la cena, salí disparada al dormitorio para probarme cada una de las prendas que había empacado, justo antes de escribirle a mi hermana y a Diego con terror. El dormitorio es un desorden y no creo estar más lista para enfrentar la situación de lo que estaba hace una hora. Soy un desastre.

La voz de Ethan vuelve a llegar desde el pasillo, pero esta vez más cerca.

—"Lo sé" de la familia de *Ya casi estoy* o "Lo sé" de la familia de *Sé leer un reloj, vete al carajo*.

Las dos, si tengo que ser honesta.

—La primera.

—¿Puedo entrar a mi dormitorio? —pregunta mientras golpea.

Mi dormitorio. Abro la puerta y lo dejo entrar, estoy orgullosa del desorden que le dejo.

Ethan avanza. Está a punto de conocer a mi jefe y pasar las horas siguientes mintiéndole en la cara. Viste unos vaqueros negros y una camiseta de la cervecería Surly. Parece que va a ir a cenar en Chili´s, no a conocer al nuevo jefe de su esposa. Su aparente calma solo acrecienta mi pánico, porque claro que no está preocupado; no tiene nada que perder. El miedo florece en mi estómago. *Ethan* puede con esto, yo no puedo para nada.

Contempla el dormitorio y se pasa una mano por el pelo que, por supuesto, vuelve a caer perfectamente en su lugar.

—¿Todo esto estaba en una maleta?

—No tengo experiencia en esto.

—Esa es mi impresión general de ti. Sé más específica.

Me dejo caer sobre la cama, pateo un sujetador fucsia hacia un costado y gruño cuando se me atasca en el tacón.

—Cuando miento, me descubren. Una vez le dije a un profesor que mi compañera de cuarto estaba muy enferma y debía faltar a clase para cuidarla. Justo en ese momento, ella pasó caminando por el pasillo y él la reconoció de la clase de los martes.

—Te equivocaste en haber ido. Tendrías que haber enviado un mail como cualquier buen mentiroso.

—Otra vez, en la escuela secundaria, le pedí a mi primo Miguel que llamara a la escuela, se hiciera pasar por mi padre y dijera que estaba enferma, pero la secretaria del colegio llamó a mi mamá para reconfirmar porque mi papá nunca antes había llamado.

—Bueno, ahí falló la planificación. ¿Pero por qué todo esto es relevante ahora?

—Porque intento parecer una esposa y estuve investigando cómo mentir.

Se estira hacia mi pierna, la mano tibia me envuelve la pantorrilla y desenreda el sujetador de mi tacón.

—Entiendo. ¿Y cómo debe lucir una esposa?

Le arranco el sujetador que ahora cuelga de su dedo.

—No lo sé. ¿Como Ami?

—Eso no va a suceder. —Su carcajada resuena en toda la habitación.

—¡*Ey*! Somos gemelas.

—No tiene que ver con parecidos —dice, y el colchón se hunde por su peso cuando se sienta a mi lado—. Ami tiene una seguridad indescriptible. Es cómo se mueve. Como si, sin importar lo que suceda, ella tuviera todo bajo control.

Me divido entre el orgullo por mi hermana (porque, sí, todo lo que Ethan dice es verdad) y la curiosidad que me genera saber qué piensa él de mí. Ganan la vanidad y el espíritu de confrontación que me despierta:

—¿Y yo qué impresión doy?

Mira hacia mi celular y estoy segura de que vio la frase *Cómo mentir y que te crean* en el buscador. Se ríe y niega con la cabeza.

—Que deberías meter la cabeza entre las piernas y empezar a rezar.

Estoy a punto de empujarlo de la cama cuando se levanta, mira teatralmente su teléfono y vuelve a mirarme.

Entiendo el gesto pasivo agresivo. Me levanto, miro el espejo por última vez y tomo mi bolso.

—Terminemos con esto.

♥

Mientras nos dirigimos al elevador, Ethan me recuerda la enorme injusticia del universo: incluso con una luz que no ayuda, se ve guapo. De alguna manera, las sombras le remarcan los rasgos de un modo que solo lo vuelve más atractivo. Parada frente a las puertas de espejos, descubro que no tienen el mismo resultado en mí.

Como si pudiera leer mi mente, Ethan me da un golpe con la cadera.

—Basta. Te ves bien.

Bien, pienso. *Bien como puede verse alguien que ama los bollos de queso. Como una mujer cuyos pechos casi se escapan de su vestido de dama de honor. Como una mujer que merece tu desprecio por no ser perfecta.*

—Puedo escucharte analizar esa pequeña palabra y darle más importancia de la que tiene. Te ves genial. —Una vez

dentro del elevador, presiona el botón para ir al lobby y agrega–. Siempre te ves genial.

Esas cuatro palabras me rebotan varias veces en el cráneo antes de que el cerebro las absorba. ¿Siempre me veo genial? ¿Quién cree eso? ¿Ethan?

Comenzamos a descender y parece que el elevador, como yo, contiene la respiración. Me encuentro con el reflejo de mi mirada en el espejo y observo a Ethan.

Siempre te ves genial.

Se sonroja y creo que desea que el cable se corte y la muerte nos abrace.

Aclaro la garganta.

–En 1990 un estudio demostró que es más fácil descubrir a un mentiroso cuando miente por primera vez. Deberíamos ensayar lo que vamos a decir.

–¿Necesitas internet para saber eso?

–Las cosas me salen mejor cuando estoy preparada. La práctica hace al maestro.

–Bien. –Hace una pausa para pensar–. Nos conocimos por amigos en común, técnicamente no es una mentira, así que debería ser más difícil que lo arruines, y nos casamos la semana pasada. Soy el hombre más feliz del mundo, *etcétera, etcétera.*

–Nos conocimos por amigos en común, salimos unos meses y oh por Dios, me emocioné tanto cuando me rogaste que me casara contigo –repito mientras asiento con la cabeza.

–Me arrodillé mientras acampábamos en el lago Moose. Usé un Ring Pop como anillo de compromiso.

—¡Los detalles son una buena idea! Nuestras ropas olieron a humo durante todo el día siguiente –digo– pero no nos importó porque estábamos rebosantes de felicidad y muy ocupados con el sexo de celebración.

Un silencio incómodo invade el elevador. Lo miro con una extraña combinación de horror y diversión por haber logrado dejarlo sin palabras tras imaginarse teniendo sexo conmigo.

—Sí. Creo que podríamos ahorrarle ese detalle a tu nuevo jefe –tartamudea.

—Y recuerda –digo, encantada con su incomodidad–. No te mencioné a ti ni a nuestro compromiso en la entrevista, así que tenemos que parecer un poco abrumados por los preparativos.

El elevador suena y las puertas se abren en el lobby.

—No creo que vaya a tener ningún problema para fingir la confusión.

—Y ser encantador –agrego–. Pero no encantador *irresistible*. Encantador tolerable. No tienen que querer volver a verte. Porque es muy probable que vayas a morir o convertirte en una persona horrible. –Logro ver un gesto de irritación mientras avanza por el lobby y no puedo evitar tensar un poco más la cuerda–. En resumen, sé tú mismo.

—Dios, dormiré tan bien esta noche. –Se estira como si ya estuviera listo para zambullirse en la enorme cama–. Deberías tener cuidado con el lado izquierdo del sofá. Estaba leyendo ahí más temprano y me di cuenta de que hay un resorte salido que pincha un poco.

Una música suave nos envuelve mientras salimos. El restaurante está justo al lado de la playa; una ubicación ideal para ahogarme en el océano cuando todo esto me estalle en la cara.

Ethan abre la puerta hacia el imponente jardín y la sostiene para que yo pase e inicie la caminata por el sendero iluminado.

—Repíteme de qué es la compañía —pide.

—Hamilton Biotecnología es una de las compañías más prestigiosas en el campo de la investigación. Ahora, por ejemplo, han creado una nueva vacuna contra la gripe. Por lo que he leído al respecto, parece revolucionaria. Realmente quería este puesto, así que puedes comentar que estamos muy felices por mi contratación y que no paro de hablar de ello.

—Se supone que estamos en nuestra luna de miel. ¿De verdad quieres que diga que no paraste de hablar de vacunas contra la gripe?

—Sí.

—Repíteme de qué trabajas. ¿Personal de limpieza? —Ah. Ahí estaba.

—Soy coordinadora en medicina científica, Eragon. Básicamente hablo con médicos sobre nuestros productos desde un punto de vista más técnico que los vendedores. —Lo observo mientras caminamos. Parece un estudiante que intenta memorizar todo minutos antes del examen—. Él y su esposa están aquí festejando su aniversario número treinta. Si tenemos suerte, podremos preguntarles sobre su relación y no hablar nada de nosotros.

—Para alguien que se jacta de ser desafortunada, tienes mucha confianza en tu buena racha.

Hace un pequeño gesto cuando se da cuenta de que su observación me golpeó como una cachetada. Nos detenemos frente a una fuente reluciente e Ethan toma de su bolsillo una moneda (pero no *esa* moneda) y la arroja en el agua.

—En serio, relájate. Estaremos bien.

Lo intento.

Seguimos el sendero hasta una construcción con el estilo típico de la Polinesia y nos acercamos a la recepción.

—Tenemos una reserva a nombre de Hamilton.

Vestida de blanco y con una gardenia sostenida del pelo la recepcionista busca el nombre en la computadora y nos mira con una gran sonrisa.

—Por aquí.

Me cruzo frente a Ethan para rodear el mostrador y entonces sucede: se ubica a mi lado y presiona la palma contra mi cintura. Así sin más, nuestra burbuja de espacio personal queda destruida.

Me mira con una sonrisa dulce y no puedo dejar de notar los impresionantes ojos azules. Empiezo a caminar con su mano quieta en el lugar. La transformación es… impresionante. Debilitante. Tengo un nudo en el estómago, el corazón en la garganta y, en cada centímetro de mi piel, algo imposible de ignorar está ocurriendo.

El restaurante está construido sobre una laguna y nuestra mesa es casi una barra con vista al agua. El interior es

elegante y acogedor, está decorado con candelabros de vidrio y faroles con velas que hacen que el lugar brille.

El señor Hamilton se para cuando nos ve entrar; por suerte, la bata blanca de peluche fue reemplazada por una camisa con estampado floral. El gran bigote se ve tan sólido como siempre.

–¡Ahí están! –exclama, asintiendo hacia mí y acercando la mano a Ethan–. Cariño, ella es Olive, la nueva integrante del equipo de la que te hablé, y él es su esposo…

–Ethan –completa, y su sonrisa embriagadora me pega justo en la vagina–. Ethan Thomas.

–Qué alegría conocerte, Ethan. Ella es mi esposa, Molly.

Charles Hamilton se gira hacia la mujer a su lado: cabello castaño, mejillas rosadas y un hoyuelo pronunciado que la hace parecer demasiado joven para alguien que celebra su tercera década de matrimonio.

Todos nos estrechamos las manos. Ethan corre una silla para mí, sonrío y me siento con sumo cuidado. Mi lado racional sabe que no lo hará, pero algo dentro de mí cree que puede correrla para hacerme caer.

–Gracias por invitarnos –dice Ethan con la sonrisa de dieciocho quilates intacta. Con naturalidad, pasa un brazo por el respaldo de mi silla y se inclina hacia mí–. Olive está muy entusiasmada por el nuevo trabajo. No para de hablar de eso.

Me río con una risa *ja-ja-ja*, *oh, qué tonto* y le piso el pie con disimulo por debajo de la mesa.

–Me alegra que ninguna compañía nos la haya arrebatado

–dice el señor Hamilton–. Tenemos mucha suerte de contar con ella. ¡Y qué sorpresa enterarnos de la boda!

–Todo sucedió muy rápido –digo, y me inclino hacia Ethan intentando parecer natural.

–¡Como una emboscada! –Mi tacón se hunde todavía más en la punta de su zapato y se queja–. ¿Qué hay de ustedes? Treinta años es increíble.

Molly mira a su esposo y sonríe.

–Treinta maravillosos años, aunque hay momentos en los que no entiendo cómo no nos divorciamos.

Ethan se ríe despacio y me mira con adoración.

–Aw, cariño, ¿puedes imaginarte treinta años de esto?

–¡Claro que no! –exclamo, y todos se ríen porque, obviamente, creen que es un chiste. Mientras me aparto un mechón de pelo de la frente, recuerdo que se supone que no debería tocarme la cara. Entonces me cruzo de brazos y recuerdo que internet también lo desaconseja. Maldita sea.

–Cuando Charlie me dijo que se había encontrado contigo –comenta divertida Molly– no podía creerlo. ¡Y en tu luna de miel!

–¡Sí! Muy... gracioso.

La mesera aparece e Ethan finge besarme el cuello.

–Mierda, Olive –susurra justo en mi oído–. *Relájate*.

Vuelve a enderezarse y sonríe mientras la mesera lee los especiales. Luego de algunas preguntas, pedimos una botella de pinot noir para la mesa y nuestros platos.

Mis esperanzas de que la conversación no se centre en nosotros se desvanece cuando la mesera se aleja.

–¿Y cómo se conocieron? –pregunta Molly.

Una pausa. *Simple, Olive, simple.*

–Nos presentó un amigo en común. –Obtengo como respuesta sonrisas amables y la expectativa de Molly y Charlie de que cuente lo jugoso de la historia. Me acomodo en mi asiento y cruzo las piernas–. Y, em, me invitó a…

–Unos amigos en común habían empezado una relación –Ethan intercede y la atención (por suerte) se centra en él–. Organizaron una fiesta para presentar a sus conocidos. Me fijé en ella en cuanto entró.

–Amor a primera vista –dice Molly y cruza las manos sobre el pecho.

–Algo así. –Tuerce la comisura del labio–. Llevaba una camiseta que decía *Sé el hadrón de mi acelerador de partículas* y pensé que tenía que conocer a esa chica.

El señor Hamilton lanza una carcajada parecida a un ladrido y le pega a la mesa con el puño. La mandíbula se me cae por la sorpresa y apenas puedo evitar que golpee el suelo. Lo que acaba de contar Ethan no es la primera vez que nos vimos, pero sí la segunda o la tercera; de hecho, fue la noche en la que decidí que no iba a esforzarme más para caerle bien porque cada vez que intentaba ser amable huía como una comadreja. Y aquí está ahora, describiendo de memoria la camiseta que llevaba puesta. Yo apenas puedo recordar qué usé anoche, ni hablar de lo que tenía puesto otra persona hace dos años y medio.

–¿Y el resto es historia? –insiste el señor Hamilton.

–Algo así. Al principio no nos llevamos muy bien. –Los

ojos de Ethan me contemplan con adoración–. Pero aquí estamos –redondea y guiña un ojo a los Hamilton–. ¿Y ustedes?

Charlie y Molly nos cuentan que se conocieron en un encuentro de solteros organizado por dos iglesias cercanas y, como él no la invitaba a bailar, ella atravesó el salón y tomó el toro por las astas. Me esfuerzo por prestar atención, en serio, pero es imposible con Ethan tan cerca. Deja el brazo en el respaldo de mi silla y, si me inclino apenas un poco, sus dedos me rozan el hombro y la nuca. Cada vez que pasa, siento chispas.

Trato de quedarme tan derecha como puedo.

Cuando llegan nuestras entradas, empezamos a comer. Empieza a correr el vino y el carisma de Ethan embelesa a todos. La cena se vuelve no solo tolerable sino encantadora. No sé si quiero agradecerle o estrangularlo.

–¿Sabían que cuando Olive era niña se quedó atrapada dentro de una máquina atrapa peluches? –dice Ethan, volviendo sobre la más traumática (pero también, debo admitir, más graciosa) de mis anécdotas–. Pueden buscar el archivo en YouTube. Es una joya de comedia televisiva.

Molly y Charlie se horrorizan por la pequeña Olive, pero puedo jurar que irán corriendo a mirarlo.

–¿Cómo te enteraste? –le pregunto con genuina curiosidad. Estoy segura de que yo no se lo conté, pero no puedo imaginarlo hablando sobre mí con alguien más o (menos todavía) *buscándome en internet*. La sola idea me hace contener la risa.

Ethan se acerca a mi mano y entrelaza sus dedos con los míos. Son fuertes, cálidos y me toman con firmeza. Odio que se sienta tan bien.

—Me lo contó tu hermana —dice—. Creo que sus palabras textuales fueron "El peor premio".

La mesa rompe en carcajadas. El señor Hamilton se ríe tanto que se pone rojo, color que queda exagerado por el contraste con el gran bigote plateado.

—Recuérdame agradecerle cuando volvamos a casa —comento mientras estiro la mano para vaciar mi copa de vino.

—¿Cuántos hermanos tienes, Olive? —pregunta Molly y, sin parar de reírse, se seca las lágrimas con una servilleta.

—Solo una. —Debo ser simple, como aconsejó Ethan.

—Son gemelas —agrega Ethan.

—¿Idénticas? —indaga Molly.

—Idénticas —confirmo.

—Son *exactamente* iguales —asegura Ethan—. Pero sus personalidades son polos opuestos. Como el día y la noche. Una tiene todo bajo control, y la otra es mi esposa.

Charlie y Molly vuelven a romper en carcajadas. Tomo la mano de Ethan y, mientras finjo una sonrisa del tipo *Aw, te amo, tontín*, intento fracturarle los dedos con el puño. Tose y los ojos se le llenan de lágrimas.

—Esto ha sido muy divertido. —Molly confunde la mirada vidriosa con emoción y nos mira con ternura—. Una manera maravillosa de terminar este viaje.

Es claro que mi falso esposo logró cautivarla y se dirige a él con el hoyuelo en su máximo esplendor.

—Ethan, ¿Olive te comentó sobre el grupo de matrimonios de Hamilton?

¿Grupo de matrimonios? ¿Seguir en contacto?

—Claro que no —responde.

—Nos juntamos una vez por mes. Somos casi todas mujeres, pero, Ethan, eres encantador. Estoy segura de que todos van a *amarte*.

—Somos un grupo muy unido —agrega el señor Hamilton—. Más que compañeros, somos como una gran familia. Ustedes dos no tardarán en adaptarse. Olive, Ethan, es un placer darles la bienvenida a Hamilton.

—No puedo creer que contaste la historia de los peluches —le reprocho mientras volvemos a nuestra habitación por el sendero del jardín—. Sabes que van a buscarlo en internet y eso significa que el señor Hamilton me verá en ropa interior.

Por suerte volvió la burbuja de espacio personal. Este lado de Ethan que no odio por completo es desconcertante. Conocer a un Ethan cariñoso y encantador es como descubrir que puedo caminar sobre el agua.

Dicho eso, la cena fue un éxito indiscutible y, por más que me alegre haber conservado mi empleo, me resulta irritante que Ethan sea tan bueno en todo. No sé cómo lo hace. No tiene una gota de encanto el 99 % del tiempo, pero de repente ¡boom!, se transforma en el señor Simpatía.

—Es una historia divertida, Olive —dice, caminando rápido

y adelantándose algunos pasos–. ¿Debería haberles contado sobre la Navidad en la que me regalaste un software para redactar mi testamento?

–Me pareció un lindo gesto hacia tus seres queridos.

–Y a mí me pareció un buen tema de *conversación...* –Ethan se detiene tan de golpe que choco de frente contra la sólida pared de ladrillos que es su espalda.

Recupero el equilibrio, pero sigo horrorizada por haber aplastado la cara contra el esplendor de su trapecio.

–¿Estás teniendo un infarto?

–No puede ser verdad –dice mientras se lleva la mano a la frente y gira la cabeza para escanear frenéticamente el camino por el que vinimos.

Trato de seguirle la mirada, pero me empuja detrás de la maceta de una enorme palmera y se acurruca a mi lado.

–¿*Ethan?* –llama una voz seguida por el sonido de tacones contra el camino de piedras e insiste–. *Juro* haber visto a Ethan.

–Gran favor: sígueme la corriente. –Se gira para mirarme y estamos tan cerca que puedo sentir la fuerza de su respiración sobre mis labios. Huelo el chocolate del postre que acaba de comer y un rastro de desodorante. Intento odiarlo.

–¿Necesitas mi ayuda? –pregunto y, si se oye entrecortado, debe ser porque comí mucho y quedé agitada por la caminata.

–Sí.

Despliego una sonrisa. De pronto me convierto en el Grinch con el gorro de Santa.

–Te saldrá caro.

–La habitación es tuya. –Luce enojado por dos segundos antes de que el pánico lo invada.

Los pasos se acercan y una cabellera rubia irrumpe en mi espacio.

–Oh, por Dios. ¡*Sí* que eras tú! –exclama y envuelve a Ethan en un abrazo ignorándome por completo.

–¿Sophie? –dice fingiendo sorpresa–. Yo... ¿qué haces tú aquí? –Ethan se separa del abrazo y me mira con los ojos bien abiertos.

Ella se gira para llamar al hombre que la acompaña y aprovecho la oportunidad para murmurar:

–¿¡*Es Simba*!?

Asiente abatido.

¡Qué incómodo! ¡Esto es mucho peor que cruzarte con tu nuevo jefe en bata!

–Billy –dice Sophie con orgullo mientras empuja hacia delante al hombre que la acompaña. Me quedo boquiabierta porque es igual a Norman Reedus, pero más grasiento–. Él es Ethan, el chico del que te conté. Ethan, él es Billy, mi prometido.

Incluso en la oscuridad de la noche puedo ver cómo Ethan empalidece.

–Prometido –repite.

El planeta deja de girar y que Ethan haya sido presentado como *el chico del que te conté* solo hace la situación infinitamente más incómoda. ¿Ethan y Sophie no estuvieron juntos un par de *años*?

No hay que ser muy inteligente para entenderlo: la reacción de Ethan al verla, la manera en la que me evadió cuando le pregunté por ella en el avión. La ruptura fue reciente, ¿y ya está comprometida? *Auch.*

Pero como si alguien en algún lado hubiera tocado un botón imaginario, el robot Ethan vuelve a encenderse y le estira la mano a Billy con una seguridad admirable.

–Encantado de conocerte.

Avanzo a su lado y enrosco su brazo con el mío.

–Hola, soy Olive.

–Claro, disculpa –dice–. Olive, ella es Sophie Sharp. Sophie, ella es Olive Torres. –Hace una pausa y el aire se tensa por la expectativa de lo que sigue. Siento que estoy en la parte trasera de una motocicleta, contemplando el borde de un cañón, sin saber si pisará el acelerador y nos tirará al precipicio. Lo hace–. Mi esposa.

Las fosas nasales de Sophie se ensanchan, estoy segura de que podría matarme. Pero al instante su expresión se transforma en una sonrisa relajada.

–¡Guau! ¡Esposa! ¡Increíble!

El problema de mentir con las relaciones es que las personas son criaturas cambiantes e inconstantes. Por lo que sé, Sophie terminó las cosas, pero ver que Ethan ya no está disponible lo hará parecer prohibido… y por lo tanto más atractivo. No sé qué fue lo que hizo que su relación terminara ni si él quiere recuperarla, pero si es así, me pregunto si será consciente de que fingir un matrimonio aumenta las posibilidades de que ella también quiera volver.

—¿Cuándo sucedió? —pregunta Sophie, me mira y luego a Ethan. Creo que todos podemos darnos cuenta de que se esfuerza por no sonar agresiva, lo que solo vuelve todo más incómodo (y maravilloso).

—¡Ayer! —Sacudo el dedo para mostrar mi alianza y el oro centellea con la luz de las antorchas.

—¡No puedo creer que no me haya enterado! —exclama y vuelve a mirarlo.

—¿Por qué? —dice Ethan con una risa aguda—. No volvimos a hablar, Soph.

Y *oh*. Tensión. Esto es tan tan incómodo (y jugoso). Mi curiosidad está en su punto máximo.

Ella hace un pequeño puchero con el labio.

—¡Igual! Deberías haberme contado. Guau. Ethan... *casado*. —Es imposible ignorar cómo se le endurece la boca y se le tensa la mandíbula.

—Sí —dice—. Fue bastante rápido.

—¡Parece como si hubiéramos tomado la decisión de estar casados hace solo unos minutos! —aporto con una sonrisa adorable.

Me estampa con fuerza un beso en la mejilla y reprimo las ganas de limpiarlo con el puño como si me hubieran pegado una lagartija muerta.

—Y tú estás comprometida —dice Ethan y levanta los pulgares en un gesto rígido y extraño—. Míranos... siguiendo con nuestras vidas.

Sophie es bajita, delgada y está usando una bonita blusa de seda, vaqueros ajustados y tacones altísimos. Estoy casi

segura de que ese bronceado salió de una lata, así como su color de pelo, pero eso es todo lo que puedo decir de ella. Intento imaginármela dentro de veinte años (un poco arrugada, uñas rojas que envuelven una botella de Coca Cola dietética), pero por el momento tiene una belleza casi inalcanzable que me hace sentir inferior y regordeta. Es fácil imaginarla junto a Ethan en una tarjeta de Navidad, vistiendo cardiganes de J. Crew frente a una gran chimenea de piedra.

—Podríamos ir a cenar —sugiere ella, con tan poco entusiasmo que se me escapa una carcajada antes de que Ethan me apriete la mano.

—Sí —respondo para disimular—. Cenar. Lo hacemos todas las noches.

Ethan me mira de reojo y puedo notar que no quiere matarme, sino que está conteniendo la risa.

Billy interviene, bastante tranquilo con la idea de la cena.

—¿Por cuánto tiempo van a quedarse?

—Diez días —responde Ethan.

Como no puedo resistir otra cena falsa, arriesgo el todo por el todo. Me abrazo a su cintura, lo miro con un gesto (espero) sexy y digo:

—Cariño, en verdad me sentiré horrible si planeamos algo y no cumplimos. Hoy apenas pudimos salir del dormitorio… —Paso los dedos por su pecho y juguetteo con los botones de la camisa. Guau, es una sólida pared de músculos—. Ya te compartí hoy, no creo poder hacerlo también mañana.

Ethan levanta una ceja y me pregunto si la tensión que

refleja su rostro es porque no puede imaginarse teniendo sexo conmigo ni una vez, y mucho menos ininterrumpidamente por una tarde entera. Logra escaparse de su infierno mental y me besa con suavidad la punta de la nariz.

—Buen punto. —Se gira hacia Sophie—. ¿Podemos organizar después?

—Claro. ¿Sigues teniendo mi número?

—Imagino que sí —dice con un gesto divertido.

Sophie da unos pasos hacia atrás y los tacones dorados suenan como garras de gatitos contra el suelo.

—Bueno, bien... ¡Felicitaciones! Espero volver a verlos pronto.

Tironea a Billy con brusquedad y siguen su camino por el sendero.

—¡Un placer conocerlos! —grito antes de volverme a mirar Ethan—. Puede que sea una pésima esposa en el futuro, pero al menos aprendí algo sobre mentir.

—Es un logro.

Separo mis manos de su cuerpo y las sacudo.

—Dios, ¿por qué me besaste la nariz? Eso no estaba en el acuerdo.

—Me pareció que no iba a molestarte después de que me manosearas.

Me burlo del término y volvemos a acomodarnos en el camino cuando vemos que Sophie se alejó lo suficiente.

—Nos salvé de otra cena en el infierno. Si no fuera por mí, tendrías que pasar la noche de mañana con Barbie Malibú y Daryl Dixon. De nada.

–¿Se va tu jefe y llega mi ex? –Ethan descarga su frustración con una seguidilla de largas zancadas y tengo que trotar para poder seguirle el paso–. ¿Nos ganamos un lugar en el octavo círculo del infierno? Ahora tenemos que seguir con este numerito de la pareja hasta el final de la estadía.

–Debo admitir que me siento un poco responsable. Si las cosas van bien y yo estoy cerca, *ten cuidado*. ¿Viaje gratis? Te encontrarás a tu jefe. ¿Se va el jefe? La ex de tu acompañante aparece de la nada.

Empuja la puerta del lobby y me choco de frente con el frío del aire acondicionado y el gorgoteo relajante de la fuente.

–Soy un gato negro –le recuerdo–, un espejo roto.

–No seas ridícula. –Toma otra moneda (que tampoco es *esa*), la hace girar en el aire con un impulso del pulgar y cae el agua–. La suerte no funciona de ese modo.

–Ilumíname sobre *cómo* funciona, Ethan –estiro las palabras sin perderle el rastro a la moneda.

Me ignora.

–Como sea –digo– este hotel es enorme. Tiene como cuarenta hectáreas y *nueve* piscinas. Apuesto a que no volveremos a cruzarnos con Simba y Daryl.

–Tienes razón –Ethan sonríe a medias, con desconfianza.

–Claro que sí. Pero también estoy agotada. –Atravieso el lobby y presiono el botón para llamar al elevador–. Propongo que demos por terminado este día y mañana veremos todo con más claridad.

Las puertas se abren y entramos, juntos pero separados.

–Y gracias a la señorita Sophie me espera una cama gigante –deslizo mientras presiono el botón de la planta más alta.

Su expresión reflejada en el espejo muestra a un hombre mucho menos presumido que hace algunas horas.

CAPÍTULO SIETE

Cuando volvimos a la habitación, parece la mitad de espaciosa de lo que recordaba. Debe ser porque pronto nos quitaremos la ropa para meternos en la cama y puedo sentir las paredes cerrarse sobre mí. No estoy lista para eso.

Ethan arroja la billetera y la tarjeta sobre el recibidor. Juro que el golpe contra el mármol se oyó tan fuerte como un redoblante.

–¿Qué? –dice como respuesta a mi dramático sobresalto.

–Nada. Solo... –Señalo sus cosas–. *Por Dios.*

Se queda mirándome por un segundo que parece eterno, finalmente decide que no tiene sentido seguirme la corriente y se gira para tirar un zapato cerca de la puerta. Cruzo la habitación y mis pies sobre la alfombra suenan como botas que

aplastan hierba crecida. ¿Es una broma? ¿Todos los sonidos se amplifican en este espacio?

¿Y si tengo que usar el baño? ¿Tendré que encender la ducha para amortiguar el sonido? ¿Qué hay si se tira un pedo mientras duerme y yo lo oigo?

¿Qué sucederá?

Oh, por Dios.

Una marcha fúnebre sigue a Ethan por el pasillo hacia el dormitorio. Una vez allí, sin decir una palabra, se dirige hacia un vestidor y yo hacia el otro. Es la rutina silenciosa de un matrimonio feliz, solo que *mucho más incómoda* porque ambos preferiríamos que nos tragara la tierra antes de seguir soportando esta tensión.

La cama enorme se asoma entre nosotros y nos acecha como la parca.

—Por si no lo notaste todavía, solo hay una ducha —comenta.

—Sí, lo noté.

El baño secundario es simple, solo tiene un retrete y un pequeño lavabo; pero el principal es digno de un palacio. La ducha es grande como mi apartamento y la bañadera debería tener trampolín.

Hurgo en mi cajón y ruego porque en la loca carrera de empacar luego de la boda-apocalipsis no haya olvidado los pijamas. No me había dado cuenta hasta ahora de cuánto tiempo paso en ropa interior cuando estoy sola en mi casa.

—¿Sueles hacerlo en las noches? —pregunta.

—¿Disculpa?

—Ducharte, Oscar. —Ethan inhala el profundo y cansado suspiro de un prolongado sufrimiento.

—Ah. —Presiono mis pijamas contra el pecho—. Sí, suelo ducharme por las noches.

—¿Quieres ir primera?

—Ya que tengo el dormitorio, ¿por qué no vas tú? —Y para que no suene demasiado generoso agrego—: Luego podrás largarte de mi espacio.

—Eres tan considerada.

Me rodea para llegar al baño y cierra la puerta a sus espaldas con un *clic* contundente.

Incluso con las cortinas metálicas del balcón cerradas, puedo oír el mar, el sonido de las olas golpeando contra la orilla, aunque no tan alto como para tapar el ruido de Ethan desvistiéndose, de la ropa cayendo al suelo del baño, de los pies descalzos caminando sobre las baldosas, del suave gemido que hace cuando lo cubre el agua tibia.

Abrumada, me escapo hacia el balcón y me quedo afuera hasta que termina. Para ser honesta, solo me gustaría escuchar *eso* si se estuviera ahogando.

A Ethan le hubiese encantado que le dijera que fue una noche larga y que apenas pude conciliar el sueño, pero mi cama es maravillosa. Lamento lo del sofá, amigo.

De hecho, estoy tan bien descansada y rejuvenecida que casi me convenzo de que encontrarnos con gente de nuestra vida real no es una catástrofe. ¡Está bien! Estamos bien. Sophie y Billy tampoco quieren vernos y es probable que su habitación esté en la otra punta del hotel. Y los Hamilton se van hoy. Estamos a salvo.

Pero no todo sale como esperaba y nos cruzamos con mi nuevo jefe en el camino hacia el desayuno. Parece que forjamos una sólida amistad anoche: nos dan a ambos un fuerte abrazo… y sus números de teléfono.

—Es en serio lo del club de matrimonios —Molly le dice a Ethan en tono conspirativo—. Nos divertimos mucho. Ya sabes a lo que me refiero. —Guiña un ojo—. Llámame cuando regresen.

Se dirigen al mostrador de recepción y los saludamos mientras nos escabullimos entre la multitud hacia el restaurante. Ethan se acerca y murmura con la voz un poco temblorosa:

—No tengo idea de a qué se refiere con *divertirse*.

—Puede ser algo inocente, como un puñado de esposas tomando merlot y quejándose de sus esposos —sugiero— o puede ser algo más complicado, del estilo *Tomates verdes fritos*.

—¿Cuál es el estilo *Tomates verdes fritos*?

Sonrío sombría.

—Un grupo de esposas mirándose los labios con espejos de mano. Sabes a qué labios me refiero.

Ethan me mira como si estuviera reprimiendo el impulso de correr hacia el océano y ahogarse.

—Estás disfrutando demasiado esto.

—Oh, por Dios, soy la peor. ¿Cómo me atrevo a disfrutar de Maui?

Nos detenemos frente al escritorio de la recepcionista, le damos nuestro número de habitación y la seguimos hasta una pequeña mesa en el fondo del salón, muy cerca del bufé.

—Un bufé, cariño, ¡tu favorito! —digo entre risas.

Una vez que nos sentamos, Ethan (ligeramente peor dormido que yo) mira el menú con tanta fuerza que podría agujerearlo.

Voy hacia el bufé y lleno mi plato con enormes trozos de frutas tropicales y todo tipo de comidas grilladas. Cuando regreso, Ethan ya ordenó algo de la carta y está acunando entre las manos una enorme taza de café negro. Ni siquiera nota mi regreso.

—Hola —gruñe.

—¿Con toda esa comida ordenaste algo del menú?

—No me gustan los bufés, Olive, por Dios. Deberías estar de acuerdo conmigo luego de lo que presenciamos hace un par de días —dice con un suspiro.

Muerdo un trozo de piña y me da placer verlo estremecerse cuando hablo con la boca llena.

—Me gusta molestarte, eso es todo.

—Se nota.

Por Dios, es tan cascarrabias por las mañanas.

—¿En serio crees que estoy disfrutando *demasiado* mis vacaciones? ¿Escuchas las cosas que dices?

Baja la taza con cuidado, como si estuviera resistiendo con todas sus fuerzas el impulso de usar la violencia.

—Nos fue bien anoche —dice con calma—, pero luego la situación se complicó. Mi exnovia (con quien tengo muchos amigos en común) cree que estamos casados, y la esposa de tu nuevo jefe quiere compartir conmigo una experiencia de labios y espejos de mano.

—Es solo una hipótesis —recuerdo—. Quizá la diversión para Molly es una reunión de Tupperware.

—¿No te parece que estamos en una situación complicada?

Me encojo de hombros y dirijo la culpa a quien la tiene.

—Para ser honesta, tú fuiste ridículamente carismático anoche. Más de lo necesario.

—Porque *tú me lo pediste*. —Toma su taza y sopla la superficie.

—Quería que fueras encantador como un *sociópata*. *Demasiado* encantador para que cuando se revelara tu naturaleza, la gente piense: "No lo noté en el momento, pero era sospechosamente perfecto". Ese estilo. No sencillo y tierno.

Ethan arquea la mitad de la boca y sé qué va a decir antes de que lo haga:

—Crees que soy tierno.

—Una ternura asquerosa.

—Ternura asquerosa. De acuerdo. —La sonrisa se ensancha.

El camarero trae la comida y cuando levanto la mirada noto que su sonrisa se borró y mira fijamente por encima de mi hombro. Tiene el rostro pálido. Frunce el ceño y se concentra en su plato.

—¿Acabas de recordar que la comida de restaurantes tiene diez veces más posibilidades de tener salmonella?

—pregunto—. ¿O encontraste un pelo en tu plato y ahora crees que te dará lupus?

—Vuelvo a repetirlo para que lo escuchen los del fondo: ser cuidadoso con la manipulación de alimentos no es equivalente a ser hipocondríaco ni idiota.

Le doy un saludo del tipo *sí, mi capitán*, pero me doy cuenta. El origen de su pánico súbito no tiene nada que ver con su desayuno. Miro alrededor y mi pulso se acelera: Sophie y Billy están sentados justo a mis espaldas. Ethan tiene vista privilegiada a su ex y su nuevo prometido.

Por más que quiera abofetearlo con frecuencia, puedo entender que es muy doloroso cruzarte con tu ex celebrando su compromiso cuando tú solo estás fingiendo estar casado. Recuerdo que me crucé con mi exnovio Arthur justo la noche en que defendí mi tesis. Habíamos salido para celebrarme *a mí* y a mi logro, y ahí estaba él, el chico que me había dejado porque "no podía distraerse con una relación". Llevaba a su nueva novia en una mano y la revista científica en la que acababa de ser publicado en la otra. Mi ánimo de festejo se evaporó y, una hora más tarde, me fui de mi propia fiesta a devorarme una temporada entera de *Buffy*.

Un ápice de empatía florece en mi pecho.

—Ethan...

—¿Podrías *intentar* masticar con la boca cerrada? —se queja, y una bomba nuclear aniquila lo que había florecido en mí.

—Para que conste, hay mucha humedad aquí y estoy *congestionada* —digo con la nariz tapada—. Pensar que empezaba a entenderte...

–¿Por mi ternura asquerosa? –pregunta. Empuja el plato, mira sobre mi hombro y luego se concentra en mi cara.

–No, porque tu ex está en el mismo hotel sentada justo a mis espaldas.

–¿Sí? –Vuelve a mirar y finge muy mal la sorpresa–. Ah.

Le sonrío, aunque se esfuerza por evitar mi mirada. De solo ver una pequeña pizca de vulnerabilidad en su expresión, la empatía vuelve a florecer.

–¿Qué es lo que más te gusta desayunar?

–¿Qué? –hace una pausa con un trozo de tocino a medio masticar todavía en la boca.

–Vamos. Desayuno. ¿Qué te gusta?

–Los bagels. –Muerde un nuevo bocado, mastica, traga y me doy cuenta de que no dirá más.

–¿*Bagels*? ¿En serio? ¿Entre tantas opciones me dices que tu desayuno favorito son los bagels? Vives en Twin Cities. ¿Hay bagels decentes allí?

Aparentemente cree que mi pregunta es retórica porque vuelve a poner la atención en su comida, feliz de batir esas pestañas y no decir una palabra. Entiendo por qué lo odio (me avergüenza por comer, por estar rellenita y siempre fue un imbécil monosilábico). ¿Pero cuál es su problema *conmigo*?

Vuelvo a intentar ser *amigable*:

–¿Qué te parece si hacemos algo divertido hoy?

–¿Juntos? –Me mira como si le hubiera sugerido cometer un asesinato en masa.

–¡Sí, juntos! Todas las actividades que tenemos incluidas son para dos personas –digo, sacudiendo un dedo entre

nosotros– y, como acabas de señalar, tiene que parecer que estamos *casados*.

Ethan gira la cabeza con los hombros encogidos:

–¿Puedes hablar más bajo? No tiene que escucharte todo el restaurante.

Respiro profundo y cuento hasta cinco para no cruzarme sobre la mesa y hacerle un piquete de ojos. Me acerco y digo:

–Mira, ya estamos metidos en este juego de mentiras. ¿Por qué no sacarle provecho? Eso es lo que intento hacer: disfrutar todo lo que puedo.

Hace silencio por varios segundos.

–Es demasiado optimista de tu parte.

–Veré a qué puedo inscribirnos… –Me tomo de la mesa para pararme.

–Está mirando –me interrumpe–. Mierda.

–¿Qué?

–*Sophie*. No para de mirar hacia aquí. –Busca mis ojos con pánico–. Haz algo.

–¿Como qué? –pregunto comenzando a asustarme también.

–Antes de irte. No sé. Estamos enamorados, ¿no? Solo… –Se levanta bruscamente, me toma del hombro, me inclina sobre la mesa y presiona su boca sobre la mía. Nuestros ojos se mantienen abiertos con horror. Mi respiración queda atrapada en el pecho y comienzo a contar hacia adentro tres interminables segundos antes de separarme.

Logra fingir una sonrisa amorosa y dice entre dientes:

–No puedo creer lo que acabo de hacer.

—Voy a hacerme gárgaras con lejía.

No tengo dudas de que fue el peor beso que Ethan Thomas dio en su vida y, sin embargo... no fue terrible. Su boca estaba tibia, sus labios suaves y firmes. Aunque nos mirábamos horrorizados, no se veía nada mal de cerca. Quizá incluso más apuesto que de lejos. Sus ojos son de un azul imposible, sus pestañas son tan largas que es absurdo. Y es cálido. Tan cál...

Mi cerebro hace un cortocircuito. *Cállate, Olive.*

Oh, por Dios. Si vamos a fingir estar casados tendremos que hacerlo de nuevo.

—Perfecto. —Me mira con los ojos bien abiertos—. Perfecto. Te veo en la habitación más tarde.

♥

La idea de construir una casa desde los cimientos siempre me atemorizó porque sé que no soy una persona atenta a detalles como la manija de la puerta o los tiradores de las gavetas o los estilos de adoquines. Son demasiadas decisiones que no me interesan en absoluto.

Contemplar la lista de actividades se siente un poco así. Podemos hacer esquí acuático, tirolesa, travesía en cuatro por cuatro, esnórquel, clases de hula kahiko, disfrutar de un masaje en pareja y mucho mucho más. Me conformaría con cualquiera de las opciones, pero Trent, el coordinador de actividades, me mira con ansiedad, listo para anotar "mi nombre" en el casillero del cronograma que desee.

El problema real es cuál de las opciones fastidiará menos a Ethan.

–Un buen comienzo –dice Trent con amabilidad– puede ser un viaje en barco, ¿no le parece? Vamos hasta el cráter Molokini. Es un lugar muy tranquilo. Incluye el almuerzo y tragos. Pueden hacer esnórquel, intentar snuba (una mezcla de esnórquel y buceo) o solo pasar el rato.

–Okey. Haremos eso. –Que exista la posibilidad de sentarse, quedarse callado y no sumarse a la diversión sin duda será un incentivo cuando tenga que convencer a Ethan.

Con gusto, Trent escribe *Ethan y Ami Thomas* en la lista y me indica que debo estar en el lobby a las diez.

Arriba, Ethan ya está en pantalones cortos, pero todavía no se puso una camiseta. Una reacción extraña y violenta me recorre cuando se da vuelta y puedo contemplar que tiene músculos justo donde debería tenerlos. Una pequeña cantidad de vello sobre el amplio pecho hace que la mano se me cierre en un puño.

–¿Cómo te *atreves*? –Me doy cuenta de que lo dije en voz alta cuando Ethan me mira con una sonrisa y desliza la camiseta sobre la cabeza.

Con los abdominales fuera de mi vista se extingue el incendio en la parte baja de mi vientre.

–¿Cuál es el plan? –pregunta.

Me quedo tres segundos perdida en el recuerdo de su torso desnudo antes de responder:

–Tomaremos un barco a Molokini. Esnórquel, tragos, *etcétera*.

Espero que revolee los ojos o se queje, pero me sorprende.

–¿En serio? Qué divertido.

Con cautela, dejo a este Satán sospechosamente optimista en la sala de estar para cambiarme y armar un pequeño bolso. Cuando termino, Ethan se abstiene de reírse de que mi traje de baño apenas contiene mis senos o que mi pareo está desalineado, y comenzamos nuestro camino al lobby, donde nos dirigen a una camioneta para doce pasajeros que nos espera justo en la salida.

Ethan pone un pie dentro, se impulsa para subir, pero cae hacia atrás tan súbitamente que me choco de frente con su espalda. De nuevo.

–¿Estás teniendo otro…?

Ethan me calla con una mano antes de tomarme por la cadera. Y entonces la escucho: la voz de Sophie, tan aguda como el sonido que hacen las uñas cuando arañan un pizarrón.

–¡Ethan! ¿Vienes con Olive a la excursión?

–¡Claro que sí! ¡Qué terrible coincidencia! –Se gira y me fulmina con la mirada antes de volver a sonreírles y reanudar la entrada al vehículo–. ¿Nos sentamos en el fondo?

–Sí, creo que esos asientos son los únicos disponibles. –Billy suena aturdido y cuando Ethan se inclina para avanzar puedo ver por qué.

Ya hay ocho personas acomodadas en la camioneta y solo la fila del fondo está disponible. Ethan es tan alto que casi tiene que arrastrarse cuerpo a tierra para poder atravesar el cúmulo de bolsos, sombreros y cinturones de seguridad que

caen sobre el pasillo. Un poco más calmada, sigo sus pasos. Me sorprende que verlo abatido no me da la alegría que hubiera esperado. Me siento... culpable. No elegí bien.

Pero somos Olive e Ethan; ponernos a la defensiva es nuestra primera reacción. Se siente como El Fiasco del Boleto Aéreo Barato 2.0.

–Podrías haberte ocupado tú de elegir la excursión.

No responde. Luego de haber sido tan convincente anoche para cubrir mi mentira, no le gusta nada que ahora yo tenga que hacerlo por él. Odia deberme algo.

–Podemos hacer otra cosa –le digo–. Estamos a tiempo de irnos.

Vuelve a quedarse callado, pero se desinfla a mi lado cuando el conductor cierra las puertas del vehículo y levanta los pulgares por el espejo retrovisor para indicarnos que estamos listos para irnos.

Le doy un suave codazo a Ethan. No entiende que quiero decir *¡Resiste, tigre!* porque también me golpea. Idiota. Vuelvo a codearlo, con más fuerza esta vez, y él se prepara para devolverlo, pero lo esquivo y le clavo mis nudillos entre las costillas. No esperaba encontrarme con su punto de cosquillas incontenibles, pero lanza un grito agudo y ensordecedor que me deja abrumada. Es tan exagerado que todos los pasajeros se dan vuelta para ver qué está sucediendo.

–Perdón –les digo, y luego le hablo a él más despacio–. Nunca había escuchado a un hombre emitir ese sonido.

–¿Puedes no hablarme, por favor?

–*No sabía* que estarían aquí.

Me mira incrédulo.

—No voy a volver a besarte. Te lo aclaro por si creías que con esto ibas a ganarte otro beso.

¿¿Quéquiéncómo?! Imbécil. Boquiabierta susurro:

—Preferiría chupar la suela de mi zapato antes que volver a tener tu boca sobre la mía. Lo digo en serio.

Se da vuelta y mira por la ventana. La camioneta arranca y el conductor pone una suave música de la isla. Me acomodo para una siesta de veinte minutos cuando, frente a nosotros, una adolescente toma una botella de bronceador y comienza a rociárselo sobre un brazo y luego sobre el otro. Ethan y yo quedamos sumidos en una nube de vapores aceitosos, sin puerta ni ventana. Intercambiamos una mirada de sufrimiento.

—Por favor, no eches eso dentro de la camioneta —pide Ethan con un tono firme pero amable que tiene un efecto raro y desestabilizante en mi aliento.

—Ups, lo siento —responde la adolescente sin mucha expresión mientras vuelve a meter la botella en su mochila.

A su lado, el padre está absorto en la revista *Ciencia Popular*, completamente enajenado.

La nube de bronceador se disipa con lentitud y, para ignorar el paisaje de Sophie y Billy besándose, podemos disfrutar la vista de la costa por la ventana de la izquierda y las verdes montañas por la ventana de la derecha. Una ola de felicidad me invade.

—Maui es hermoso.

Siento cómo Ethan gira para mirarme, pero lo ignoro, está

tan confundido que puede creer que hice ese comentario para insultarlo de algún modo. Ese gesto podría arruinar esta alegría repentina que siento.

—Sí, muy hermoso.

No sé por qué siempre espero que quiera discutir, pero no deja de sorprenderme cuando concuerda conmigo. Su voz es tan profunda que siempre parece seductora. Nuestros ojos se encuentran y se rechazan en un instante. Fijamos la atención adelante, entre las cabezas de la adolescente del bronceador y su padre, justo donde Sophie y Billy murmuran con los rostros a milímetros de distancia.

—¿Cuándo se separaron? —pregunto despacio.

Me mira como si no fuera a responder, pero luego exhala:

—Hace seis meses.

—¿Y ya está comprometida? —lanzo un silbido—. Dios.

—Para ella yo estoy *casado*, así que mucho no puedo ofenderme.

—Puedes ofenderte todo lo que quieras, pero no debes *parecer* ofendido —digo y, como no responde, me doy cuenta de que di justo en el clavo. Está esmerándose para parecer tranquilo—. Si te sirve de algo —susurro—, Billy no es para nada atractivo. Es la versión desmejorada de Reedus, pero sin nada de su encanto sexy-misterioso. Es una versión grasienta.

Ethan se ríe y luego recuerda que no nos caemos bien. Borra la sonrisa.

—Están besándose con pasión ahí mismo. Hay ocho personas más en esta camioneta. Puedo verles las lenguas. Es... asqueroso.

—Apuesto a que el señor Ethan Thomas nunca haría algo tan inapropiado.

—Es decir —dice con el ceño fruncido— pienso que soy una persona cariñosa, pero algunas cosas son mucho mejores si suceden a puertas cerradas.

Un calor envuelve las palabras que quedan en mi cabeza y solo puedo asentir. La idea de Ethan haciendo cosas privadas *a puertas cerradas* hace que todo en mi interior se desmorone.

Me aclaro la garganta y miro hacia otra parte para encontrar respiro; mi interior vuelve a construirse. *Querida Olive Torres: es Ethan. No te gusta.*

Se acerca para llamar mi atención.

—¿Crees que podrás hacerlo hoy?

—*¿Hacerlo?*

—El jueguito de la falsa esposa.

—¿Y yo qué gano? —pregunto.

—Mmm... —Ethan se toma la barbilla—. ¿Qué te parece que no le diga a tu jefe que eres una mentirosa?

—De acuerdo. Es justo. —Pienso qué puedo hacer para ayudarlo a ganar la competencia de Mejor Nueva Pareja que sospecho que estamos peleando con Sophie y Billy—. No quiero ilusionarte, pero este bikini me queda muy bien. No hay mejor venganza que estar con alguien con un buen par.

Curva los labios.

—Una declaración digna de una mujer empoderada y feminista.

—Puedo valorar mi cuerpo en bikini e igualmente querer

incendiar el patriarcado –miro hacia mi pecho–. ¿Quién hubiera dicho lo que un poco más de carne sobre mis huesos podría hacer?

–¿A eso te referías en recepción? Sobre cocinar por haberte quedado sin empleo.

–Sí, cocino cuando estoy estresada. –Hago una pausa–. Y como. Eso obviamente lo sabes.

Se queda mirándome por algunos segundos antes de decir:

–Tienes un nuevo trabajo. Tus días de cocinera pueden quedar atrás si así lo deseas.

Levanto la vista y llego a verlo alejar rápido los ojos de mi escote. Si no lo conociera tan bien, creería que desea que siga cocinando un poco más.

–Sí, tengo trabajo, si puedo conservarlo.

–Estuvimos muy bien anoche, ¿no? –dice–. Lo conservarás.

–Y quizá también los senos. –Se ruboriza un poco y me divierte mucho su incomodidad. Pero sus ojos vuelven a husmear mi pecho, como si no pudiera contenerse–. No tuviste problema en mirar el vestido de Skittle desde todos los ángulos.

–Para ser honesto, estabas usando una lamparita fluorescente. Era difícil no verlo.

–Cuando todo esto termine, te haré algo con la tela de ese vestido –prometo–. Quizá una corbata o una ropa interior sexy.

Se atraganta y sacude la cabeza. Luego de unos segundos de silencio confiesa:

—Estaba recordando que Sophie estuvo a punto de ponerse implantes cuando estábamos juntos. Siempre quiso tener grandes… —Hace la mímica de apretar senos con las manos.

—Puedes decirlo —lo autorizo.

—¿Decir qué?

—Pechos. Senos. Tetas. Bubis.

—Por Dios, Oliver. —Ethan se toma el rostro con las manos.

Lo miro fijamente, deseando captar su atención. Cuando me mira, parece que quisiera tirarse del vehículo en movimiento.

—Entonces, quería implantes —retomo.

—Apuesto que se arrepiente de no haberlo hecho cuando disfrutaba de mi sueldo.

—Bueno, ahí lo tienes. Tu nueva falsa esposa tiene fantásticos senos. Deberías estar orgulloso.

—Pero no alcanza con eso.

—¿Qué quieres decir con "no alcanza con eso"? No voy a usar una tanga.

—No, solo que… —Con fastidio, se pasa una mano por el pelo—. No se trata solo de que ahora esté con una persona sexy.

Espera. ¿Qué? ¿Sexy?

Sigue de largo como si no hubiera dicho nada relevante ni totalmente impactante.

—También tiene que parecer que *me quieres*.

Un rizo se le cae sobre un ojo justo antes de que diga eso y convierte el momento en una escena tan sacada de

Hollywood que me hace reír. Unos pocos fuegos artificiales (solo una bengala, lo juro) bajan desde mis clavículas porque, por Dios, es tan hermoso. Y verlo vulnerable, aunque sea por un segundo, me desorienta de un modo que me hace pensar en la época en que podía mirar su rostro sin odiarlo.

–Puedo fingir que te quiero –hago una pausa por instinto de supervivencia–. Probablemente.

Se relaja un poco. Acerca las manos y envuelve las mías, se siente cálido y acogedor. Mi primer reflejo es rechazarlo, pero me toma con firmeza y dice:

–Bien. Porque tendremos que ser mucho más convincentes en el bote.

CAPÍTULO OCHO

El bote en cuestión es enorme: tiene una gran cubierta inferior, un cómodo espacio interno con bar y parrilla, y una terraza llena de luz solar. Mientras el resto del grupo busca dónde dejar sus bolsos y conseguir comida, Ethan y yo nos dirigimos directo hacia el bar, pedimos tragos y comenzamos a subir por la escalera hacia la terraza vacía. Estoy segura de que pronto se llenará de gente, por lo que el pequeño respiro de soledad es maravilloso.

Hace calor; me quito el pareo e Ethan se quita la camiseta; estamos juntos y semidesnudos, a plena luz del día, ahogándonos en el silencio.

Miramos cualquier cosa para evitar posar nuestros ojos sobre el cuerpo del otro. De pronto deseo que todos los pasajeros suban a la terraza.

—Bonito barco —comento.

—Sí.

—¿Qué tal está tu trago?

—Licor barato. Pero bien. —Se encoge de hombros.

El viento me arroja el pelo contra la cara como un látigo. Ethan sostiene mi vodka tonic mientras busco en el bolso una banda elástica para atármelo. Dispara los ojos desde el horizonte hacia mi bikini rojo y de nuevo los aleja.

—Te vi.

—¿Qué viste?

—Me miraste el pecho.

—Claro que sí. Es como si hubiera otras dos personas con nosotros. No quería ser descortés.

En una secuencia digna de un guion, una cabeza se asoma por el extremo de la escalera: el imitador del maldito Daryl Dixon seguido por Sophie, como no podía ser de otro modo. Juro que puedo escuchar el grito del alma de Ethan.

Trepan a la cubierta con margaritas en vasos plásticos.

—¡Chicos! —exclama Sophie cuando se acerca— *Ohpordios*, ¿no es muy *lindi*?

—Muy *lindi* —concuerdo, ignorando la expresión de horror en el rostro de Ethan. No puede juzgarme más de lo que yo me juzgo.

Se quedan con nosotros (el cuarteto más inesperado) e intento disipar la incómoda tensión en el ambiente:

—Así que, Billy, ¿cómo se conocieron?

—En el supermercado. —Billy entrecierra los ojos por el sol.

–Billy es el subdirector del Club Foods de St. Paul –interviene Sophie–. Estaba reponiendo artículos escolares y yo compraba platos descartables en el otro lado del pasillo.

Espero, porque creo que habrá más. Pero no.

El silencio se estira hasta que Ethan acude al rescate:

–¿El que está en Clarence o...?

–No, no –murmura Sophie sobre su sorbete y sacude la cabeza mientras traga–. Arcade.

–No suelo ir ahí –comento. Más silencio–. Me gusta el que está en University.

–Hay buenos vegetales en ese –concuerda Ethan.

Sophie se queda mirándome algunos segundos y luego se dirige a Ethan:

–Se parece a la novia de Dane.

Mi estómago da un giro y, dentro del cráneo, mi cerebro adopta la forma de *El grito* de Munch. Claro que Sophie conoció a Ami. Si Ethan y yo individualmente tenemos un coeficiente intelectual por encima de la media, ¿por qué somos tan estúpidos cuando estamos juntos?

Lo bombardeo con ondas cerebrales de pánico, pero él solo asiente con calma.

–Sí, son gemelas.

Billy parece impresionado, pero Sophie está mucho menos encantada con la posible pornografía casera.

–¿No es algo extraño? –pregunta.

Quiero gritar SÍ. MUY RARO. TODO ESTO ES MUY RARO, pero logro engrampar mis labios al sorbete y liquido

la mitad de mi bebida. Luego de otra larga pausa, Ethan dice:

—En realidad no.

Una gaviota vuela sobre nuestras cabezas. El barco se sacude mientras atravesamos las olas. Llego al final de mi trago y hago ruido con el sorbete hasta que Ethan me codea. La situación es dolorosa.

Luego de un rato, Sophie y Billy deciden que es momento de sentarse y avanzan hacia una banca acolchada en la otra punta de la cubierta; bastante cerca como para considerar que seguimos compartiendo espacio, pero con la distancia suficiente para no tener que entablar conversación o escuchar la grosería que Billy susurra al oído de Sophie.

Ethan pasa un brazo sobre mis hombros como un robot, un gesto torpe para indicar que *Nosotros También Podemos Ser Cariñosos*. Insisto, estaba mucho más cómodo anoche. Con tranquilidad, respondo deslizando una mano alrededor de su cintura. Me había olvidado de que tenía el torso desnudo y mi palma entra en contacto directo con su piel. Ethan se estremece un poco; me inclino más para acariciarle el hueso de la cadera con el pulgar.

Quería que le molestara, pero, en verdad… se siente bien.

Tiene la piel tan bronceada y firme que capta toda mi atención.

Es como el primer bocado de algo delicioso; quiero volver por más. El punto en el que mi pulgar toca su cadera pasa a ser la parte más caliente de mi cuerpo.

Con un gruñido cursi, Billy tironea a Sophie hacia su

regazo y ella sacude los pies en el aire, diminuta y juguetona. Luego de un lapso de silencio que debería haberme servido de señal, Ethan también se sienta y me empuja sobre sus muslos. Caigo con mucha menos gracia (mucho menos diminuta) y se me escapa un eructo cuando aterrizo.

—¿Qué haces? —pregunto cuando recobro el aliento.

—Dios, *no lo sé* —susurra con dolor—. Solo sígueme la corriente.

—Puedo sentir tu *pene*.

Se acomoda debajo de mí.

—Todo fue más fácil anoche.

—¡Porque no tenías nada que perder!

—¿Por qué está aquí? —sisea—. ¡El barco es enorme!

—Son tan adorables, chicos —comenta Sophie con una sonrisa—. ¡Qué pegotes!

—Muy pegotes —repite Ethan y sonríe con los dientes apretados—. No nos cansamos de estar juntos.

—Totalmente —agrego y empeoro todo levantando los dos pulgares.

Sophie y Billy se mueven con mucha naturalidad. No así nosotros. Anoche, durante la cena con los Hamilton, la situación era muy distinta: cada uno tenía una silla y cierto espacio personal. Pero ahora mis piernas se resbalan sobre las suyas por el efecto del protector solar y tiene que volver a acomodarme a cada rato, estoy metiendo la barriga y mis cuádriceps tiemblan por el esfuerzo que conlleva no desplomar todo mi peso sobre él. Como si pudiera sentirlo, me atrae contra su pecho para que me relaje.

–¿Estás cómoda? –murmura.

–No. –Recuerdo con culpa cada carbohidrato que comí en mi vida.

–Gírate.

–¿Qué?

–Como… –Corre mis piernas hacia la derecha y me ayuda a acomodarme en su pecho–. ¿Mejor?

–Eh… –Sí, mucho mejor–. Da igual.

Estira los brazos sobre la barandilla de la cubierta y, juguetona, le envuelvo el cuello con los brazos en un esfuerzo por parecer alguien que tiene sexo con él regularmente.

Cuando levanto la vista, lo encuentro una vez más mirando mi escote.

–Muy disimulado.

Mira hacia otro lado, se sonroja y una descarga eléctrica viaja por mi cuello.

–En verdad son geniales, ¿sabes?

–Lo sé.

–Y se lucen más en este atuendo que con el vestido de Skittle.

–Me importa tanto tu opinión. –Me muevo. No entiendo por qué estoy tan inquieta–. De nuevo siento tu pene.

–Claro que lo sientes –dice con un pequeño guiño–. Raro sería que no lo sintieras.

–¿Es una broma de tamaño o de erección?

–Definitivamente tamaño, Orville.

Tomo el último trago aguado de mi bebida y exhalo con fuerza sobre su rostro para tirarle el olor a vodka barato.

—Eres una maestra de la seducción —comenta, todavía bizco.

—Me lo dicen seguido.

Tose y puedo jurar que lo veo esconder una sonrisa de felicidad genuina.

Y lo entiendo. Por mucho que lo odie… creo que empieza a gustarme lo que formamos cuando estamos *juntos*.

—¿Hiciste esnórquel alguna vez? —pregunto.

—Sí.

—¿Te gustó?

—Sí.

—¿Siempre eres tan mal conversador?

—No.

Volvemos al silencio. Pero estamos demasiado cerca y, si no hablamos, el sonido que se escucha es la humedad de los besos de Sophie y Billy, por lo que no tenemos muchas opciones. No podemos *no* hablar.

—¿Cuál es tu trago favorito?

Me mira con una paciencia dolorosa y gruñe:

—¿En serio tenemos que hacerlo?

Señalo con la cabeza hacia Sophie y su nuevo prometido, a quienes solo les faltan un par de segundos para empezar a hacer el amor con ropa.

—¿Prefieres mirarlos? También podríamos *imitarlos*.

—Caipiriñas —responde—. ¿Y tú?

—Soy chica de margaritas. Pero si te gustan las caipiriñas, hay un lugar a un par de cuadras de mi apartamento que hace las mejores que he probado.

—Deberíamos ir —dice, y es claro que no lo pensó porque de inmediato ambos lanzamos nuestra carcajada del tipo *ups, ¡eso no sucederá!*

—¿Es raro que no me parezcas tan desagradable como antes? —pregunta.

—Sí. —Le doy de probar su propia medicina monosilábica. Pone los ojos en blanco.

Sobre sus hombros, el cráter Molokini aparece en el horizonte. Es de un verde vibrante y tiene una forma peculiar e imponente. Desde aquí ya puedo ver que el azul profundo de la bahía está repleto de pequeñas embarcaciones como la nuestra.

—Mira —señalo el horizonte—, no estamos perdidos en el océano.

—Guau —desliza por lo bajo.

Y en ese momento, por una fracción de segundo, nos entregamos al placer de disfrutar un momento juntos. Hasta que Ethan decide que es tiempo de arruinarlo:

—Espero que no te ahogues ahí.

—Si sucede, el primer sospechoso siempre es el esposo. —Sonrío con maldad.

—Me retracto de mi "desagradable" comentario.

Otra persona se une al incómodo cuarteto de la terraza: el instructor de snuba, Nick, un joven con el cabello decolorado por el sol, piel demasiado bronceada y dentadura reluciente, quien se llama a sí mismo un "chico de la isla" pero apuesto a que nació en Idaho o Missouri.

—¿Quién hará snuba y quién esnórquel? —pregunta.

Miro con esperanzas de que Sophie y Billy (que tuvieron la decencia de despegar sus caras) elijan otra opción, pero ambos gritan "¡Snuba!" con mucho entusiasmo. Parece que tendremos que seguir soportándolos también bajo el agua.

Nos incluimos en el snuba y los fuertes brazos de Ethan me levantan en el aire casi sin hacer esfuerzo. Me devuelve al suelo a un brazo de distancia y se queda parado a mis espaldas. Pasa un segundo hasta que recuerda que tenemos que mantenernos en niveles de contacto dignos de recién casados y me envuelve con un brazo para acercarme. Nuestros cuerpos están húmedos por el calor y al mínimo contacto quedamos succionados.

–¡Qué asco! –gruño–. Estás todo transpirado.

Estampa los antebrazos contra mis senos. Me alejo y le piso un pie.

–Ups, lo siento –miento.

Desliza el pecho por mi espalda hacia un lado y hacia el otro, a propósito, para contaminarme con sudor masculino.

Es el peor… ¿Entonces por qué tengo que contener la carcajada?

Sophie aparece a su lado.

–¿Traes tu moneda de la suerte? –le pregunta.

Quisiera poder explicar el diminuto monstruo de los celos que ruge en mi pecho. Está comprometida con otra persona. Los chistes y secretitos de pareja ya no le pertenecen.

Antes de que pueda decir algo, Ethan corre el brazo de mi pecho y apoya la palma directamente en mi barriga.

–Ya no la necesito porque la tengo a ella.

–¡Aww! –exclama Sophie con falsedad y luego me mira. Guau, es una mirada cargada y silenciosa. Nuestras mentes están batallando. Me está midiendo. Intenta entender cómo Ethan pasó de ser su novio a ser mi esposo.

Entiendo que fue ella quien terminó la relación; de no haber sido así, él no se tomaría el trabajo de la falsa esposa. Me pregunto si el rechazo que hay en su mirada es porque Ethan la haya superado con tanta facilidad o porque lo haya hecho con alguien que no se le parece en nada.

Me recuesto contra él para mostrarle mi apoyo y no sé si nota que presiona las caderas contra mi espalda de un modo sutil: un empujón inconsciente. Dentro de mi pecho vuelan mariposas traidoras.

Pasaron solo unos segundos desde que sugirió que soy su amuleto, y se siente demasiado tarde para decirle que se equivoca, que es justamente lo opuesto; que, con mi suerte, me voy a clavar una astilla en el pie, me voy a desangrar en el océano y eso atraerá una horda de tiburones famélicos.

–¿Están listos para divertirse? –pregunta Nick interrumpiendo mis pensamientos.

–¡Claro que sí! –exclama Sophie con un tono digno de una fraternidad universitaria, y choca los cinco con Billy.

De parte de Ethan espero un rígido choque de puños, pero me sorprende cuando sus labios aterrizan suaves en mi mejilla.

–¡Claro que sí! –susurra en mi oreja y se ríe bajito.

Nick nos ayuda a ponernos los trajes, las patas de rana y las máscaras, que solo cubren nuestros ojos y narices. Como bajaremos más de lo que se suele descender con esnórquel, también nos provee de boquillas que están conectadas a un gran tanque de oxígeno acomodado sobre una plataforma que permanecerá en la superficie y deberemos arrastrar con nosotros a medida que avancemos. Cada tanque puede proveer a dos nadadores, así que (por supuesto) me emparejan con Ethan; lo que significa que tenemos que seguir juntos.

Cuando nos zambullimos en el agua, tomamos el equipamiento y puedo ver cómo Ethan examina la boquilla intentando estimar la cantidad de personas que la chuparon y calcular qué tan bien la habrán limpiado luego de la última excursión. Me mira con el rabillo del ojo y puede percibir mi total falta de empatía por su crisis higiénica; respira hondo, se lo introduce en la boca y levanta los pulgares hacia Nick en un gesto ambiguo.

Nos hacemos cargo de la plataforma que lleva el oxígeno que compartimos. Nos miramos por última vez sobre la superficie y nos sumergimos. Me desoriento por un segundo hasta que logro respirar por el tubo y ver a través de la máscara; para no perder el hábito, intentamos nadar en direcciones opuestas. La cabeza de Ethan asoma sobre la superficie y se sacude con impaciencia para indicar en qué dirección quiere ir.

Me rindo y lo dejo guiar. Bajo el agua, me dejo atrapar por lo que nos rodea. Un kihikihi negro, amarillo y blanco pasa disparado. Un pez corneta atraviesa nuestro campo de

visión, elegante y plateado. A medida que nos acercamos a los corales, el paisaje se vuelve cada vez más increíble. Con los ojos bien abiertos detrás de su máscara, Ethan señala un cardumen rojizo de peces soldado justo cuando atraviesan una exuberante espiga amarilla. Las burbujas que expulsa su respiración parecen confeti.

No sé exactamente cómo sucede, pero en un momento estoy luchando por nadar más rápido y al siguiente la mano de Ethan envuelve la mía y me ayuda a avanzar entre un pequeño grupo de o'ilis con lunares grises. Es tan silencioso aquí. Para ser honesta, nunca había sentido esta especie de calma y, a decir verdad, nunca en su presencia. Poco tiempo después, ambos estamos nadando en completa sincronía, con los pies moviéndose perezosos detrás. Señala lo que ve; yo hago lo mismo. No hacen falta las palabras. No quiero pegarle ni hacerle un piquete de ojos, solo entender la confusa realidad de que sostenerle la mano aquí abajo no solo es soportable, sino que es lindo.

Volvemos a acercarnos al barco, emergemos agitados y empapados. La adrenalina me recorre; quiero proponerle a Ethan que hagamos esto todos los días que nos quedan. Pero volvemos a la realidad tan pronto como nos quitamos las máscaras y Nick nos ayuda a salir del agua. Nos miramos y lo que sea que quería decirme muere en la garganta.

—Fue divertido —solo eso digo.

–Sí. –Se quita el chaleco de neopreno para entregárselo a Nick y se acerca cuando nota que necesito ayuda con la cremallera. Tiemblo de frío, así que acepto su colaboración y me esfuerzo por no notar lo grandes que son sus manos y con qué habilidad logra liberarme.

–Gracias –deslizo mientras busco mi ropa seca en el bolso. No me gusta. No–. ¿Dónde puedo cambiarme?

Nick se encoge de hombros.

–Solo hay un baño y se va a llenar cuando comencemos a volver y los tragos lleguen a las vejigas. Les aconsejo que se apuren. También pueden pasar juntos.

–¿Jun… tos? –pregunto. Miro el angosto pasillo que va al baño y noto que la gente ya está juntando sus cosas para usarlo.

–¡No verás nada que no hayas visto! –dice Ethan con una sonrisa perversa.

Le envío un ejército de malos pensamientos.

Pronto se arrepiente de su caballerosidad. El baño tiene el tamaño de un armario. Un armario muy pequeño y muy resbaladizo. Nos apretamos en el interior con nuestra ropa abrazada al pecho. Desde aquí abajo parece que el barco está atravesando una tormenta; somos víctimas de cada movimiento y salto.

–Tú primera –dice.

–¿Por qué yo? *Tú* primero.

–Podríamos cambiarnos al mismo tiempo y terminar con esto de una vez –sentencia–. Tú mira hacia la puerta, yo miraré hacia la pared.

Escucho cómo caen sus pantalones mojados justo en el momento en que deslizo la parte de abajo de mi bikini por mis piernas congeladas. No puedo dejar de pensar en que el trasero de Ethan está a milímetros del mío. Un terror puro me atraviesa cuando imagino la posibilidad de que nuestras nalgas se toquen, húmedas y frías.

Todavía en pánico, me enredo con la toalla y mi pie derecho se desliza en el pequeño charco de agua que se formó bajo el lavamanos. El pie se me engancha con algo, Ethan grita de sorpresa y me doy cuenta de que ese *algo* era su pantorrilla. Las manos chocan fuerte contra la pared y él también pierde el equilibrio.

Mi espalda choca contra el suelo y, de un golpe seco, Ethan aterriza sobre mí. Si algo de todo eso me dolió, estaba muy distraída con el desastre como para notarlo. Durante un eterno segundo, ambos caemos en la cuenta de lo que acaba de suceder: estamos totalmente desnudos, mojados, pegajosos y hechos un nudo de brazos, piernas y *otras partes* en la más espantosa versión del Twister que haya existido jamás.

—¡Oh, por Dios! ¡Quítate! —grito.

—¿Qué mierda, Olive? ¡Tú me tiraste!

Intenta pararse, pero el suelo se mueve y resbala por lo que vuelve a caer sobre mí una y otra vez hasta que logra encontrar el equilibrio. Cuando nos incorporamos, está claro que queremos morir de vergüenza. Dejamos de lado el plan de mirar en direcciones opuestas en favor de la velocidad; no hay forma de que lo hagamos sin ver al menos flashes de

traseros, senos y todo tipo de cosas colgantes, pero a esta altura no nos importa.

Ethan logra ponerse unos pantalones cortos, pero a mí me toma cuatro veces más tiempo arrastrar la ropa por mi cuerpo mojado. Por suerte, termina de vestirse con relativa rapidez, se da vuelta, apoya la frente contra la pared y cierra los ojos mientras lucho con mi sujetador y mi camiseta.

–Quiero que sepas –le digo mientras cubro mi torso– que fue por lejos la peor experiencia sexual de mi vida. Aunque debes estar acostumbrado a escuchar eso.

–Siento que deberíamos haber usado preservativo.

Me giro para confirmar lo que creo haber oído en su voz (risa reprimida de nuevo) y lo atrapo sonriendo, todavía contra la pared.

–Ya puedes girarte –le digo–. Estoy decente.

–¿Es eso posible? –pregunta *sonrojándose* y sonriendo. Es mucho para procesar.

Espero una señal de fastidio, pero, en cambio, me dedica una sonrisa sincera que se siente como ganar la lotería.

–Tienes razón –digo sorprendida por la sensación.

Parece tan sorprendido como yo de que no le haya ladrado y pasa a mi lado para abrir la puerta.

–Comienzo a marearme. Salgamos de aquí.

Salimos con los rostros enrojecidos por motivos que pronto son malinterpretados e Ethan recibe felicitaciones de hombres a los que nunca habíamos visto. Me sigue hacia el bar donde pido un margarita y él una bebida con jengibre para aliviar el malestar estomacal.

Con solo mirarlo me doy cuenta de que no bromeaba con lo del mareo: está verde. Encontramos asientos dentro del barco, lejos del sol, pero cerca de la ventana y se recuesta. Con la cabeza contra el cristal, intenta respirar.

Maldigo este momento porque crea una pequeña fractura en su papel de archienemigo. Un verdadero villano no muestra debilidad y, definitivamente, no permitiría que me acercara para acariciarle la espalda, ni haría ruidos de alivio. Tampoco se inclinaría para que pudiera alcanzarlo con mayor facilidad y mucho menos se enroscaría en el asiento para apoyar la cabeza en mi regazo ni me miraría con gratitud cuando le acaricio el pelo.

Ethan y yo estamos empezando a acumular más de estos buenos momentos que de los malos y eso hace que la balanza se incline hacia un lado desconocido.

Y creo que en verdad me gusta.

Y eso me inquieta.

—Sigo odiándote —aclaro mientras le alejo un bucle oscuro de la frente.

—Lo sé —asiente.

CAPÍTULO NUEVE

Cuando volvemos a tierra firme, Ethan recupera el color, pero para no tentar a la suerte (o correr el riesgo de cenar cerca de Sophie y Billy) decidimos pedir servicio a la habitación.

Aunque él lleva su plato a la sala de estar y yo el mío al dormitorio, entre mi primer bocado de pasta y el cuarto episodio de *Glow*, me doy cuenta de que, si hubiera querido, podría haberlo dejado en la habitación y salir yo sola para hacer alguna de los cientos de actividades que ofrece el hotel. Y sin embargo aquí estoy: pasando la noche encerrada en la habitación porque Ethan tuvo un día difícil. Si necesita a alguien, estoy a un grito de distancia.

Si necesita a alguien… ¿va a necesitarme a *mí*? Quiero pegarme por esta debilidad, y por creer que Ethan me elegiría a *mí* para consolarlo ahora que no está atrapado en un bote. Claro que no me elegiría, ¡y no tiene por qué hacerlo!

Pero tan pronto como termino de debatirme conmigo misma sobre cómo disfrutar mis vacaciones y frenar el avance de lo que sea que siento por este tipo que ha sido casi amigable conmigo en el paraíso, pero nunca en la vida real, recuerdo lo que sentí bajo el agua, cómo se sintió su pecho contra mi espalda en cubierta, cómo se sintieron mis dedos entre su pelo. Mi corazón late enloquecido pensando en cómo su respiración se sincronizó con el ritmo de mis uñas pasando suaves por su cuero cabelludo.

Rompo en carcajadas cuando nos recuerdo desnudos jugando al Twister en el Baño del Infierno.

–¿Te estás riendo por lo del baño? –grita desde la sala de estar.

–Me reiré por lo del baño hasta el final de mis días.

–Yo igual.

Miro hacia la sala de estar, sonrío y caigo en la cuenta de que seguir firme en el equipo Odio a Ethan Thomas tomará más trabajo del que realmente vale.

La mañana llega a la isla y el cielo se ilumina lento y nublado. Ayer, el rocío de la noche se evaporó enseguida con el calor del sol. Pero no hoy, hoy llueve.

Está helado y atravieso la habitación para buscar café. La suite sigue bastante oscura, pero Ethan ya despertó. Está

estirado a lo largo del sofá y sostiene un libro grueso frente a los ojos. Con sabiduría, se abstiene de hablarme hasta que la cafeína haya tenido tiempo de recorrer mi organismo.

Luego de un rato, voy hacia la sala de estar. Sigo en pijamas, pero ya me siento humana.

–¿Qué piensas hacer hoy?

–Lo que ves. –Cierra el libro y se lo apoya sobre el pecho. La imagen se guarda en la enciclopedia de mi cerebro como la Posición Ethan dentro de la subcategoría Sorprendentemente Sexy–. Pero en la piscina y con un trago en la mano.

Al mismo tiempo, miramos hacia la ventana y fruncimos el ceño. Las gotas gruesas hacen sacudir las palmeras y el agua corre por las puertas del balcón.

–Quería hacer surf con remo –digo decepcionada.

–Parece que no va a suceder. –Vuelve a levantar el libro.

Mi instinto me indica mirarlo mal, pero él ni siquiera me está mirando. Tomo la guía del hotel de la mesa del televisor. Tiene que haber algo para hacer en un día de lluvia; puedo compartir tiempo con Ethan *en el exterior*, pero puede correr sangre si los dos pasamos todo el día en la suite.

Acerco el teléfono y abro la guía. Ethan se acerca para leer la lista de actividades sobre mi hombro. Su presencia se convierte (de repente) en una enorme masa de calor que recorre la habitación y ahora se para a mi lado. Mi voz vacila mientras miro la lista.

–Tirolesa… helicóptero… caminata… submarino… kayak… cuatro por cuatro… bicicleta…

Me detiene antes de que pueda decir la siguiente.

—Oh, ¡paintball!

Lo miro pálida. El paintball siempre me pareció una actividad para personas amantes de las armas y llenas de testosterona. Ethan no parece pertenecer a ese grupo.

—¿Has jugado al paintball alguna vez?

—No —responde—. Pero parece divertido. ¿Qué tan difícil puede ser?

—Parece algo muy peligroso como para dejarlo librado al universo, Ethan.

—Al universo no le importa cómo me vaya en el paintball, *Olive*.

—Una vez mi padre me regaló una pistola de bengalas cuando me fui de campamento con un novio. Se disparó en la cajuela e incendió nuestro equipaje mientras nadábamos en un río. Tuvimos que ir a un Walmart para comprar ropa (recuerda, solo teníamos nuestros trajes de baño). El pueblo era diminuto, como salido de una película de terror. Nunca antes había sentido que podía convertirme en la cena de alguien hasta que me encontré caminando por esos pasillos en busca de ropa interior.

Me mira por varios largos segundos.

—Tienes muchas de estas historias, ¿no?

—No te das una idea. —Vuelvo a contemplar la ventana—. Pero, en serio, llovió toda la noche, ¿no habrá mucho lodo?

—Solo estás dispuesta a terminar cubierta de pintura, pero nada de lodo. —Se apoya en la encimera.

—El objetivo es justamente *no* terminar cubierta de pintura.

—No puedes evitar pelear conmigo —dice— y eso me ofende.

—¿No fuiste *tú* quien hizo el chiste del lodo? ¿Eso no fue pelear?

Gruñe, pero lo veo reprimir una sonrisa.

—¿Por qué no atacas eso? —Señalo el minibar.

Ethan se acerca todavía más. Su perfume es increíble y eso me fastidia.

—Hagamos paintball hoy.

—De ninguna manera —digo sacudiendo la cabeza.

—Vamos —ruega—. La próxima actividad la eliges tú.

—¿Por qué quieres pasar tiempo conmigo? No nos caemos bien.

—No estás pensando estratégicamente. Podrás dispararme con balas de pintura.

Un montaje de videojuego se reproduce en mi cabeza: mi arma escupiendo balas verde Skittle que estallan contra el chaleco de Ethan. Y, finalmente, el tiro de gracia: una enorme mancha verde directo en la ingle.

—¿Sabes qué? Voy a adelantarme para reservarnos lugares.

Una combi del hotel nos lleva al campo de paintball. Nos detenemos frente a un edificio industrial con un gran estacionamiento en el frente y bosques alrededor. La lluvia no es copiosa (más bien es una llovizna fina y persistente), pero sí, claro, *hay lodo*.

Dentro, la oficina es pequeña y huele a (adivinaron) tierra y pintura. Nos da la bienvenida un hombre tan ancho como alto que usa una camisa con un estampado que mezcla el camuflaje militar con flores hawaianas y, por lo que indica su gafete, se llama Hogg. Ethan habla con él sobre las opciones de juego, pero yo casi no escucho. Las paredes están cubiertas de cascos, armaduras, gafas de protección y guantes. Cerca de una puerta hay un poster que dice: CÁLMATE Y RECARGA. También hay armas, muchas armas.

Es un mal momento para recordar que nunca antes sujeté una, ni hablar de disparar.

Hogg se va hacia una habitación en el fondo, Ethan gira para mirarme y me señala una pared que tiene nombres y puntajes: son los jugadores que ganaron una suerte de guerra de paintball.

—Parece que va a ser bastante intenso.

Señalo hacia la otra punta de la habitación a un cartel que dice: CUIDADO: MIS BOLAS PUEDEN PEGARTE EN LA CARA.

—Hogg sí que sabe de elegancia. —Levanto un arma de paintball que imita un rifle–. ¿Te acuerdas de la escena de *Cómo eliminar a tu jefe* en la que Jane Fonda está vestida de safari y recorre la oficina buscando al señor Hart?

—No –dice Ethan, torciendo la cabeza para contemplar todo el equipamiento que hay en la habitación con un dulce asombro–. ¿Por qué?

Sonrío cuando vuelve a mirarme.

—Por nada. –Señalo hacia la pared y pregunto–. ¿Disparaste un arma alguna vez?

Hay muchos fanáticos de la caza deportiva en Minnesota, ¿y quién sabe?, Ethan podría ser uno de ellos.

Asiente y se queda callado. Mi mente entra en un túnel de locos imaginando la tragedia que sería que tuviera la cabeza de una cebra colgada de la pared de su sala de estar. O de un león. Oh, por Dios, ¿qué tal si es una de esas personas horribles que van a África a cazar rinocerontes?

Mi imaginación hace que vuelva con todo su esplendor el rechazo hacia Ethan Thomas, pero luego agrega:

—En el campo de tiro con Dane un par de veces. Le gusta más a él que a mí. —Se desconcierta cuando ve mi expresión—. ¿Qué sucede?

Tomo una gran bocanada de aire y entiendo que acabo de hacer lo que hago siempre: imaginar el peor escenario.

—Antes de que lo aclararas te imaginé con un gorro de safari apoyando tu pie sobre el cadáver de una jirafa.

—Basta —dice—, qué asco.

—Así soy. —Me encojo de hombros y hago una mueca.

—Entonces permítete conocerme. Dame el beneficio de la duda.

Dice esto último con calma, como quien no quiere la cosa, y luego frunce el ceño y señala una hebilla de cinturón apoyada sobre el mostrador que dice: *Primera regla para el uso seguro de armas: no te metas conmigo.*

Sigo tambaleándome en la profundidad de su confesión (y lo expuesta que me hizo sentir de repente) cuando Hogg vuelve cargando el equipamiento con sus gruesos brazos. Nos entrega un par de guantes, un mameluco, un casco y un

par de gafas protectoras a cada uno. La pistola es de plástico liviano y tiene una tolva adherida a la parte superior donde se almacenan las bolas de pintura. Todo el resto sí es pesado. No puedo imaginarme corriendo con esto.

Ethan inspecciona el equipamiento y se acerca al mostrador.

–Tienes… Eh… ¿protección?

–¿Protección?

Las puntas de las orejas de Ethan se enrojecen. Creo que pudo leer mi mente y vio la mancha verde impactando contra su entrepierna. Mira a Hogg en busca de compresión, pero el instructor sacude la cabeza y se ríe.

–No te preocupes, grandulón, vas a estar bien.

–Sí, grandulón, yo te cubro –digo golpeándole la espalda.

El escenario para el juego es un bosque de cinco hectáreas con una docena de refugios de madera distribuidos entre la arboleda, troncos dispersos para poder esconderse detrás y algunos puentes colgantes extendidos entre los árboles. Nos piden que nos reunamos con el resto del grupo bajo un techo de metal. Las gotas de lluvia se transformaron en niebla, pero sigue soplando un viento frío que hace que mis hombros se acerquen a mis orejas.

Ethan me mira y debajo de las gafas protectoras puedo ver cómo arruga los ojos de alegría. Apenas pudo contener la risa desde que salí del vestidor.

—Pareces una caricatura —dice.

—Claro, porque a ti te queda pintado —devuelvo. Pero, más allá de que quiera fastidiarlo, es evidente que a Ethan en realidad le sienta increíble el uniforme camuflado. Tiene este aspecto de soldado-sexy que no sabía que me gustaba, pero parece que sí.

—Elmer Fudd —agrega—. Cazando *guonejos*.

—¿Quieres callarte?

—Eres la versión patética de la recluta Benjamin.

—La recluta Benjamin ya es patética.

—¡Por eso! —La situación lo divierte mucho.

Por suerte, se acerca Bob, el instructor. Es bajito pero robusto y camina sobre el grupo como un general frente a su tropa. La conclusión obvia es que Bob quiso ser policía, pero no resultó.

Nos dice que jugaremos en la modalidad *contienda mortal*. Suena a la vez genial y terrible: los veinte que conformamos el grupo seremos divididos en dos grupos, y básicamente correremos por todos lados y nos dispararemos hasta que todos los miembros de uno de los equipos sean eliminados.

—Cada jugador tiene cinco vidas —dice y nos mira con perspicacia mientras avanza—. Cuando les den, trabarán sus armas, bajarán el cañón y regresarán a la base. —Señala una pequeña construcción cercada, con un cartel escrito a mano que dice CAMPAMENTO BASE—. Se quedarán allí hasta que termine su tiempo y luego volverán al juego.

Ethan se acerca y dice contra mi oído:

—No te enojarás cuando te elimine primera, ¿no?

Lo miro. Tiene el cabello aplastado por la humedad y reprime una sonrisa. Literalmente se muerde los labios y, por un momento, quiero acercarme a liberarlos.

Pero me alegra que no piense que estaremos en el mismo equipo.

—No me amenaces —respondo.

—Hay reglas sencillas pero firmes —sigue Bob—. Primero la seguridad. Si creen que algo es tonto, no lo hagan. Las gafas puestas, siempre. Cuando no usen sus armas, deben mantenerlas trabadas y con el cañón cubierto. Lo mismo para cuando tengan que retirarse porque les hayan dado.

Alguien aplaude a mis espaldas y me hace mirar sobre mi hombro. Un hombre pelado, alto y robusto asiente a lo que dice el instructor y casi que tiembla de la emoción. No tiene camiseta, lo que me parece… *raro*. Pero también tiene un cinturón cruzado sobre el pecho con balas de pintura extra, lo que es… *todavía peor*. Intercambiamos miradas confundidas con Ethan.

—¿Ya jugaste? —le pregunta.

—Vengo siempre que puedo —dice el hombre—. Clancy. —Se acerca para estrecharle la mano.

—Ethan. —Me señala y yo saludo—. Ella es Skittle.

—En realidad —digo, fulminando a Ethan con la mirada— soy…

—Debes ser muy bueno entonces —le dice Ethan a Clancy.

Clancy dobla los brazos peludos sobre el pecho.

—He alcanzado el nivel de Prestigio en *Call of Duty* unas doce veces, saca tus propias conclusiones.

—Sin ánimos de ofender, ¿por qué no llevas camiseta? ¿No te dolerá si te pegan? —No puedo resistir la pregunta.

—El dolor es parte de la experiencia —explica. Ethan asiente como si lo que acaba de decir tuviera mucho sentido, pero lo conozco lo suficiente como para leer la risa en sus ojos.

—¿Algún consejo para este par de novatos? —pregunto.

Clancy está encantado con la pregunta.

—Usen los árboles; son mejores que las superficies planas porque pueden rodearlos y escabullirse. Para asomarse, siempre inclinados. —Nos enseña—. Mantengan protegido el resto del cuerpo. Si no, sabrán lo que es que les pegue una bola que viaja a varios kilómetros por segundo justo en el paquete. Perdón por la grosería, Skittle.

—A nadie le gusta un golpe en el paquete. —Hago un gesto con la mano.

Asiente y continúa:

—Y lo más importante: nunca *pero nunca* muerdan el polvo. Si caen, considérense muertos.

Todos aplauden cuando Bob termina y comienza a dividir los equipos. Ethan y yo nos decepcionamos un poco cuando ambos terminamos en el Equipo Trueno. Lo que significa, lamentablemente, que no podré cazarlo por el bosque. La desilusión se acrecienta cuando ve a nuestros contrincantes: un puñado de adultos y siete adolescentes celebrando el cumpleaños número catorce de uno de ellos.

—Espera —dice Ethan señalándolos— no podemos dispararles a *niños*.

–¿A quién llamas "niño"? ¿Tienes miedo, abuelito? –le responde uno que tiene frenos y una gorra puesta hacia atrás.

–Si te trajo tu mamá, eres un niño. –Ethan sonríe con tranquilidad.

Detrás, sus amigos ríen y lo azuzan.

–En realidad *tu* mamá fue quien me trajo. Y me tocó el pito en el asiento de atrás.

Ethan suelta una carcajada.

–Sí, eso suena justo como algo que haría Barb Thomas –dice y le da la espalda.

–Mírenlo huyendo como un bobito –grita el niño.

–Cuida tu boca –Bob intercede y le lanza una mirada al adolescente. Luego gira hacia Ethan–. Déjenlo para el campo de batalla.

–Creo que Bob acaba de habilitarme para destruir a ese idiota.

–Ethan, es un niñito escuálido.

–Perfecto, no desperdiciaré muchas municiones para eliminarlo.

–Puede que te estés tomando esto demasiado en serio –digo poniéndole una mano sobre el brazo.

Me sonríe y guiña un ojo para que entienda que se está divirtiendo. Algo cobra vida dentro de mi caja torácica. El Ethan juguetón es la última evolución de mi compañero de viaje, y la recibo con los brazos abiertos.

♥

—Siento que debería haber prestado más atención a las reglas —Ethan jadea a mi lado, lleno de lodo y salpicado de pintura púrpura. Yo estoy igual. Alerta de spoiler: el paintball duele—. ¿Hay un límite de tiempo? —Toma el teléfono y comienza a buscar en internet. Gruñe cuando pierde señal.

Apoyo la cabeza contra el refugio de madera y miro al cielo. El plan original de nuestro equipo era dividirnos y ocultarnos cerca de los bunkers; habíamos asignado defensores para que se quedaran en territorio neutral y cubrieran la avanzada de los atacantes. No estoy segura de dónde falló el plan, pero en un momento hubo una emboscada y ahora solo quedamos cuatro. El otro equipo está completo (incluidos los adolescentes malhablados).

Ethan y yo quedamos atrapados detrás de una pared destruida y los niños, que son mucho más sanguinarios de lo que imaginamos, intentan cazarnos por todos los frentes.

—¿Siguen ahí? —pregunto.

Ethan se asoma un segundo por encima de la barricada.

—Sí. —Vuelve a mirarme.

—¿Cuántos?

Solo veo dos. Creo que no saben dónde estamos. —Gatea para mirar por el otro lado, pero se arrepiente rápido—. Uno está bastante lejos, el otro está parado en el puente. Diría que esperemos. Alguien aparecerá para distraerlos en algún momento y podremos correr hacia esos árboles.

Pasan unos segundos llenos de disparos y gritos. Esto es lo más alejado de la realidad que puedo imaginar. No puedo creer que lo esté disfrutando.

–Deberíamos intentar avanzar sin que nos vean –digo. No me fascina la posibilidad de atajar más bolas de pintura con el trasero, pero hace frío, estamos en un pantano, y mis muslos están empezando a temblar en señal de un inminente calambre–. Puede que lo logremos. Para mi sorpresa, no eres tan malo en esto.

Me mira y luego vuelve a espiar el bosque.

–Pero tú tienes la agilidad de una roca. Creo que deberíamos quedarnos.

Me acerco y lo pateo, me recorre un cosquilleo cuando pega un grito de dolor fingido.

Como estamos atascados aquí, escondiéndonos de un grupo de púberes, me siento tentada de buscar conversación, pero dudo. ¿*Quiero* conocer a Ethan? Creía que conocía lo más importante (es un hombre prejuicioso que odia a las mujeres curvilíneas que compran alimentos altos en grasas en la Feria Estatal), pero también aprendí que:

1. Trabaja en algo relacionado con matemáticas.
2. Hasta donde sé, tuvo una sola novia desde que lo conozco, o sea en dos años y medio.
3. Es muy bueno para fruncir el ceño (pero también para sonreír).
4. Insiste en que no le molesta compartir la comida; solo no le gustan los bufés.
5. Lleva a su hermano menor en caras aventuras.

El resto de la lista asalta mis pensamientos:

6. Es en verdad muy gracioso.

7. Se marea en los barcos.

8. Está compuesto de puro músculo; debería confirmar que tiene órganos debajo.

9. Es competitivo, pero no de un modo violento.

10. Puede ser tremendamente encantador si se lo motiva con un colchón cómodo.

11. Cree que *siempre me veo bien.*

12. Recuerda la camiseta que usé la tercera vez que nos vimos.

13. Por lo que pude ver, esconde un gran paquete en esos pantalones.

¿Por qué estoy pensando en el pene de Ethan? ¡Qué asco!

Obviamente, llegué aquí con una imagen de él que creía bastante acertada, pero tengo que admitir que esa idea se está desmoronando.

—Bueno, ya que tenemos que hacer tiempo —digo y me siento—. ¿Puedo hacerte una pregunta totalmente personal e invasiva?

—Solo si no vuelves a patearme. Se masajea una zona de la pierna.

—¿Qué pasó entre tú y Sophie? Y de paso, ¿cómo fue que empezaron a salir? Ella es muy... Mmm... *90210.* Y tú pareces más... Mmm... *The Big Bang Theory.*

Ethan cierra los ojos y se inclina para mirar al otro lado de la barricada.

—Quizá sí deberíamos salir...

Lo traigo de vuelta detrás del muro.

—Nos queda una vida a cada uno y te usaré como escudo humano si salimos. Habla.

Toma una bocanada de aire e infla las mejillas mientras exhala.

—Salimos durante dos años —cuenta—. En ese momento vivía en Chicago, no sé si lo recuerdas, y había ido a Twin Cities a ver a Dane. Pasé por su oficina y ella trabajaba en el mismo edificio. La vi en el estacionamiento. Se le cayó una caja llena de papeles y la ayudé a levantarlos.

—Se oye como un comienzo cliché para una película romántica. —Para mi sorpresa, se ríe—. ¿Y te mudaste? ¿Así sin más?

—No fue "así sin más". —Se limpia una mancha de lodo de la frente y me gusta el gesto, puedo asegurar que tiene que ver más con la vulnerabilidad que le genera la conversación que con vanidad. En un raro momento de lucidez, me doy cuenta de que esta es la primera vez en la que realmente estoy *conversando* con Ethan—. Pasaron algunos meses y yo venía considerando una oferta de trabajo en Twin Cities hacía un tiempo. Cuando volví a Minneapolis, nos pareció que tenía sentido vivir juntos. ¿Por qué no?

Cierro la boca cuando me doy cuenta de que está abierta.

—*Guau*, me toma el mismo tiempo saber si un champú me gusta lo suficiente como para seguir usándolo. —Algo se estruja en mi pecho cuando Ethan se ríe, pero no de felicidad—. ¿Qué sucedió? —pregunto.

—Creo que no me engañó. Alquilamos un apartamento

en Loring Park y todo iba bien. *De verdad* bien –hace una pausa y me mira a los ojos, como si tuviera miedo de que no le creyera–. Iba a proponerle casamiento el cuatro de julio.

Levanto una ceja para cuestionar que fuera esa fecha específica y se estira para rascarse el cuello con vergüenza.

–Me pareció que iba a ser lindo hacerlo con los fuegos artificiales.

–Ah, un gran gesto. No hubiese pensado que eras ese tipo. –Lo hago reír.

–Llegué a hacerlo, por si te lo preguntabas. Un amigo organizó una cena en su casa, fuimos, estuvimos un rato con ellos y luego la llevé a la terraza y me arrodillé. Lloró y me abrazó, pero luego me di cuenta de que nunca había dicho que sí. Cuando bajamos para ayudar a nuestro amigo a limpiar, Sophie dijo que se sentía mal y que debía volver. Cuando llegué ya se había ido.

–Espera, ¿ido *ido*?

–Sí –asiente–. Se había llevado todas sus cosas. Solo dejó una nota en la pizarra del refrigerador.

–¿En la *pizarra*? –Mis cejas se juntan.

–"Creo que no deberíamos casarnos. Lo siento". Eso dijo. *Lo siento.* Como si me estuviera diciendo que había salpicado salsa de tomate en mi camisa favorita. ¿Sabes qué? Limpié esa pizarra cientos de veces y nunca logré borrar esas palabras. No lo digo en sentido metafórico. Usó un marcador indeleble, no uno para pizarra, y nunca más salieron.

–Uff. Horrible. Puedes borrarlo si le pasas un marcador al agua, ¿sabías? No es que sea de mucha ayuda ahora…

—Lo recordaré la próxima vez.

—No puedo creer que hayas hecho un gran gesto y ella te lo haya devuelto con marcador indeleble en una pizarra. Dios, sin ánimos de ofender, pero Sophie es una imbécil.

Esta vez se ríe más fuerte, con más liviandad y la sonrisa le llega hasta los ojos.

—No me ofende. La mía fue una idea estúpida. Aunque me alegra haberlo hecho. Creí que éramos felices, pero la verdad es que nuestra relación era superficial. No creo que hubiera durado mucho más —hace una pausa—. Quizá solo quería sentar cabeza. Creo que desperdicié mi gran gesto con la persona equivocada. Ahora me doy cuenta de que necesito estar con alguien con quien pueda conversar durante horas, y a ella no le gustaba profundizar en nada.

Esta declaración no encaja con la idea de un temerario elitista, pero, de nuevo, tampoco encajaba el que se aferraba al apoyabrazos del avión. Tengo nuevos datos sobre Ethan para mi lista:

14. No sabe buscar en internet trucos de limpieza.
15. Es introspectivo.
16. Por mucho que lo niegue, es un romántico.

Me pregunto si Ethan tiene dos caras bien diferentes o es que yo nunca me atreví a mirar más allá de lo que me contaban Dane y Ami.

Recordando cómo se paralizó cuando vimos a Sophie en el hotel, le pregunto:

–¿No habían vuelto a verse? Antes de…

–¿Antes de la cena con Charlie y Molly? Nop. Sigue viviendo en Minneapolis. Eso lo sé. Pero nunca volví a cruzármela. Y sin duda no sabía que estaba comprometida.

–¿Cómo te sientes con eso?

Juguetea con una ramita y mira hacia el horizonte.

–No estoy seguro. ¿Sabes de qué me di cuenta en el barco? Terminamos lo nuestro en julio. Dijo que lo conoció mientras él estaba reponiendo útiles escolares. ¿Cuándo es eso? ¿Agosto? ¿Septiembre como mucho? Esperó un mes. Yo estaba destruido… Era un desastre. Creo que una parte de mí pensaba que todavía podíamos volver hasta que la vi en el hotel y me choqué de frente contra una pared de desilusión.

–Lo siento –digo. Él asiente y sonríe al suelo.

–Gracias. Fue difícil, pero ya estoy mejor.

Mejor no necesariamente significa *bien*, pero no puedo profundizar porque el ruido de unos disparos atraviesa el aire, demasiado cerca como para seguir charlando. Damos un salto e Ethan espía sobre el borde del muro mientras me acerco con torpeza.

–¿Qué sucede?

–No estoy seguro… –Se mueve de un lado al otro y mira con el dedo apoyado en el gatillo.

Me aferro a mi arma, puedo sentir en los oídos cómo late mi corazón. Solo es un juego y podría rendirme cuando quisiera, pero mi cuerpo no parece entender que el peligro no es real.

–¿Cuántos tiros te quedan? –pregunta.

Estaba un poco suelta de gatillo cuando comenzó el partido y tiré ráfagas al aire sin apuntar. El arma ahora se siente ligera.

–No muchos. –Miro dentro de la tolva, solo quedan cuatro bolas girando dentro del barril plástico–. Cuatro.

Ethan abre su tolva y me pasa dos municiones. Siento pasos en la tierra. Es Clancy, a lo lejos, puedo ver que sigue sin camiseta, pero el resto es una forma difusa de color piel. Dispara y se esconde detrás de un árbol.

–¡Corran! –grita.

Ethan me toma por la manga de la camiseta, me aparta del muro y señala hacia el bosque.

–¡Ve!

Comienzo la carrera, los pies golpean contra el césped húmedo. No estoy segura de que él me esté siguiendo, pero llego al árbol más cercano y me refugio detrás. Ethan avanza hasta otra barricada y mira hacia atrás. Un jugador solitario deambula.

–Es ese niño maleducado –murmura con una sonrisa–. Míralo ahí, solo…

–Quizá espera a alguien. –Escaneo los árboles intranquila.

–O puede que se haya perdido. Los niños son estúpidos.

–Mi primo de diez años construyó un robot con goma de mascar, un par de tornillos y una lata de Coca Cola –comento–. Los niños de ahora son mucho más inteligentes de lo que éramos nosotros. *Vamos.*

–Primero eliminémoslo. –Ethan sacude la cabeza–. Solo le queda una vida.

—A nosotros *también* nos queda una vida.

—Es un juego, el objetivo es ganar.

—Tenemos que ir sentados durante todo el viaje de vuelta. A mi trasero magullado no le importa ganar.

—Démosle dos minutos. Si no tenemos un tiro seguro, correremos.

Accedo de mala gana, Ethan se mueve para cortar camino por los árboles y sorprenderlo por el otro lado. Lo sigo de cerca, prestando atención a las maderas del suelo para que mis pasos no hagan ruido. Pero tiene razón, no hay otro jugador.

Cuando llegamos al final de un pequeño claro, vemos que el niño sigue donde estaba, tranquilo, moviendo ramitas con la punta de su arma. Ethan se acerca y con la boca en mi oreja dice:

—Tiene un auricular. ¿Qué tan estúpido tienes que ser para escuchar música en una zona de guerra?

Me alejo para verle el rostro.

—Lo estás disfrutando, ¿no?

—Oh, sí —sonríe con dientes.

Ethan levanta su arma y avanza agazapado y en silencio conmigo a su lado.

Llegamos a avanzar solo dos pasos en el claro cuando el niño nos ve y sonríe burlón con sus frenos. Levanta el dedo del medio y recién en ese momento me doy cuenta de que es una trampa. No giramos a tiempo para ver a su amigo aparecer por atrás, pero, antes de que podamos hacer algo, todo mi trasero está morado.

—No puedo creer que nos emboscara para que nos dispare su amigo —gruñe Ethan—. Mocoso insolente.

Estamos en la sala de relajación del spa esperando que nos llamen, vestidos con batas que hacen juego. Nuestros cuerpos están tan doloridos que no nos arrepentimos de haber reservado el masaje de pareja incluso cuando recordamos qué implica que sea *de pareja*: estar en la misma habitación desnudos y cubiertos de aceite.

La puerta se abre y aparece una mujer de pelo oscuro. La seguimos a través de un pasillo largo y de tenue iluminación hacia una habitación todavía más oscura. Un jacuzzi burbujea en el centro y el vapor invita a zambullirse.

Ethan y yo nos miramos por un segundo, pero apartamos rápido la vista. Me aferro a mi bata con plena consciencia de que estoy totalmente desnuda debajo. Creía que iríamos directo a la camilla de masajes y que deberíamos soportar solo un rápido momento de maniobras incómodas hasta meternos en las sábanas.

—¿No habíamos reservado solo masajes? —pregunto.

—Su paquete incluye unos minutos en el hidromasaje para comenzar a ablandar los músculos, luego los buscará la masajista. —Su voz es suave y calma—. ¿Se les ofrece algo más, señor y señora Thomas?

El instinto me hace abrir la boca para corregirla, pero:

—Estamos bien —intercede Ethan y le regala una sonrisa de dieciocho quilates—. Gracias.

—Que lo disfruten. –Hace una reverencia y cierra la puerta detrás de ella.

El jacuzzi borbotea entre nosotros.

Su sonrisa se borra y me mira con severidad.

—No llevo nada debajo. –Hace un gesto hacia el lazo de su bata y agrega–: Imagino que tú tampoco…

—Nop.

Contempla el vapor del agua y su deseo es casi palpable.

—Mira –dice, finalmente–. Haz lo que quieras, pero yo apenas puedo caminar. Voy a meterme.

Se desata la bata antes de terminar de pronunciar la última palabra y puedo ver con claridad su pecho desnudo. Giro abruptamente, de repente me interesa mucho la mesa con bocadillos y botellas de agua que está apoyada contra la pared a mis espaldas. Se escuchan unos movimientos y finalmente el ruido de la tela contra el suelo antes de un gemido, grave y profundo.

—¡Oh, por Dioooosss! –Suena como un diapasón y un escalofrío sube por mi cuerpo–. Olivier, tienes que meterte.

—Estoy bien. –Tomo un tazón de frutas secas y muerdo una.

—Somos dos personas adultas y no podrás ver nada. Mira.

Giro un poco y espío sobre mi hombro. Tiene razón, las burbujas le llegan justo debajo de los hombros, pero igualmente es un problema. ¿Quién hubiera dicho que me gustaban tanto las clavículas? Dobla la boca en una pequeña sonrisa, apoya la espalda, estira los brazos y suspira dramáticamente.

—Dios, esto se siente increíble.

Cada uno de mis magullones y músculos doloridos responde con un lloriqueo. El vapor forma dedos que me llaman. Burbujas, chorros y un sutil olor a lavanda.

Clavículas desnudas.

—*De acuerdo*. Cierra los ojos. —Lo hace, pero apuesto a que puede espiar—. Cúbrelos también. —Se queja, y apoya la palma sobre los ojos—. Con *las dos* manos.

Una vez que está completamente ciego, lucho para deshacerme de la bata.

—Cuando accedí a esta luna de miel, jamás me imaginé que implicaría tanta desnudez.

Ethan se ríe entre las manos. Meto un pie en el agua. El calor me envuelve (casi demasiado calor) y un silbido se escapa cuando me sumerjo en el agua. El calor y las burbujas alrededor de mi cuerpo se sienten tan bien que no puede ser real.

—Oh, *por Dios*, esto es increíble —exclamo con un suspiro tembloroso. Ethan endereza la espalda—. Puedes mirar, ya estoy decente —digo.

—Debatible. —Baja la mano con cautela.

Los chorros golpean mis hombros y la planta de mis pies. Mi cabeza cuelga hacia un costado.

—Esto se siente tan bien que no me importa lo que digas.

—Ojalá me quede energía para decir algo inteligente, entonces.

—Qué bueno ser alérgica a los mariscos. —Resoplo una risa, me siento embriagada.

—Sé que el costo fue alto, pero ¿te divertiste? —Ethan se hunde un poco más.

Quizá sea porque el agua caliente me dejó más como una gelatina que como un puñado de dolor muscular y magullones, pero la verdad es que sí.

—¿Considerando que tuve que tirar mi calzado deportivo favorito y que apenas puedo sentarme? Sí, me divertí. ¿Tú?

—Sí. Si dejo de lado todo el tema Sophie, estas vacaciones no son tan terribles como esperaba.

—Guau, no seas tan halagador. —Lo miro con un ojo.

—Entiendes a lo que me refiero. Creía que estaría solo al costado de la piscina, que comería demasiado y volvería a casa bronceado. Creía que te *toleraría*.

—Debería ofenderme, pero… pienso igual.

—Por eso es una *locura* que estemos aquí. —Ethan se mueve hacia el otro lado del jacuzzi y se estira para alcanzar un par de botellas de agua apoyadas en una repisa. Mis ojos siguen el movimiento, el modo en que los músculos de su espalda se relajan y se contraen, el modo en que las gotas de agua ruedan por su piel. Tanta piel—. Por Dios, a tu hermana le daría un ataque si nos viera ahora.

—¿A mi hermana? —Parpadeo para llamar su atención y tomo la botella que me alcanza.

—Sí.

—Mi hermana cree que eres genial.

—¿Ami?… ¿En serio?

—Sí. Odia los viajes en los que llevas a Dane, pero no entiende por qué yo te odio tanto.

—Mmm... –dice, procesando lo que acaba de escuchar.

–Pero no te preocupes, no le diré que disfruté algunos momentos contigo. La Ami presumida es la peor Ami.

–¿Crees que no se dará cuenta? ¿No tienen telepatía de gemelas?

–Lamento decepcionarte, pero no. –Me río y destapo la botella.

–¿Cómo es tener una gemela?

–¿Cómo es *no* tener una gemela? –respondo y lo hago reír.

–*Touché.*

Ethan debe tener calor, porque se incorpora y se mueve hacia otro de los escalones dentro del jacuzzi, uno un poco más alto, que deja más piel al descubierto.

El problema, ya ves, es que me muestra más piel a mí.

Mucha más.

Veo hombros, clavículas, pecho... y cuando levanta los brazos para correrse el pelo de la cara veo varias pulgadas de abdominales bajo los pezones.

–¿Siempre fueron tan...? –Sacude una mano como si supiera a qué se refiere. Y lo sé.

–¿Diferentes? Sí. Según mi madre, desde que éramos bebés. Es algo bueno, porque intentar estar a la altura de Ami me hubiese enloquecido.

–Sin duda. ¿Es raro verla casada?

–Todo cambió desde que conoció a Dane, pero así son las cosas, ¿no? La vida de Ami se está acomodando como se suponía que lo haría. Yo soy la que está estancada.

–Pero eso está por cambiar. Debes estar emocionada.

–Sí. –Es extraño estar hablando con Ethan de esas cosas, pero su interés parece sincero. Hace que quiera contarle, que quiera preguntarle–. ¿Sabes? No sé muy bien a qué te dedicas. ¿Algo de matemáticas? Llegaste al cumpleaños de Ami con traje y corbata, pero creí que habías desalojado un orfanato o clausurado un pequeño almacén familiar.

–Trabajo para una compañía de investigación como planificador de identificación digital. –Pone los ojos en blanco.

–Eso parece inventado. Como en *El padre de la novia* cuando ella le dice a Steve Martin que su prometido es un consultor independiente en comunicaciones y él le responde que esa es una metáfora de "desempleado".

–No todos podemos tener trabajos tan claros como "narcotraficante". –Se ríe sobre el agua burbujeante.

–Ja, ja.

–Para ser más específico –dice–, me especializo en el análisis y desglose de presupuestos. En términos más simples, le digo a mi compañía cuánto deberían gastar sus clientes en publicidad digital.

–¿Es una explicación elegante para "¡Impulsa este posteo!" "¡Invierte en Twitter!".

–Sí, Olive –dice seco–. Suele ser eso. Tienes razón, normalmente son muchas matemáticas.

–Duro. –Frunzo el rostro.

Suelta una sonrisa silenciosa que hace temblar mis huesos.

–La verdad es que siempre fui un nerd de los números y los datos. Pero esto es el siguiente nivel.

–¿En serio lo disfrutas?

Se encoge de hombros, tan musculosos que no puedo pensar en otra cosa.

–Siempre quise un trabajo en el que pudiera juguetear con números todo el día, mirarlos desde diferentes ángulos, intentar descifrar algoritmos y anticipar patrones; este trabajo me permite todo eso. Sé que suena supernerd, pero de verdad lo disfruto.

Ajá. Mi trabajo siempre fue un trabajo. Me gusta hablar sobre ciencia, pero no siempre disfruto el aspecto comercial de mi puesto. Puedo tolerarlo porque estoy formada para eso y soy buena en lo que hago. Pero escuchar a Ethan hablar sobre su trabajo es sorprendentemente sexy. O puede que solo sea el agua, que sigue burbujeando a nuestro alrededor. El calor me deja somnolienta, ligeramente mareada.

Con cuidado de mantener mis senos bajo la línea del agua, me estiro para tomar una toalla.

–Siento que me derrito –comento.

Ethan responde con un gemido:

–Déjame salir primero, así le aviso a la masajista que ya estamos listos.

–Buena idea.

Con un dedo, me indica que debo girarme.

–Aunque ya vimos todo lo que había para ver –dice. Lo escucho secarse e imaginármelo produce extrañas descargas eléctricas en mi cuerpo–. El Baño del Infierno se ocupó de eso.

–Siento que debería disculparme. Vomitaste justo después.

Se ríe por lo bajo.

—Como si esa pudiera ser mi reacción por verte desnuda, Olive.

La puerta se abre y se cierra. Cuando me giro para preguntarle qué quiso decir, ya no está.

♥

Ethan no vuelve a buscarme y cuando Diana, nuestra masajista, me acompaña a la habitación puedo ver por qué. Está paralizado por el horror mirando la camilla.

—¿Qué sucede contigo? —pregunto entre dientes mientras Diana se aleja para bajar las luces.

—¿Ves dos camillas? —susurra.

Vuelvo a mirar y no entiendo a qué se refiere hasta que… Oh.

—Espera —digo, mirándolo—. Creía que los dos recibiríamos masajes.

Diana sonríe con calma.

—Claro que sí. Pero como yo les enseñaré y ustedes practicarán con el otro, solo podemos hacerlo de a uno a la vez.

Mi cabeza gira hacia Ethan y ambos compartimos el mismo pensamiento: *Mierda, no.*

Diana confunde nuestro terror con otra cosa, porque se ríe y dice:

—No se preocupen, muchas parejas se ponen nerviosas, pero solo les mostraré las técnicas y luego los dejaré para que practiquen y no se sientan evaluados o supervisados.

¿Esto es un burdel? Quiero preguntar, pero por supuesto no lo hago. Por poco. Ethan mira fijamente a la camilla, desolado.

—Entonces —dice Diana mientras rodea la mesa y corre las sábanas para que uno de nosotros pueda entrar—, ¿quién quiere masajear primero y quién quiere recibir el masaje?

El silencio de Ethan como única respuesta significa que está haciendo el mismo cálculo mental que yo: *¿Tenemos que quedarnos?*

Considerando lo que dijo justo antes de irse sobre su re-acción a mi desnudez, no sé qué piensa, pero dada mi nueva fascinación por sus clavículas, el vello de su pecho y sus abdominales, avanzar con el masaje me resulta tentador. Me pregunto si no sería más fácil recibir el masaje primero para no tener que tocarlo y fingir que no me afecta. Aunque el panorama de esas enormes y fuertes manos masajeando mi espalda desnuda no es mucho más alentador.

—Yo lo intentaré primero —digo, justo en el momento en que Ethan dice: "La masajearé primero".

Nos miramos con los ojos bien abiertos.

—No —respondo—, súbete a la camilla. Yo me ocupo del masaje.

—En serio, está bien. Yo masajearé primero. —Se ríe incó-modo.

—Iré a buscar toallas —dice, amable, Diana— y les daré algo de tiempo para decidir.

Cuando se retira, giro hacia él:

—Métete en las sábanas, Elmo.

–En serio preferiría… –Hace una mímica como si fuera a apretar mis senos.

–No creo que haya nada de *eso*.

–No, me refería a… –gruñe y se pasa una mano por la cara–. Solo súbete. Me daré la vuelta para que puedas acomodarte. Desnuda o como prefieras.

Está oscuro, pero puedo verlo ruborizarse.

–¿Estás…? Por Dios, Ethan, ¿estás preocupado porque vayas a tener una erección en la camilla?

Levanta la barbilla, traga y pasan unos cinco segundos hasta que responde.

–La verdad que sí.

Y con esa pequeña frase mi corazón da un vuelco. Su respuesta fue tan sincera y real que mi garganta se seca ante la idea de ponerlo a prueba.

–Oh –digo y mojo mis labios. De repente tengo la boca seca. Miro a la camilla y transpiro–. De acuerdo. Me subiré. Solo… Quiero decir… Solo no te rías de mi cuerpo.

Se queda mudo, petrificado, y murmura un contundente:

–*Nunca* haría eso.

–Excepto que ya *lo has hecho*. –Se me quiebra la voz.

Abre la boca para responder con las cejas juntas en señal de preocupación, pero Diana regresa con una pila de toallas. Ethan exhala por la nariz e, incluso cuando alejo la mirada, puedo sentir cómo intenta recuperar mi atención. Siempre me gustó mi cuerpo (y hasta puedo valorar mis nuevas curvas), pero no quiero estar en situaciones en las que alguien tenga que tocarlo por obligación.

Pero, de nuevo, si no confiara en él y no quisiera que me tocara, podría decirle a Diana que no tenemos ganas de hacer esto hoy.

¿Entonces por qué no lo hago?

¿Será verdad que en realidad *quiero* sentir las manos de Ethan sobre mi cuerpo?

Si él no quisiera, también podría decirlo, ¿no?

Lo miro buscando una señal de incomodidad, pero ya no está ruborizado, sino tremendamente determinado. Nuestros ojos se encuentran por uno… dos… tres segundos y luego contempla mis labios, mi cuello y todo mi cuerpo. Inclina las cejas, separa apenas los labios y noto que su respiración se acelera. Cuando vuelve a mirarme, entiendo lo que intenta decirme: *Me gusta lo que veo.*

Sofocada, busco el lazo de mi bata; se supone que estamos casados, lo que quiere decir que nos conocemos desnudos y, aunque definitivamente vimos fragmentos en el baño del barco, no creo estar lista para que Ethan tenga una vista directa y prolongada de mi cuerpo sin bata subiendo a la camilla. Por suerte, mientras Diana corre las sábanas y se gira para darme privacidad, Ethan juguetea con su lazo y lo mira fijo. Dejo caer mi bata y a toda velocidad me deslizo entre la calidez y la suavidad de este suave capullo.

—Empezaremos boca abajo —dice con un tono suave y amable—. Ethan, ven, párate en este lado.

Me giro con toda la gracia que puedo y acomodo el rostro en el aro. Tiemblo alborotada, nerviosa y tengo tanto calor que quiero tirar las tibias sábanas al suelo.

Diana habla despacio con Ethan sobre cómo doblar la sábana, riéndose sobre que no hará falta tanto protocolo si lo hacemos en casa. Él también se ríe; volvió el Ethan fresco y encantador y debo admitir que estar así, mirando al suelo, en lugar de haciendo contacto visual, hace más fácil seguir odiando al hombre con el que, de repente, quiero tener sexo hasta quedar inconsciente.

Escucho que Diana aprieta un envase y luego el ruido del aceite sobre sus manos.

–Esa cantidad es suficiente –dice Diana con suavidad–. Empecemos por aquí.

Apoya las manos en mis hombros y comienza a masajear primero suave y luego con firmeza. Diana relata los movimientos y le explica a Ethan cómo debe moverse desde el punto en el que el músculo se inserta y abarcar todo el largo siguiendo la forma. Le explica dónde debe aplicar presión, cómo evitar las zonas sensibles. Comienzo a relajarme, a hundirme en el colchón.

–Ahora inténtalo tú –propone Diana.

Más aceite. Se intercambian los lugares al costado de la camilla y percibo una respiración profunda y temblorosa.

Siento el calor de las manos de Ethan sobre mi espalda, siguiendo los pasos de Diana. Y me derrito. Muerdo mis labios para contener un gemido. Sus manos son enormes, incluso más fuertes que las de ella (una profesional) y cuando uno de sus dedos corre un mechón de pelo de mi cuello, se siente como un beso.

–¿Se siente bien? –pregunta despacio.

—Sí… Bien. —Tengo que tragar antes de hablar.

Siento cómo se detiene y ella lo alienta a mover las sábanas para poder trabajar en la parte baja de mi espalda. Aunque puedo sentir la presencia de Diana detrás de él, creo que nunca me sentí tan a gusto ni tan excitada. Sus manos acarician mi piel, sus dedos me masajean, resbalosos y cálidos.

—Ahora —dice Diana—, cuando llegues al trasero, recuerda: presiona, no separes.

Me río con incredulidad dentro del aro, y me aferro a las sábanas. Detrás de mí, con las manos flotando sobre mi cintura, Ethan se ríe entre dientes.

—Mm, entendido.

Con cuidado, Diana le muestra cómo doblar la sábana para descubrir solo una pierna y una nalga. No es el primer masaje que tomo, así que claro que ya habían masajeado mi trasero… Pero nunca antes me había sentido tan expuesta como ahora.

Extrañamente, no lo odio.

Más aceite, más sonidos de manos frotándose y luego apoyándose sobre mí, enormes, presionando mis músculos justo como lo indica Diana. Detrás de mis párpados, pongo los ojos en blanco de placer. ¿Cómo puede un masaje de trasero ser tan maravilloso? Tan bueno es que pierdo el control.

—¿Quién iba a decir que eras tan bueno en esto? —lanzo entre un gemido.

Ethan se ríe y las vibraciones de su voz grave me atraviesan.

—Oh, estoy segura de que ya sabías que era bueno con

las manos –interviene Diana, juguetona, y estoy a punto de decirle que se vaya y nos deje en paz en este burdel.

Baja por mis piernas hasta los pies. Me dan cosquillas y me enternece que sea tan cuidadoso, pero transmite seguridad y sin decir una palabra sé que puedo confiar en él. Vuelve a subir para avanzar por mis brazos, masajear mis palmas y terminar en la punta de cada uno de mis dedos antes de dejarlos debajo de las sábanas con mucha suavidad.

–Buen trabajo, Ethan –dice Diana–. ¿Estás despierta, Ami?

Gimo.

–¿Lo masajearás tú a él ahora? –pregunta Diana entre risas.

Vuelvo a gemir, esta vez por más tiempo. No estoy segura de que pueda moverme. Y, si pudiera, solo sería para darme vuelta y obligar a Ethan a meterse debajo de las sábanas conmigo. Esta presión en la parte baja de mi vientre no se irá sola.

–Suele suceder –dice.

–No tengo problema –dice Ethan, y puede que sea porque mi cerebro está hecho papilla, pero su voz suena más profunda, más lenta, como miel tibia y densa. Pareciera que él también está un poco excitado.

–La mejor parte –cuenta Diana– es que tú podrás enseñarle a ella. –Los escucho moverse y a Diana alejarse, abrir la puerta y agregar–: Los dejaré para que intercambien posiciones si quieren; también pueden volver al spa y zambullirse de nuevo en el jacuzzi.

Diana no está, pero por algún motivo el silencio se siente cómodo.

–¿Estás bien? –pregunta Ethan con cuidado luego de algunos segundos.

–*Ohpordios* –consigo susurrar.

–¿Es un "Oh, por Dios" bueno o un "Oh, por Dios" malo?

–Bueno.

–Excelente –se ríe con el mismo tono enloquecedor y maravilloso.

–No seas presumido.

Escucho que se acerca y puedo sentir su respiración en mi cuello.

–Oh, Olivia. Acabo de pasar mis manos por todo tu cuerpo y estás tan relajada que casi no puedes hablar. –Se aleja y escucho su voz a la distancia, cerca de la puerta–. Pierde cuidado que seré tan presumido que no lo aguantarás.

CAPÍTULO DIEZ

Me despierto y gruño de dolor. A pesar de la maravilla de masaje, estoy tan dolorida por la paliza que recibí en el bosque que apenas aguanto el peso de las mantas sobre el cuerpo. Mis brazos están salpicados de hematomas tan coloridos que por un momento dudo de si me duché ayer después del paintball. Tengo un magullón morado del tamaño de un durazno en la cadera, otros en los muslos, y uno enorme en el hombro que parece una extraña geoda.

Miro el teléfono, Ami acaba de escribirme un mensaje.

Contando tropas.

Contra todos los pronósticos, seguimos vivos.

¿Cómo te sientes?

Igual.

Todavía no estoy lista para volver al ruedo, pero sigo viva.

¿Y el esposo?

Salió.

¿Salió?

Sí, se siente mejor y estaba inquieto.

Pero tú sigues enferma.

¿Por qué no te está cuidando?

Hace días que está encerrado en esta casa.

Necesitaba ver a sus amigos.

Miro mi teléfono y sé que no hay respuesta que no termine en una discusión.

—Se le debe haber acabado la cera para barba —murmuro y, justo en ese momento, escucho a Ethan arrastrarse desde el pasillo hasta el baño.

–Apenas puedo moverme –dice cuando atraviesa la puerta del dormitorio.

–Mi piel está estampada a lunares –gimo y miro mis brazos–. Parezco salida de *Fraggle Rock*.

–¿Estás decente? –Golpea la puerta.

–¿Me has visto decente alguna vez?

Abre la puerta y se asoma.

–Hoy no tengo fuerzas para socializar. Hagamos algo, pero, por favor, solo nosotros.

Se va dejando la puerta abierta y a mí en soledad con mi cerebro para procesar lo que acaba de decir. Repito: ¿Cuándo el plan se convirtió en pasar las vacaciones juntos? ¿Y cuándo dejó de darnos náuseas esa idea? ¿Y cuándo empecé a irme a dormir pensando en las manos de Ethan sobre mi espalda, mis piernas y *entre* mis piernas?

Escucho la descarga del retrete, el agua que corre y a él cepillándose los dientes. No puedo creerlo. Me acostumbré a los sonidos que hace cuando se despierta, ya no me impresiona verlo despeinado en las mañanas, y no me horroriza la idea de pasar el día juntos. De hecho, mi mente empieza a pensar opciones.

Ethan sale del baño y vuelve cuando nota mi expresión.

–¿Qué te sucede?

No entiendo cómo pudo notarlo. Estoy sentada muy derecha, con el antifaz en la frente, la manta aferrada al pecho y los ojos bien abiertos.

La honestidad siempre nos resultó mejor:

–Me dio un poco de pánico que hayas sugerido que

pasemos el día solos los dos y no haya querido escaparme por el balcón con una cuerda.

—Prometo ser tan molesto como pueda —dice entre risas. Se gira para regresar a la sala de estar y grita—: Y presumido también.

Recordar lo que sucedió ayer hace que mi estómago dé un vuelco y que mis partes íntimas se despierten. Suficiente. Me levanto y lo sigo, no me importa que me vea en este pijama diminuto ni que él esté en ropa interior y camiseta. No quedan secretos después del baño del barco, el jacuzzi y el masaje aceitoso.

—¿Y si vamos a la piscina? —sugiero.

—Hay gente.

—¿A la playa?

—También hay gente.

—¿Y si alquilamos un auto y recorremos la costa? —pienso mientras miro por la ventana.

—Nos vamos entendiendo. —Pone sus manos en la nuca y me distraigo con sus bíceps tonificados. Pongo los ojos en blanco (hacia mí, obvio, por notarlo) y, como no se le pasa nada, pregunta con descaro—: ¿Qué miras? —Alterna la fuerza entre sus dos brazos y habla cortado, al ritmo en que se contraen sus bíceps—. Parece-que-a-Olive-le-gustan-los-músculos.

—Me recuerdas mucho a Dane —digo conteniendo una risa que pronto muere en mi garganta porque toda su actitud cambia.

—De acuerdo. —Deja caer los brazos y se inclina con los codos sobre los muslos.

–¿Te insulté sin darme cuenta? –pregunto.

Sacude la cabeza y piensa su respuesta durante un tiempo. Lo suficiente como para que me aburra y vaya a la cocina a hacer café.

–Creo que no te agrada mucho Dane –dice finalmente.

Oh, entramos en terrenos pantanosos.

–Me agrada –digo a la defensiva–. Me agrada más que tú –agrego con una sonrisa.

Silencio incómodo. Incómodo porque ambos sabemos que estoy mintiendo. El gesto conflictuado de Ethan se convierte lentamente en una sonrisa.

–Mentirosa.

–De acuerdo. Admito que ya no eres Satán, pero definitivamente eres uno de sus secuaces –digo mientras llevo dos tazas a la sala de estar y apoyo la suya en la mesa de café–. Siempre creí que Dane era un chico de fraternidad, de esos que hacen de tomar cerveza un deporte. Lo que me sorprende es que tú puedas ser *peor* cuando pareces una persona mucho más seria.

–¿A qué te refieres con "peor"?

–Vamos –digo–, ya sabes. Como cuando lo llevas en esos locos viajes siempre que Ami tiene cosas planificadas. San Valentín en Las Vegas. El año pasado, en su aniversario de primera cita, surf en Nicaragua. En su, bueno, *nuestro*, cumpleaños número treinta, esquí en Aspen. Terminé comiéndome su postre gratis porque ella estaba muy ebria como para levantar el tenedor.

Ethan se queda mirándome, visiblemente confundido.

–¿Qué? –pregunto.

–Esos viajes no los planeé *yo*. –Sacude la cabeza y sigue mirándome.

–¿Qué?

Ríe nervioso y se pasa una mano por el cabello. El bíceps vuelve a resaltar. Lo ignoro.

–Dane organizó todos esos viajes. De hecho, irme a Las Vegas en San Valentín me trajo problemas con Sophie. Pero no tenía idea de que se estaba perdiendo fechas importantes. Creí que necesitaba pasar tiempo con su hermano.

Durante unos segundos rebobino esas escenas en mi cabeza, porque sé que dice la verdad. Recuerdo especialmente el viaje a Nicaragua, estaba allí cuando Dane le dijo a Ami que no iba a estar para el aniversario de su primera cita. Estaba devastada. Dijo: "El imbécil de Ethan compró pasajes no reembolsables. No puedo decir que no, cariño".

Estoy a punto de decírselo a Ethan, pero él habla primero:

–Estoy seguro de que Dane no sabía que estaba perdiéndose cosas que ella había planeado para los dos. Él nunca haría eso. Debe haberse sentido muy mal.

Claro que piensa eso. Si la situación fuera al revés, diría cualquier cosa para defender a mi hermana. Retrocedo mentalmente cuando me doy cuenta de que ahora no es el momento para dar esta batalla y que no somos nosotros quienes deben darla. Esto es entre Dane y Ami, no entre Ethan y yo.

Las cosas con Ethan van bien. No lo arruinemos, ¿sí?

–Seguro que sí –respondo y él me mira agradecido, quizá

ahora puede ver todo con más claridad. Todo este tiempo creí que era él quien estaba detrás de esos viajes y ahora lo entiende. No solo no es el imbécil criticón que creí que era, sino que tampoco es la mala influencia que le causó tanto sufrimiento a mi hermana. Es mucho para procesar.

–Vamos –concluyo–. Vistámonos y consigamos un auto.

Ethan me toma de la mano para salir del hotel.

–Por si nos cruzamos a Sophie –explica.

–Claro. –Sueno como esos nerds inadaptados de las películas para adolescentes que están de acuerdo con todo lo que dicen los personajes principales, pero qué más da. Sostener la mano de Ethan sigue siendo raro, pero ya no es totalmente desagradable. De hecho, se siente tan bien que me hace sentir culpable. No hemos visto a Sophie y a Billy desde la excursión en barco, por lo que esta actuación de amor probablemente sea innecesaria. Pero ¿para qué arriesgarse, no?

Además, me convertí en la fan número uno de esas manos.

Alquilamos un convertible Mustang verde lima porque somos dos turistas idiotas. Estoy segura de que Ethan espera una discusión por la conducción, pero le arrojo las llaves con alegría. ¿Quién no quiere tener un chofer que la lleve a pasear por Maui?

Cuando llegamos a la costa noroeste, Ethan acelera todo lo que puede. La gente no suele conducir rápido en la isla. Pone

una lista de reproducción de Muse, pero uso mi derecho a veto y pongo The Shins. Se queja y, en un semáforo, cambia a Editors.

—No estoy para esto —protesto.

—Soy el conductor.

—No me importa.

Se ríe y me hace un gesto para que elija lo que quiera. Death Cab comienza a sonar y sonríe... parece que brilla el sol. La música flota a nuestro alrededor, tengo los ojos cerrados, el rostro contra el viento y la trenza de mi cabello volando detrás.

Por primera vez en días estoy total, completa y definitivamente *feliz*.

—Soy la mujer más inteligente del mundo por haber tenido esta idea —comento.

—Discutiría para no perder la costumbre —responde—, pero es verdad.

Me sonríe y mi corazón choca contra el esternón porque me doy cuenta de que estaba equivocada: por primera vez en *meses* (quizá años) estoy feliz. Y es con Ethan.

Pero soy una experta en autoboicotearme y vuelvo a viejos hábitos:

—Debes estar esforzándote para no hacerlo.

—Es *divertido* discutir contigo —Ethan se ríe y me doy cuenta de que no me está pinchando, me está elogiando.

—Ya basta.

—¿Basta de qué? —Me mira y luego vuelve al camino.

—De ser *agradable*. —Y, por Dios, cuando vuelve a

mirarme para saber si estoy bromeando, no puedo evitar sonreír. Ethan Thomas está haciendo algo extraño con mis emociones.

–Prometí ser irritante y presumido, ¿no?

–Sí –acuerdo–. Así que ponte manos a la obra.

–¿Sabes? Para ser alguien que me odia, gemiste mucho cuando te toqué –dice.

–Cállate.

–"Presiona, no separes". –Me sonríe y luego mira al camino.

–¿Puedes callarte?

Lanza una carcajada amplia y ruidosa; es un sonido que nunca había escuchado y un Ethan que nunca había visto: la cabeza inclinada hacia atrás y los ojos arrugados de alegría. Se ve tan feliz como yo me siento.

Milagrosamente, pasamos horas sin pelearnos ni una sola vez. Mi madre y Ami me envían algunos mensajes de texto, pero las ignoro. Este es uno de los mejores días de toda mi vida. *La vida real puede esperar.*

Exploramos la costa escarpada, encontramos varios espiráculos que nos dejan sin aliento y paramos a la vera de la ruta para comer tacos cerca de una playa de agua turquesa regada de corales. Ahora tengo cerca de cuarenta fotos de Ethan en mi teléfono; y lamentablemente no puedo usar ninguna para chantajearlo porque se ve genial en todas.

Se acerca justo cuando miro una de sus fotos. Sonríe tanto que podría contar sus dientes y el viento presiona la camiseta contra su pecho. Detrás, el majestuoso bufadero de

Nakalele produce su columna de agua de casi treinta metros de altura.

—Deberías enmarcarla para tu nueva oficina —dice señalando la pantalla de mi teléfono.

Lo miro sobre mi hombro para saber si está bromeando. Su expresión no me da respuestas.

—Sí, no lo creo. —Tuerzo la cabeza—. Es obscena.

—¡Había viento! —protesta porque piensa que me refiero al hecho de que bajo la camiseta azul puede adivinarse cada contorno de su pecho. Y… sí, pero…

—Me refería a la enorme eyaculación a tus espaldas.

Ethan se queda callado y vuelvo a mirarlo, sorprendida de que mi comentario no le haya resultado ocurrente. Parece que se estuviera mordiendo la lengua. Noto que he virado la conversación del terreno de la pelea al de la sexualidad. Creo que está analizando si fue o no un coqueteo consciente.

Parece que se definió por pensar que no (lo que es verdad, pero, ahora que lo pienso, no estoy tan segura) y se inclina para morder su taco. Exhalo y paso a la siguiente foto: estoy parada frente a la famosa roca con forma de corazón. Ethan vuelve a espiar sobre mi hombro y ambos nos quedamos quietos.

Modestia aparte, es una gran foto. Los cabellos sueltos de la trenza vuelan en el aire. Mi sonrisa es enorme; no parezco la pesimista que en verdad soy. Estoy enamorada de este día. Y, diablos, con el viento soplando sobre mi camiseta, las gemelas se ven increíbles.

–¿Me envías esa? –dice bajito.

–Claro. –Se la paso y escucho el *ding* cuando su teléfono la recibe–. No hagas que me arrepienta.

–Necesito una imagen de referencia para mi muñeca vudú.

–De acuerdo, está bien mientras sea solo *eso*.

–¿Qué otra cosa podría ser? –usa el tono travieso y mantiene el contacto visual, sus ojos gritan *obscenidades*.

Mi estómago vuelve a dar un tumbo. Una insinuación de masturbación. Humor sugerente. Se siente como saltar desde un avión sin paracaídas.

–¿Qué haremos esta noche? –pregunta mientras mira hacia otro lado y afloja lo denso del aire.

–¿En serio quieres tensar tanto la cuerda? –pregunto–. Estamos juntos hace… –le tomo el brazo para mirar su reloj– como ochenta años. Hubo hematomas, pero todavía no se derramó sangre. En mi opinión, deberíamos desistir mientras estemos a tiempo.

–¿Y eso qué implica?

–Yo me quedo mirando Netflix en el dormitorio y tú puedes recorrer la isla para asegurarte de que tus horrocruxes estén en su lugar.

–Sabes que para poder hacer un horrocrux debes matar a alguien, ¿no?

Lo miro fijamente y odio el pequeño silbido que suena en mi pecho porque entiende la referencia a *Harry Potter*. Sabía que le gustaba leer, ¿pero que le gusten los mismos libros que a mí? Hace que algo dentro de mí se derrita.

—Acabas de convertir un chiste en algo muy oscuro.

—¿Sabes qué me gustaría hacer? —Hace un bollo con el envoltorio del taco y se apoya sobre sus antebrazos.

—Oh... ya sé que vas a decir. Quieres cenar en un bufé.

—Quiero emborracharme. Estamos en una isla, en una falsa luna de miel y el paisaje es *precioso*. Sé que te gustan los tragos, Olive Torres, y te vi apenas mareada solo una vez. ¿No te parece divertido tomar unas copas?

—Me parece peligroso —dudo y lo hago reír.

—¿Peligroso? ¿Tienes miedo de que terminemos muertos o desnudos?

Escucharlo decir eso se siente como un puñetazo porque es exactamente a lo que me refería, y la idea de terminar muerta no me asusta tanto como la otra opción.

♥

Cerca de llegar al hotel, estacionamos en el polvoriento Cheeseburger Maui, que tiene un cartel que anuncia Mai Tais por $1.99 los miércoles. La propuesta me entusiasma porque es miércoles y estoy en bancarrota.

Ethan se desabrocha el cinturón de seguridad y se estira en el asiento delantero. Definitivamente no echo un vistazo. Pero si lo hiciera, notaría lo blando que parece contra su duro y plano...

—¿Lista? —pregunta, y mi mirada se dispara hacia su rostro.

—Lista —respondo con mi tono de robot agresivo. Definitivamente no estaba a punto de desmayarme. Estiro una

mano, la sacudo y, por un momento, Ethan cree que quiero que la tome. Se queda mirándome desconcertado.

–Las llaves –le recuerdo–. Si te embriagarás, yo conduzco.

Luego de analizar la lógica en lo que acabo de decir, las revolea y, como soy la persona menos atlética del mundo, casi las atrapo, pero terminan cayendo sobre el césped junto a las ruedas.

Ethan se ríe mientras corro a recuperarlas. Cuando atravieso la puerta del bar que él mantiene abierta, un codo se me escapa y se clava directo en su estómago. Ups.

Apenas se inmuta.

–¿Eso es todo lo que tienes?

–Dios, te odio.

–No me odias. –Su voz es un gruñido a mis espaldas.

El interior del restaurante es exagerado y recargado y tan mágico que me detengo en seco. Ethan choca con mi espalda y dispara:

–¿Qué diablos, Olive?

–Mira este lugar –señalo. Hay un tiburón en tamaño real asomando de la pared, un pirata con su barco pintado en el muro del fondo, un cangrejo con chaleco salvavidas en una red suspendida del techo. Ethan suspira.

–Es de otro mundo –dice con un silbido.

–Estamos teniendo tanto éxito en esto de no asesinarnos que estoy dispuesta a ir a un lugar más elegante si así lo prefieres, pero no veo un bufé, así que…

–Deja de tratarme como a un snob. Me gusta este lugar. –Se sienta, toma un menú pegajoso y lo examina.

Un chico con una camiseta del restaurante se acerca y llena nuestros vasos con agua.

—¿Van a querer comida o solo tragos?

Puedo adivinar que Ethan está por responder *solo tragos*, pero me adelanto:

—Si vas a ir hasta el fondo con esto, necesitarás comida.

—Acabo de comer tacos.

—Mides un metro ochenta y pesas noventa kilos. Te he visto comer y esos tacos no te durarán mucho.

El camarero concuerda conmigo con un *mhmmm* y lo observo.

—Miraremos el menú.

Ordenamos los tragos, Ethan apoya los codos en la mesa y me analiza.

—¿Te estás divirtiendo?

Finjo estar enfocada en la carta y no en la ola de intranquilidad que siento cuando noto la sinceridad en su tono.

—Shh, estoy leyendo.

—Vamos, ¿no podemos conversar?

—¿Conversar? —Pongo mi mejor cara de confusión.

—Intercambiar palabras. Sin hacer bromas. —Exhala con paciencia—. Te pregunto algo, me respondes y luego me preguntas algo a mí.

—De acuerdo —accedo gruñendo.

Ethan se queda mirándome.

—Dios, ¿*ahora qué*? —me inquieto—. ¡Pregúntame algo!

—Te pregunté si te estabas divirtiendo. *Esa* era mi pregunta.

Tomo un sorbo de agua, giro el cuello y le doy lo que quiere:

–Bien. Sí. Me estoy divirtiendo. –Expectante, continúa mirándome–. ¿Y *tú*? ¿Te estás divirtiendo? –pregunto, obediente.

–Sí –responde sin dudar y se inclina en su silla–. Creía que esto sería el infierno en una isla tropical y me sorprende que solo tenga ganas de envenenar la mitad de tus comidas.

–Es un avance. –Alzo mi vaso de agua y golpeo el suyo.

–¿Y cuándo terminó tu última relación? –pregunta y casi me atraganto con un pedazo de hielo.

–Guoo, qué rápido cambiamos de tema.

Se ríe y hace una mueca tan adorable que quiero volcarle el agua en el regazo.

–No quiero parecer un loco entrometido. Pero ayer cuando hablábamos de Sophie me di cuenta de que nunca te pregunté nada sobre tu historia.

–Está bien –respondo con un gesto relajado–. No me molesta que obviemos mi vida amorosa.

–Sí, pero quiero saber. Ahora somos algo así como amigos, ¿no? –Los ojos azules se le arrugan cuando sonríe, aparecen sus hoyuelos, miro hacia otro lado y puedo ver que el resto de las personas también nota su sonrisa–. No olvidemos que masajeé tu trasero ayer.

–Deja de recordármelo.

–No puedes decir que no te gustó.

Sí, me gustó. De verdad. Inhalo una gran bocanada de aire y comienzo:

–Mi último novio era un sujeto llamado Carl y…

–Disculpa, ¿*Carl*?

—Mira, no todos pueden tener nombres sexys como Sophie —digo, y me arrepiento inmediatamente porque frunce el ceño y sigue afectado incluso cuando la moza apoya frente a él un trago gigante, lleno de alcohol y frutas.

—Entonces, su nombre era Carl y trabajaba en 3M, y... Dios, es muy tonto.

—¿Qué cosa?

—Rompí con él cuando estalló el escándalo con 3M y la contaminación del agua. Defendió a la compañía y no pude tolerarlo. Me dio asco que fuera tan corporativo.

—A mí me parece un motivo razonable para terminar —Ethan se encoge de hombros.

Chocamos los cinco sin pensarlo y pienso qué maravilloso es que haya elegido ese momento en particular para hacerlo.

—Como sea, eso fue hace mucho tiempo... Y aquí estamos. —Ya tomó la mitad de su mai tai, así que le paso la pelota—. ¿Hubo alguien desde que terminaste con Sophie?

—Algunas citas de Tinder. —Vacía su vaso y luego nota mi expresión—. No es tan malo —aclara entre risas.

—Supongo que no, pero tengo la idea de que todos los hombres que están en Tinder solo quieren sexo.

—Puede que muchos sí. Puede que muchas mujeres quieran lo mismo. Por mi parte, nunca esperaría sexo en la primera cita.

—¿Entonces en cuál? ¿En la quinta? —digo señalando la mesa y luego cierro la boca porque, HOLA, ESTO NO ES UNA CITA.

Por suerte, mi idiotez coincide con la llegada de la camarera con una nueva ronda de tragos, entonces, para el momento en el que Ethan retoma la conversación, está listo para cambiar de tema.

Resulta que Ethan es un borracho tierno y feliz. Sus mejillas se sonrojan, la sonrisa no se le borra y las risitas siguen incluso cuando volvemos a hablar de Sophie.

—No se portó bien conmigo —dice, y luego vuelve a reírse—. Estoy seguro de que las cosas empeoraron porque me quedé. No hay nada peor en una relación que perder el respeto hacia tu pareja. —Apoya el mentón en una mano—. Me perdía a mí mismo estando con ella. Estaba dispuesto a dejar de ser quien soy para ser la persona que ella quería.

—Ejemplifica, por favor.

—De acuerdo —se ríe—. Para que te des una idea, hicimos una sesión de fotos de pareja.

—¿Camisetas blancas y vaqueros frente a una cerca de madera? —pregunto y se ríe más fuerte.

—No, ella de blanco y yo de negro frente a un granero intervenido con grafitis. —Ambos gemimos—. Lo más importante de todo era que nunca peleábamos. Ella odiaba discutir, entonces no podíamos estar en desacuerdo con nada.

—Parecido a nosotros —digo sarcástica y le sonrío. Se ríe y sostiene la sonrisa para mirarme.

—Sí. —Estira una pausa pesada y expectante, inhala profundo y agrega—: Nunca antes me había sentido así.

—De verdad lo entiendo. —Mucho más de lo que puedo decir.

–¿Sí?

–Antes de Carl... –digo, y se estremece al escuchar el nombre– salí con Frank...

–¿*Frank*?

–Nos conocimos en el tra...

–Ya sé cuál es tu problema, Odessa.

–¿Mi problema, Ezra?

–Sales con tipos que nacieron en 1940.

Lo ignoro y sigo:

–Como sea, conocí a Frank en el trabajo. Las cosas iban bien, nos entendíamos en la cama, *sabesaquémerefiero* –digo, y espero que Ethan se ría, pero no lo hace–. Como sea, una vez me vio perder el control por una presentación (estaba nerviosa porque creía que había tenido poco tiempo con el material como para sentirme cómoda) y te juro que eso lo apagó por completo. Seguimos juntos algunos meses más, pero ya no era lo mismo. –Me encojo de hombros–. Quizá estaba en mi cabeza, pero esa inseguridad empeoró todo.

–Repíteme dónde conociste a Frank...

–En Butake –termino de decirlo y me doy cuenta de que fue una emboscada.

–¡Bukkake! –exclama y amenazo con tirarle el agua.

–Es *Butake*, idiota, ¿por qué siempre haces lo mismo?

–Porque es *divertido*. Cuando eligieron el nombre, ¿no hicieron pruebas de audiencia o... o como se llamen?

–¿*Focus groups*?

–Eso. –Chasquea los dedos–. ¡Vivimos en la era de *internet*! Es como ponerle Richard a un niño. –Se acerca y susurra

como si estuviera por decir el secreto mejor guardado–: Más tarde o más temprano le dirán *Dick*.

Me doy cuenta de que lo estoy mirando con evidente cariño cuando se acerca todavía más y me toca suavemente el mentón con la punta de un dedo.

–Me miras como si te gustara –dice.

–Es por el efecto de los mai tais. Te odio tanto como siempre.

–¿En serio? –Levanta una ceja con escepticismo.

–Síp. –*Nop*.

Exhala con un pequeño gruñido y termina su sexto mai tai.

–Creí que te había masajeado muy bien el trasero. Lo suficiente como para al menos pasar a la categoría *desagrado intenso*.

El camarero, Dan, regresa y sonríe al Ethan dulce y amable.

–¿Uno más?

–No –me apresuro a responder. Ethan protesta con un *Pssshhh* borracho. Dan me hace un gesto con las cejas, como insinuando que voy a divertirme cuando regresemos al hotel.

Mira, Dan, me conformo con poder subirlo al auto.

Puedo, pero la tarea requiere toda mi fuerza y la de Dan. El Ethan borracho no solo es alegre, es excesivamente amistoso y, antes de que llegáramos a la puerta, consigue el teléfono de una linda pelirroja, le compra un trago a un hombre que lleva una camiseta de *Vikings* y les choca los cinco a unos cuarenta desconocidos.

Habla con un balbuceo tierno durante todo el viaje de regreso (sobre la perra de su infancia, Lucy; sobre cuánto le gusta hacer kayak en Boundary Waters y cuánto hace que no va; y sobre si alguna vez probé las palomitas de maíz saladas en escabeche –la respuesta es claro que sí–). Para cuando llegamos al hotel sigue borracho hasta la coronilla, pero un poco más entero. Logramos atravesar el lobby, pero tenemos que parar un par de veces más para que Ethan se haga amigo de otros tantos desconocidos.

Se detiene para abrazar a uno de los botones que nos ayudó cuando llegamos. Desde atrás, le pido disculpas con una sonrisa y miro el nombre de su gafete: Chris.

–Parece que los recién casados la están pasando bien –dice Chris.

–Más de lo que deberíamos. –Avanzo hacia nuestra vía de escape: el pasillo de los elevadores–. Me lo llevo arriba.

–¿Quieres saber un secreto? –Ethan levanta un dedo para indicarle a Chris que se acerque.

Uhhh...

–¿Está seguro? –dice Chris divertido.

–*Me gusta.*

–Eso espero –susurra Chris–. Es su esposa.

Y ahí explota mi corazón. *Está borracho,* me digo. *No sabe lo que dice, es el alcohol el que está hablando.*

A salvo en la suite, no puedo evitar que Ethan se desplome sobre la enorme cama y se acomode para pasar allí la noche. Tendrá que vérselas con un gran dolor de cabeza en la mañana.

–Dios, estoy tan cansado –murmura.

–¿Día difícil? ¿Muchos paisajes y tragos?

Se ríe, levanta una mano en el aire y la aterriza con fuerza sobre mi antebrazo.

–No me refería a eso.

Su pelo cae sobre un ojo y estoy tentada de correrlo. Para que esté más cómodo, claro.

Me acerco y lo muevo con cuidado de su frente, me mira con una intensidad que me congela la mano a la altura de su sien.

–¿A qué te refieres entonces? –pregunto despacio.

No despega sus ojos de los míos. Ni siquiera para respirar.

–Es agotador tener que fingir que te odio.

Me toma por sorpresa y, aunque podría haberlo inferido, la confesión igualmente me atraviesa.

–¿Entonces *no* me odias? –pregunto.

–Nop. –Sacude su cabeza con dramatismo–. Nunca te odié.

¿Nunca?

–Parecía que sí.

–Eras muy mala conmigo.

–¿*Yo* era mala? –pregunto confundida. Repaso la historia en mi mente intentando verla desde su perspectiva. *¿Fui mala?*

–No sé qué fue lo que hice. –Frunce el ceño–. De todos modos, no importa, porque Dane me dijo que no.

–¿Te dijo que no qué? –Estoy perdida.

–Dijo: "Ni se te ocurra" –dice arrastrando las palabras.

Comienzo a entender qué quiere decirme, pero igualmente insisto.

–¿Que ni se te ocurra *qué*?

Ethan me mira profundamente y toma mi nuca. Juguetea con mi trenza mientras me contempla por un segundo y luego me acerca con un cuidado sorprendente. No me resisto; en retrospectiva, siempre supe que este momento llegaría.

Siento el corazón en la garganta mientras nos acercamos; luego de unos pocos besos cortos y exploratorios nos entregamos al indescriptible alivio de algo más profundo, se escuchan pequeños ruidos de sorpresa y hambre. Sabe a alcohol barato y contradicciones, pero de todos modos es, sin exagerar, el mejor beso de mi vida.

Me alejo, él pestañea y continúa:

–Eso.

Mañana voy a tener que preguntar si hay un médico en el hotel. Algo no anda bien en mi corazón: late con demasiada fuerza, demasiado rápido.

Ethan cierra los ojos y me tumba a su lado en la cama. Acurruca el largo de su cuerpo alrededor del mío. No puedo moverme y apenas logro pensar. Su respiración se estabiliza y se entrega a un sueño etílico. Yo lo sigo mucho tiempo después protegida por el perfecto peso de su brazo.

CAPÍTULO ONCE

Abro la puerta de la suite intentando no hacer ruido. Esperé a que Ethan despertara, pero me cansé de hacerlo y decidí bajar a buscar algo para comer. Cuando regresé, lo encontré en ropa interior, sentado en el sofá. Hay tanta piel bronceada para procesar que se me descontrola el pulso. En algún momento, tendremos que hablar de lo que pasó anoche (de los besos y de que dormimos abrazados), pero preferiría evitar la charla incómoda y volver a besarnos.

—Hola —digo despacio.

—Hola. —Tiene el pelo hecho un desastre y los ojos cerrados. Está inclinado hacia atrás como si se estuviera concentrando en respirar o pensando en armar un proyecto de ley que prohíba la venta de mai tais por $1,99.

–¿Qué tal la cabeza? –pregunto.

Responde con un gemido grave.

–Traje fruta y sándwiches de huevo. –Sostengo unas bandejas con mango, fresas y una bolsa con los sándwiches. Ethan los mira como si fueran mariscos del bufé.

–¿Bajaste a comer? –pregunta. El *sin mí* queda implícito.

Su tono es de patán, pero lo perdono. Nadie disfruta del dolor de cabeza. Acomodo la comida en la mesa y voy a la cocina para buscarle café.

–Sí, te esperé hasta las nueve y media, pero mi estómago se estaba comiendo a sí mismo.

–¿Sophie te vio sola?

Sus palabras me sacuden. Me doy vuelta y lo miro sobre mi hombro.

–Em, ¿qué?

–No quiero que crea que las cosas andan mal en nuestro matrimonio.

Pasamos toda la tarde de ayer hablando de que está mejor sin Sophie, me besó, y ahora está preocupado por lo que ella crea. Maravilloso.

–¿Te refieres a nuestro *falso* matrimonio? –pregunto.

–Sí, exacto. –Masajea su frente, deja caer la mano y vuelve a mirarme–. ¿Y?

Aprieto los dientes, siento una tormenta gestarse en mi pecho. Está bien. El enojo está bien. Sé manejarlo. Es mucho más fácil que las mariposas en el estómago.

–No, Ethan, tu exnovia no estaba desayunando. Tampoco estaba su prometido ni los nuevos amigos que hiciste anoche.

–¿Los qué? –pregunta.

–Nada, no te preocupes. –Es obvio que no se acuerda. Excelente. Podemos hacer como si el resto tampoco hubiera sucedido.

–¿Estás de mal humor? –pregunta y se me escapa una risa cínica y seca.

–¿Si *yo* estoy de mal humor? ¿Me preguntas en serio?

–Pareces alterada.

–¿*Yo* parezco…? –Respiro profundo y enderezo la espalda. ¿Parezco alterada? Anoche me besó, me dijo cosas tiernas que me hicieron pensar que iba a querer volver a hacerlo y luego se desmayó. Ahora me interroga sobre quién pudo haberme visto bajar a desayunar sola. No me parece que mi reacción sea exagerada.

–Estoy perfecta.

Murmura algo y luego se acerca para tomar un trozo de fruta, pero primero la analiza:

–¿Lo tomaste del…?

–No, Ethan, no es del bufé. Ordené un plato de fruta fresca. Lo traje para ahorrarnos los doce dólares de recargo por el servicio a la habitación. –Tengo ganas de darle una bofetada por primera vez en dos días y se siente glorioso.

–Gracias –gruñe, y luego toma un trozo de mango con la mano. Lo mira fijamente y larga una carcajada.

–¿Qué es tan divertido? –pregunto.

–Acabo de recordar a la novia de Dane que tenía un mango tatuado en una nalga.

–¿Qué?

—Trinity, con la que salía hace unos dos años. —Mastica y traga.

—No puede haber sido hace dos años. Hace tres años y medio que está con Ami. —Frunzo el ceño; me recorre una molestia. Me ignora.

—Sí, pero antes de que fueran exclusivos.

Con estas palabras dejo caer la cuchara con azúcar que tengo en la mano y suena fuerte contra la encimera. Ami conoció a Dane en un bar, se fueron juntos esa noche, tuvieron sexo y ella nunca más miró atrás. Hasta donde yo sabía, nunca hubo un tiempo en el que *no* fueran exclusivos.

—¿Me repites por cuánto tiempo salieron con otras personas? —pregunto intentando mantener el control.

Ethan se mete un arándano en la boca. No me mira, por suerte, porque creo que mi expresión debe ser la de alguien que está dispuesta a cometer un asesinato.

—Los primeros años de relación, ¿no?

Me inclino y pellizco el puente de mi nariz para intentar canalizar a la Olive Profesional, la que puede conservar la calma incluso cuando la desafían médicos condescendientes.

—Claro, claro. —Puedo enloquecer o aprovechar la oportunidad para conseguir información—. Se conocieron en el bar, pero no fueron exclusivos hasta… ¿cuándo fue?

—Em… —Ethan detecta algo en mi tono y me mira.

—¿Fue justo antes del compromiso? —No sé lo que haré si acierto con este tiro al aire, pero de pronto cobra sentido que Dane se resistiera al compromiso y que de un segundo a otro estuviera listo para entregarse al sagrado matrimonio.

Solo puedo pensar en fuego y azufre.

Ethan asiente con lentitud y sus ojos analizan mi rostro como si intentaran descifrar mi expresión sin lograrlo del todo.

–¿Recuerdas que terminó con la última chica justo cuando a Ami le quitaron el apéndice y luego le propuso casamiento?

–¿*Me estás cargando*? –Golpeo la encimera con fuerza.

Ethan se pone de pie y me señala:

–¡Me engañaste! No quieras hacerme creer que Ami no lo sabía.

–¡Ami *jamás* creyó que no eran exclusivos, Ethan!

–Te debe haber mentido. ¡Dane le cuenta todo!

Sacudo la cabeza. En verdad quiero pegarle a Dane, pero Ethan está más cerca y me vendría muy bien practicar.

–¿Me estás diciendo que Dane se acostaba con otras personas durante los primeros *dos años* de su relación y te hizo creer que Ami sabía y no le molestaba? Comenzó a cortar vestidos de novia de las revistas pocos meses después de su primera cita. Se ocupó de participar en todos los concursos que pudo para conseguir cosas para la boda; y eso la *consumió*. Tiene un delantal que usa solo para hornear magdalenas, por el amor de Dios, y *ya eligió los nombres de sus futuros hijos*. ¿Suena como el tipo de chica relajada que *no tendría problema* con una relación abierta?

–Yo… –Parece menos seguro que antes–. Puede que me haya equivocado…

–Tengo que llamarla. –Me giro para ir hacia el baño a buscar mi teléfono.

–¡No! –grita–. Mira, eso fue lo que él me dijo y ahora es un secreto entre nosotros.

–*Debes* estar bromeando. No hay forma de que no se lo cuente a mi hermana.

–Por Dios, Dane tenía razón.

–¿Qué quieres decir con *eso*? –Me quedo muy quieta. Ethan se ríe sin alegría–. Te pregunto en serio, ¿qué quieres decir? –Me mira y me angustia saber que perdió la mirada de adoración que me dedicaba anoche. El enojo que hay en el aire es doloroso–. Dime –digo, más calmada.

–Me dijo que no perdiera el tiempo contigo, que siempre estabas enojada. –Se siente como un golpe en el esternón–. ¿Puedes creer que pensaba invitarte a salir? –dice y se ríe divertido.

–¿De qué hablas? –pregunto–. ¿Cuándo?

–Cuando nos conocimos. –Se inclina para apoyar los codos sobre sus muslos. Todo el largo de su cuerpo se dobla en una C y pasa una mano por el desorden de su pelo–. Ese día en la feria. Le dije que creía que eras preciosa. A él le pareció raro. Dijo que le incomodaba que me gustaras. Que, como son gemelas, era como si me gustara su novia. Me dijo que no me molestara, que eras una cínica amargada.

–¿Dane te dijo que yo era una amargada? ¿Amargada *con qué*? –Estoy asombrada.

–No lo sabía en ese momento, pero coincidió con tu forma de actuar. Te caí mal desde el comienzo.

–Me caíste mal porque te comportaste como un imbécil cuando nos conocimos. Me miraste comer bollos de

queso como si fuera la mujer más repulsiva que hubieras visto jamás.

–¿De qué hablas? –Me mira con los ojos entrecerrados y confundidos.

–Todo iba bien –explico–, pero, mientras todos decidían qué ver primero, fui a comprar bollos de queso. Cuando volví, los miraste y me miraste con un asco evidente y luego te fuiste a la competencia de cerveceros. A partir de ese momento, siempre parecías asqueado cuando estabas cerca de mí, o de comida.

Ethan sacude su cabeza con los ojos cerrados, como tratando de entender esta realidad alternativa:

–Recuerdo conocerte, que me dijeran que no podía salir contigo, y luego cada uno hizo su vida. *No* tengo un solo recuerdo de todo el resto.

–Bueno, yo sí.

–Eso explica lo que dijiste hace dos días –dice– sobre no reírme de tu cuerpo mientras te masajeaba. Y ciertamente explica por qué me trataste con tanto desdén luego.

–¿Disculpa? ¿Yo te traté con desdén? ¿Hablas en serio?

–¡Te comportaste como si no quisieras tener nada que ver conmigo luego de ese día! –exclama enfurecido–. Probablemente estaba intentando aclarar mi mente porque me gustabas, ¿y tú lo interpretaste como un desprecio hacia tu cuerpo y los bollos de queso? Dios, Olive, hacer foco en lo malo de cada interacción es tan típico de ti.

La sangre se acumula en mis oídos. No sé cómo procesar lo que estoy escuchando, o el innegable dolor que me

produce pensar que quizá tenga razón. Pero la voluntad de defenderme le gana a la introspección:

—Bueno, ¿quién necesita conocer a las personas si tu hermano ya te dijo que soy una porquería y que no te me acerques?

—¡Nada de lo que vi contradijo lo que él me había dicho!
—Levanta las manos.

Respiro hondo.

—¿Se te ocurrió alguna vez que tu actitud provoca una reacción en los otros?, ¿que heriste mis sentimientos con tu actitud haya sido consciente o inconscientemente? —Me mortifico cuando siento como se me endurece la garganta y se me llenan los ojos de lágrimas.

—Olive, ya no sé cómo decírtelo: *me gustabas* —gruñe—. Eres sexy. Y probablemente estaba intentando ocultarlo. Lamento mi reacción *completamente inconsciente*, de verdad, pero todas las pistas que tenía, de tu parte y de la de Dane, indicaban que creías que yo era un desperdicio de espacio.

—Al principio no —digo y me guardo el resto.

Es claro que puede leer en mi expresión el *pero ahora sí* y su boca se endurece.

—De acuerdo —dice con la voz ronca—. Entonces, por suerte para ambos, el sentimiento es mutuo.

—Qué gran alivio. —Lo miro fijamente por dos cortos segundos, lo suficiente para archivar su cara en la entrada de IMBÉCILES de mi enciclopedia mental. Me doy la vuelta, regreso enfurecida a la habitación y cierro de un portazo.

Me tambaleo hasta caer en la cama. Una parte de mí

quiere hacer una lista para poder procesar de modo organizado todo lo que acaba de suceder. Me refiero a que no solo Dane tuvo sexo con otras mujeres durante los primeros dos años de noviazgo con mi hermana, sino que además le dijo a Ethan que no perdiera el tiempo conmigo.

Porque Ethan quería invitarme a salir.

No sé qué hacer con esta información porque va totalmente en contra con la idea que me había hecho de él. Hasta hace unos días nunca hubo un indicio de que Ethan quisiera tener nada que ver conmigo; ni un poco de dulzura o calidez. ¿Lo está inventando?

¿Por qué lo haría?

¿Eso significa que tiene razón? ¿Malinterpreté todo en ese primer encuentro y me quedé con esa idea durante dos años y medio? ¿Fue suficiente una mirada ambigua para llevarme a este punto sin retorno en el que decidí que éramos enemigos? ¿Estoy tan enojada?

Cada vez me cuesta más respirar mientras repaso los sucesos en mi mente. ¿Es posible que Ami supiera que Dane salía con otras personas? Ami sabía que yo no era la fan número uno de Dane; tengo que considerar la posibilidad de que tuvieran un arreglo del que yo no sabía, para que no me preocupara o me quejara para protegerla. Francamente me cuesta imaginarme a Ami y Dane en una relación abierta, pero sea o no verdad de ningún modo puedo llamarla desde Maui para preguntarle. No es una conversación para tener por teléfono; debo hablarlo en persona, con vino, comida y mucho cuidado.

Apoyo una almohada contra mi rostro y grito. Cuando la alejo, escucho un golpecito en la puerta del dormitorio.

–Vete.

–Olive –dice mucho más calmado–. No llames a Ami.

–No lo haré, pero... en serio... vete.

El pasillo se queda en silencio y, unos segundos después, escucho el clic de la puerta de la suite cerrándose.

Me levanto al mediodía, el sol da directo en la cama y la convierte en una bañadera rectangular llena de luz. Rolo en la cama para alejarme y aterrizo en una almohada que huele a Ethan.

Correcto. Durmió a mi lado anoche. Está en cada rincón de este dormitorio: en la pulcra fila de camisetas colgadas en el armario, los zapatos alineados en el vestidor. Su reloj, su billetera, sus llaves; incluso su teléfono está aquí. Hasta el ruido del océano está contaminado con el recuerdo de su cabeza sobre mi regazo para aliviar su malestar en el barco.

Durante un momento de maldad me alegra pensar que está en la piscina, triste, rodeado de personas con las que quiso iniciar una amistad cuando estaba borracho, pero que sobrio prefiere evitar. La alegría se desvanece cuando recuerdo nuestra pelea: el hecho de que pasé dos años y medio odiándolo por un gesto que no significaba lo que yo pensé; y la idea de que el tema de Ami y Dane no va a resolverse por varios días.

Entonces solo queda un tema para darle vueltas: Ethan quería invitarme a salir.

Tengo que reescribir toda la historia, y me lleva un gran esfuerzo mental. Claro que Ethan me pareció atractivo desde el primer momento, pero la personalidad es todo, y la suya dejaba un enorme hueco en la lista de atributos positivos. Hasta este viaje en el que fue no solo un gran compañero, sino también adorable en muchas ocasiones... y pasó mucho tiempo sin camisa.

Gruño. Me levanto, camino hacia la puerta y espío. No hay señales de Ethan en la sala de estar. Voy rápido hacia el baño, cierro la puerta, abro el grifo y me salpico el rostro con agua helada. Me miro en el espejo y pienso.

Ethan quería invitarme a salir.

Porque *le gustaba*.

Dane le dijo que era una malhumorada.

Le di la razón en ese primer encuentro.

Mis ojos se abren cuando se me ocurre otra posibilidad: *¿Qué tal si a Dane no le convenía que saliera con su hermano?* ¿Qué tal si me quería lejos de sus asuntos para que nunca me enterara que en realidad era él quien organizaba los viajes y que salía con otras mujeres y Dios sabe qué otras cosas?

Usó a Ethan como un chivo expiatorio, como un escudo. ¿Qué tal si usó a su favor mi fama de gruñona para crear una trinchera? ¡Qué imbécil!

Salgo disparada del baño para comenzar el operativo Búsqueda de Ethan y me choco de lleno contra la pared de ladrillos que es su pecho.

El *ufff* que exhalo es digno de una caricatura. Empeora todo cuando me toma con facilidad y me mira con cierta distancia, con cautela. Se me viene a la mente la absurda imagen de Ethan alejándome con una mano en la frente mientras intento sin éxito golpearlo con mis cortos brazos.

—¿Dónde estabas? —pregunto mientras me alejo.

—En la piscina —dice—. Volví a buscar el teléfono y la billetera.

—¿A dónde vas?

—No estoy seguro —responde y se encoge de hombros.

Volvió a levantar la guardia. Claro que la levantó. Admitió que lo atraía y hasta este viaje solo fui grosera con él y en nuestra última conversación me fui de la habitación dando a entender que era una pérdida de tiempo.

Ni siquiera sé por dónde empezar. Me doy cuenta de que, de los dos, soy la que más tiene para decir. Quiero comenzar con una disculpa, pero es como intentar atravesar un muro: las palabras no logran salir.

Comienzo por otro lado:

—No quiero hacer lo que hago siempre y pensar el peor escenario posible, pero… ¿crees que Dane intentó separarnos?

Ethan frunce el ceño.

—No quiero hablar sobre Dane o Ami ahora. Es imposible llegar a buen puerto si ellos están allí y nosotros aquí.

—Lo sé, de acuerdo, lo siento. —Lo miro por un momento y capto un rastro de emoción en sus ojos. Es suficiente para darme valentía—. ¿Deberíamos hablar sobre nosotros?

—¿Qué *nosotros*?

—El *nosotros* que está teniendo esta conversación —murmuro con los ojos bien abiertos—. El *nosotros* que está compartiendo unas vacaciones, peleando, sintiendo... cosas.

—No creo que *nosotros* sea una buena idea, Olive. —Entrecierra los ojos.

Esta actitud es buena; el desacuerdo me resulta familiar. Refuerza mi determinación.

—¿Por qué? ¿Porque discutimos?

—Discutir se queda corto para lo que hacemos.

—*Me gusta* que discutamos —digo, dispuesta a dejar ver lo cursi y tierno en mis palabras—. Tu novia no quería discutir. Mis padres no se divorcian para no tener que hablar. Y... sé que no quieres hablar de esto, pero... siento que mi hermana está en un matrimonio en el que... —dudo, no quiero volver por el mismo camino y terminar enojada— no conoce a su esposo tan bien. Pero *nosotros* siempre pudimos decirnos exactamente lo que pensábamos. Esa es una de mis cosas favoritas de estar contigo. ¿Tienes ese vínculo con todo el mundo? —pregunto, y como no responde de inmediato insisto—. Sé que no.

Baja las cejas, lo está analizando. Puede que siga enojado, pero al menos me está escuchando.

Me muerdo el labio y lo miro. Momento de cambiar la estrategia.

—Dijiste que soy sexy.

—Sabes que lo eres. —Ethan Thomas me mira y revolea los ojos.

Tomo aire y sostengo la respiración. Aunque nada pase

cuando volvamos a casa (y puede que eso sea lo mejor para ambos porque quién sabe qué bomba nuclear estallará cuando al fin hable con Ami), dudo que podamos pasar los siguientes cinco días sin tocarnos.

Al menos yo no podré. Mi enojo hacia Ethan se transformó en un cariño y una atracción tan agudos que me cuesta no arrojarme en sus brazos en este pasillo, ahora mismo, aunque me mire con la expresión más hosca (ceño fruncido y labios apretados) y tenga las manos cerradas en un puño al costado de su cuerpo. Quizá todas las veces que lo quise golpear, lo que en verdad quería era apretar mi rostro contra el suyo.

Entrecierro mis ojos. No me da miedo apelar a la seducción barata.

Tomo su mano y, *por accidente*, el movimiento hace que mis senos se junten.

Lo nota. Abre las fosas nasales y apunta los ojos hacia mi rostro, como si tuviera que evitar que se ahoguen. Definitivamente Ethan Thomas es un hombre de senos.

Me muerdo el labio y arrastro los dientes. No se mueve. Solo se lame el labio y traga. Se hará rogar.

Me acerco y apoyo la mano libre en su abdomen. Por Dios, es tan firme y cálido, siento leves espasmos bajo mis dedos. Me tiembla la voz, pero creo que estoy logrando bajar sus defensas y eso me da confianza para avanzar.

–¿Recuerdas que me besaste anoche?

–Sí. –Pestañea y exhala despacio, como si lo hubieran atrapado.

–¿Pero *lo recuerdas?* –pregunto, y me acerco un poco más, nuestros pechos casi pueden tocarse.

–¿A qué te refieres? –duda y me mira con confusión.

–¿Recuerdas el beso en sí? –Rasguño apenas su abdomen y llego al borde de su camiseta, deslizo el pulgar hacia el interior, lo acaricio– ¿o solo recuerdas que sucedió?

–Sí. –Vuelve a humedecerse los labios y siento un incendio en mi estómago.

–¿Te gustó?

–Sí. –Puedo percibir que su respiración se acelera. Frente a mí, su pecho se infla y se desinfla rápido. Yo también siento que el oxígeno apenas me alcanza.

–¿Te olvidaste las palabras, Elvis?

–Me gustó –consigue decir y pone los ojos en blanco, pero me doy cuenta de que está conteniendo una sonrisa.

–¿Qué tan bueno?

Traba la mandíbula, creo que quiere pelearme por estar preguntándole todo esto como si no hubiese estado allí, pero el calor en sus ojos me dice que está tan excitado como yo, y que está dispuesto a seguirme el juego.

–Fue de esos besos que se sienten como tener sexo.

El aire se me escapa de los pulmones y me quedo mirándolo muda. Esperaba que fuera más tímido, no que dijera algo que disparara mi libido a la estratósfera.

Le acaricio el pecho con ambas manos, saboreo el pequeño gemido que no puede contener. Tengo que pararme de puntillas para alcanzarlo, pero no me importa que me haga trabajar para conseguir lo que quiero. Sosteniéndome la

mirada, no se inclina hasta tenerme justo ahí, tan cerca como puedo.

Pero luego se entrega por completo: con un gemido de alivio, cierra los ojos, me toma por la cintura y cubre mi boca con la suya. Si el beso de anoche se sintió como un impulso etílico, este se siente como un desahogo. Se apodera de mi boca de a poco y aumenta la intensidad hasta que un gemido profundo me hace temblar hasta la médula.

Me siento en el paraíso cuando hundo las manos en la suavidad de su pelo y me levanta para que alcance su altura y pueda enroscar las piernas en su cintura. Su beso me desarma. No me avergüenza demostrar mi hambre voraz porque él está en la misma sintonía, frenético.

–Cama –digo dentro de su boca.

Me lleva por el pasillo y atraviesa la puerta con agilidad hasta la cama. Quiero alimentarme de sus gemidos, del aire que exhala por el placer que le provoca que jale sus cabellos o pase la lengua por sus labios o que avance con mi boca hasta su mandíbula, su cuello, sus orejas.

Lo empujo sobre mí cuando me apoya sobre el colchón, le quito la camisa antes de que llegue a inclinarse por completo. Sentir su piel suave, cálida y bronceada me hace delirar como si tuviera fiebre. *La próxima vez*, pienso, *la próxima vez lo desvestiré lento y disfrutaré de descubrir cada pulgada de su cuerpo, pero ahora lo único que me importa es sentir todo su peso sobre mí.*

Su boca avanza por mi cuerpo; sus manos, que ya conocen mis piernas, ahora recorren mi pecho, mi vientre, la

sensibilidad de los huesos de mis caderas, y baja. Quiero tomarle una foto ahora mismo: con el pelo acariciando mi vientre mientras desciende con los ojos cerrados por el placer.

–Creo que nunca habíamos pasado tanto tiempo sin pelearnos –murmura.

–¿Y si es una emboscada para tomarme una foto con la que puedas chantajearme? –Me quedo sin aliento mientras besa mi ombligo.

–Siempre quise estar con alguien a quien le gustara conversar. –Muestra los dientes y muerde la sensible articulación que une la cadera con el muslo.

Comienzo a reírme, pero me interrumpe un beso justo entre las piernas que me hace temblar de dolor y calor. Ethan se estira para poner una mano en mi pecho y sentir el latido de mi corazón. Con calma, dedicación y sonidos alentadores, me desarma. Abatida y risueña me dejo caer en sus brazos.

–¿Estás bien, Olivia? –pregunta mientras besa mi cuello.

–Preguntas luego. Silencio ahora.

Con un gesto me dice que está de acuerdo; acaricia con hambre mi vientre, mis pechos, mis hombros.

Logro recuperar el control pese a que sus clavículas, el vello de su pecho y su abdomen me tientan a entregarme a un orgasmo demoledor que me impida seguir explorando. Tiene los labios separados, los dedos enredados en mi cabello y me mira descender por su cuerpo, besándolo, saboreando cada centímetro hasta que me detiene.

Se estira, me jala hacia arriba y me da la vuelta en una demostración de agilidad impresionante. Siento mis pulmones expandirse, la suavidad de su cuerpo cuando se desliza sobre el mío.

—¿Estás bien? —pregunta.

Discutiría sobre la palabra *bien* cuando las cosas son claramente *sublimes*, pero no es momento de ser quisquillosa.

—Sí. Sí. Perfecto.

—¿Quieres? —Ethan me besa el hombro y desliza una palma por mi cadera, mi cintura, mis costillas y vuelve a bajar.

—Sí. —Inhalo una enorme bocanada de aire—. ¿Tú?

—Sí, mucho —asiente, luego se ríe despacio y me besa.

Mi cuerpo grita *sí* mientras mi mente grita *anticoncepción*.

—Espera. Preservativos —balbuceo entre un beso.

—Tengo algunos. —Se incorpora y me distrae tanto verlo atravesar la habitación que no caigo en la cuenta de lo que acaba de decir.

—¿Con quién creías que ibas a tener sexo en este viaje? —le pregunto con falsa indignación—. ¿Y en qué cama?

—No lo sé, pero siempre es mejor estar preparado, ¿no? —Abre la caja y me mira.

—¿Planeabas tener sexo *conmigo?* —Me apoyo sobre un codo.

Ethan se ríe mientras abre el envoltorio con los dientes.

—Definitivamente no.

—Qué malo.

Vuelve hacia mí y me regala un paisaje encantador.

—Hubiese sido un delirio creer que podía tener tanta suerte.

¿Sabrá que eligió las palabras perfectas para terminar de seducirme? No puedo discutir; yo también lo considero el mayor golpe de suerte de mi vida. Y cuando vuelve a acomodarse encima de mí, me besa, baja una mano por mis muslos, toma mi rodilla y la sube hasta sus caderas, discutir es lo último que cruza mi mente.

CAPÍTULO DOCE

Ethan me mira, sonríe, se gira y pincha su almuerzo. Irónicamente, es un gesto muy tímido para el sexy pervertido que hace apenas media hora me miraba vestirme con la intensidad de un depredador. Cuando le pregunté qué hacía, me respondió: "Me tomo un momento".

–¿Qué tipo de momento te estás tomando ahora? –pregunto e Ethan alza la vista.

–¿Momento? ¿Qué?

Me doy cuenta de que estoy mendigando un cumplido. Me veía vestirme con una sed que no le había visto ni siquiera en la noche de los mai tais. Pero supongo que sigo con esa amnesia selectiva que no me deja creer del todo que estemos llevándonos tan bien, ni que hablar de todo lo que hicimos desnudos.

—En la habitación —explico—. "Me tomo un momento".

—Oh —dice con una mueca—. Sí. Respecto de eso. Me estaba dando un pequeño ataque de pánico haber tenido sexo contigo.

Lanzo una carcajada. *Creo* que bromea.

—Gracias por la honestidad.

—No, en serio. —Relaja la situación con una sonrisa—. Estaba disfrutando de mirarte. Me gustó ver cómo te vestías de nuevo.

—Cualquiera creería que el atractivo sería desvestirse.

—Lo fue. Créeme. —Toma un bocado, mastica y traga mientras me analiza y algo en su expresión me lleva una hora atrás en el tiempo, al momento en que susurraba *Esto es bueno, muy bueno* en mi oído, justo antes de que me derritiera por completo—. Pero luego, ver que volvías a armarte… —Mira sobre mi hombro buscando la palabra indicada y creo que será una buena (*sexy* o *seductor* o *único*), pero su expresión se amarga de golpe.

—*Esa* no es la cara para esta conversación —lo apunto con el tenedor.

—Sophie —dice, y es al mismo tiempo una explicación y un saludo porque ella se acerca a la mesa, con un trago en una mano y Billy en la otra.

Claro. Quiero decir, *claro* que se nos acerca justo ahora con solo un bikini y un diminuto pareo, mirándome como si acabara de salir de una sesión de fotos para *Sports Illustrated*. Por mi parte, tengo el pelo enroscado en un nudo sobre la cabeza, estoy sudorosa por el sexo, sin maquillaje y

llevo un short deportivo y una camiseta con el dibujo de un envase de kétchup bailando con uno de mostaza.

—¡Chicos! —Su voz es tan aguda que se oye como si alguien hubiese soplado un silbato dentro de mi oído.

Analizo a Ethan al otro lado de la mesa, siempre me dará curiosidad cómo pudo haber funcionado su relación: él, con esa voz de miel, grave y cálida; y Sophie, con su voz de ratón de caricatura. Ethan, con su mirada profunda; y Sophie, que no puede dejar los ojos quietos y siempre está buscando un nuevo estímulo. También es mucho más grande que ella. Por un segundo lo imagino llevándola por Twin Cities en una mochila para bebés y tengo que reprimir una gran carcajada.

—Hola —decimos al unísono y sin ganas.

—¿Almorzando tarde? —pregunta.

—Sí —responde Ethan, y luego pone una expresión entrenada de falsa felicidad marital. Si *yo* puedo darme cuenta de que es forzada, Sophie (la persona con quien convivió por casi dos años) también tiene que notarlo—. Pasamos la mañana en la habitación.

—*En la cama* —agrego demasiado alto.

Ethan me mira como si no tuviera remedio. Exhala por la nariz largando el aire con paciencia. Por primera vez no estoy mintiendo e igualmente sueno como una loca.

—Hicimos lo mismo ayer. —Sophie desliza una mirada a Billy—. Nos divertimos, ¿no?

Todo esto es tan incómodo. ¿Quién le habla así a su pareja?

Billy asiente, pero no nos mira; no puedo culparlo. Tiene tantas ganas como nosotros de que pasemos tiempo juntos. Pero a Sophie no le interesa su reacción y una mueca de disgusto le trasforma la cara. Contempla a Ethan con deseo, pero aparta rápido la vista, parece la mujer más solitaria del planeta. Me pregunto cómo se sentiría Ethan si levantara la vista y lo notara: el anhelo en su expresión, la pregunta *¿me equivoqué?* clavada en sus ojos. Pero está demasiado concentrado en pinchar sus macarrones.

–Bien… –dice, mirándolo fijo. Parece que le estuviera mandando mensajes con el poder de la mente.

No le llegan.

–¿Sí? –Finalmente la mira con un gesto inexpresivo.

–Quizá podríamos tomar algo más tarde y ¿hablar? –Es claro que la invitación es para él en singular, no para nosotros en plural. Asumo que Billy tampoco está incluido.

Quiero gritarle: *¿Ahora quieres hablar? ¡No tenías tantas ganas cuando estaba contigo!*

Pero me contengo. Un aire incómodo se instala y miro a Billy para saber si él también lo percibe, pero tomó el teléfono de su bolsillo y está navegando en Instagram.

–No tengo… –Ethan me mira con las cejas hacia abajo–. ¿Quizá?

Pongo cara de *¿Me estás cargando?*, pero no me ve.

–¿Me mensajeas? –le pregunta Sophie con suavidad.

Él responde que sí con un ruido forzado y quiero tomarle una foto a la cara que pone ella para mostrársela luego a Ethan y exigirle que me explique qué mierda está pasando.

¿Sophie se arrepiente de la ruptura? ¿O solo le molesta que esté "casado" y haya dejado de llorar por ella?

Esta dinámica es fascinante... y muy pero *muy* extraña. No hay otro adjetivo para describirla.

Intento pensar en la efervescente persona que tengo en frente dejando una nota que dice, ni más ni menos, *Creo que no debemos casarnos. Lo siento.*

Y, de hecho, puedo imaginarlo perfectamente. Es de esa gente que empalaga de dulce, pero no puede comunicar malas noticias o emociones negativas. Por el contrario, yo soy amarga en la superficie, pero puedo detallar con alegría todos los motivos por los que creo que el mundo está perdido.

Luego de unos segundos de silencio, Sophie se cuelga del brazo de Billy y avanzan hacia la salida. Ethan suelta una respiración profunda mientras mira su plato.

–¿Por qué insisten en relacionarse con nosotros? Pregunto en serio.

–No tengo idea. –Descarga su fastidio con un trozo de pollo al que prácticamente apuñala.

–Creo que tomar algo con ella es una mala idea.

Asiente, pero no habla.

Me giro para ver la retirada altiva y segura de Sophie, vuelvo a mirar a Ethan.

–¿Estás bien?

Tuvimos sexo hace una hora. A pesar de que el fantasma de su relación pasada deambule por el hotel, la respuesta correcta es *Sí.* ¿No?

–Estoy bien. –Me dedica una sonrisa que, ya lo sé, es falsa.

–Qué bien, porque me daban ganas de revolear la mesa por los aires cuando te miraba con esos ojos de perro mojado.

–¿Cuando qué? –Levanta la cabeza.

No me gusta que mi comentario tenga un efecto inmediato en él. Quiero ser honesta, pero se nota lo forzado en mis palabras.

–Solo que… Parecía que quería mirarte a los ojos.

–Pero *sí* nos miramos a los ojos. Nos invitó a tomar algo…

–Sí. No. Te invitó *a ti* a tomar algo.

Se esfuerza por parecer relajado, pero el resultado es pésimo. Puedo verlo luchar contra una sonrisa.

Y lo entiendo. ¿Quién no ha querido enrostrarle su nueva relación a la persona que lo abandonó? No hay nadie que sea tan bueno como para estar por encima de esa mezquindad. Y, sin embargo, el calor sube a mis mejillas. No son solo celos, me siento humillada. Fui solo una revolcada de verano. Muy obvia, por cierto. Al menos, amigo, esconde la erección que te produce tu ex hasta que hayan pasado seis horas desde que te acostaste con otra persona.

Me detengo.

Esto es lo que hago siempre. Asumo lo peor. Necesito un respiro. Me levanto y apoyo la servilleta sobre la mesa.

–Me adelantaré para ducharme. Creo que quiero comprar algunos regalos en las tiendas del hotel.

–De acuerdo, yo puedo… –Se para también, creo que con más sorpresa que cortesía.

–No, está bien. Nos vemos luego.

No dice nada más y, cuando vuelvo a mirarlo ya cerca de la salida, no puedo leer su expresión: volvió a sentarse y mira fijo a la comida.

La terapia del consumo es real y gloriosa. Paseo por las tiendas del hotel y encuentro algunos suvenires para Ami, para mis padres y hasta una camiseta para Dane. Puede que sea un imbécil, pero se perdió su luna de miel.

Aunque logro distraerme un poco examinando adornos sobrevalorados, en el fondo, la irritación con Ethan permanece, acompañada por el estrés que me produce pensar en si cometimos un terrible error al dormir juntos. Es posible que lo haya sido, y, entonces, los cinco días restantes serán todavía más incómodos de lo que podrían ser si siguiéramos odiándonos.

La jornada me dejó emocionalmente exhausta: me desperté recordando un beso, me peleé con Ethan, me enteré cosas terribles sobre Dane, me reconcilié con Ethan, tuvimos sexo y nuestro encuentro con Sophie de cada día arrojó a todo este panorama kilos de incertidumbre. El día duró cuatro años, y todavía no termina.

La primera persona a la que acudo cuando estoy mal siempre es Ami. Tomo mi teléfono y me concentro en la imagen de una palmera moviéndose por el viento que se refleja en la pantalla apagada. Quiero saber si está bien. Quiero preguntarle si Dane está con ella, saber qué estuvo haciendo y con quién. Quiero que me aconseje sobre qué hacer con Ethan, pero sé que no puedo hacer nada de todo eso si no explico con detalle varias cosas.

No puedo hacerlo por teléfono y mucho menos por mensaje. Entonces, para sentir cerca a mi familia, le escribo a Diego.

> ¿Qué hay de nuevo en la tundra congelada?

> Tuve una cita anoche.

> Oooh, ¿estuvo bien?

> Me quitó un trozo de comida que había quedado atascado en mis dientes sin avisar.

> Entonces... ¿no?

> ¿Ethan y tú siguen sin asesinarse?

> Casi no lo logramos, pero sí, seguimos vivos.

Sin duda este no es el momento para darle la noticia de todo lo que pasó con Ethan, y Diego definitivamente no es la persona para decírselo primero: no podré controlar el mensaje.

> Bien. Cuéntame qué te inventaste para sufrir en esas vacaciones de ensueño.

Imagínate qué tan increíble es que ni yo puedo quejarme. ¿Cómo está Ami?

Demacrada, aburrida y casada con un varón promedio.

¿Y mamá y papá?

Dicen que tu papá le envió flores y ella les arrancó todos los pétalos y los usó para escribir PUTA sobre la nieve.

Guau. Eso es... Guau.

Así que todo como siempre por aquí.

Suspiro. Eso era justo lo que me preocupaba.

De acuerdo, te veo en unos días.

Te extraño, mami.

Yo también.

Regreso con las bolsas a la habitación. Espero (quizá deseo) que Ethan no esté para poder usar la calma que me dejaron las compras en mi cerebro e intentar descifrar cómo voy a manejar la situación.

Pero claro que está: recién duchado, cambiado y sentado en el balcón con un libro. Oye la puerta, se incorpora y entra.

–Hola.

De solo mirarlo recuerdo lo que pasó hace unas horas y el desdén con el que me trató. Enlentece sus movimientos mientras se acerca, tiene los ojos pesados y la boca floja de placer. Dejo caer las bolsas en una de las sillas de la sala de estar y me doy a la tarea de hurgar en ellas para fingir que estoy ocupada.

–Hola –digo con un gesto distraído.

–¿Quieres cenar? –pregunta.

–Em… No tengo mucha hambre –miento, mi estómago ruge.

–Oh, esperaba ver… –interrumpe la frase y se masajea el mentón, se ve conflictuado.

–Creía que ibas a salir a tomar algo con Sophie –comento. Sé que no tiene nada que ver con lo que preguntó, pero es lo que mi cerebro decide lanzar.

–Yo… ¿no? –Se atreve a hacerse el confundido.

–Podrías haber bajado a cenar solo. Lo sabes, ¿no? –No sé qué hacer con las manos entonces comienzo cerrar las bolsas de compra con violencia y a acomodarlas–. No tenemos que comer siempre juntos.

–¿Y si *quiero* ir contigo? –pregunta y me analiza enfadado–. ¿Eso rompe alguno de tus nuevos y confusos códigos?

–¿Códigos? ¿Qué sabes tú de códigos? –Lanzo una carcajada.

—¿De qué hablas?

—Duermes conmigo y luego te da un pedo mental frente a tu ex. Diría que eso es romper una regla bastante grande.

—Espera. ¿Esto es por *Sophie*? ¿Es una interpretación como la de los bollos de queso?

—No, Ethan, no es por ella. Me importa un carajo Sophie. Es *por mí*. Estabas más preocupado por llamar su atención que por cómo me sentía *yo* en ese momento. No suelo exponerme a situaciones en las que soy una venganza o una distracción, así que creo que entenderás que para mí también fue incómodo verla. Pero no te diste ni cuenta. Y, obvio, puedo esperar eso porque no sientes nada por mí, pero... —Mi voz se debilita y se va desvaneciendo—. Como sea. No tiene nada que ver con Sophie.

Ethan hace una pausa, tiene la boca abierta como si quisiera decir algo y no supiera bien qué. Finalmente, se decide:

—¿Qué te hace creer que no siento nada por ti?

—Nunca lo dijiste. —Ahora soy yo quien duda.

—Tampoco dije que no.

Me gustaría seguir esta ridiculez solo para molestarlo, pero alguien tiene que comportarse como un adulto.

—Por favor, no finjas que no entiendes por qué estoy molesta.

—Olive, apenas conversamos desde que tuvimos sexo. ¿Por qué deberías estar molesta?

—¡Estabas al borde de un ataque de pánico durante el almuerzo!

—¡Y tú ahora!

Me doy cuenta de que no niega nada de lo que digo.

—Claro que me molesta verte absorber en silencio los celos de Sophie cuando acababas de tener sexo conmigo.

—¿"Absorber en silencio"? —Sacude la cabeza y levanta la mano para pedir un alto al fuego—. ¿Podemos ir a comer? Muero de hambre y no tengo idea de qué está sucediendo.

Para sorpresa de nadie, la cena es tensa y silenciosa. Ethan pide una ensalada y yo hago lo mismo; es claro que no queremos esperar demasiado por la comida. Los dos evitamos el alcohol, aunque, para ser franca, me vendrían bien un par de margaritas.

Cuando la camarera se retira, tomo mi teléfono y me hago la ocupada. En realidad, estoy jugando al póker.

Obviamente, tenía razón: el sexo fue un gran error, y nos quedan cinco días juntos. ¿Debería resignarme, entregar la tarjeta y pagar una habitación solo para mí? Sería un gran gasto, pero puede que sea el único modo de que las vacaciones sigan siendo… divertidas. Podría terminar de hacer las actividades que me quedan en la lista y, aunque sea solo un 30% de lo divertido que podría ser con él, sigue siendo 100% más divertido de lo que sería estar en casa. Sin embargo, la sola idea de pensar en que no disfrutaré más de ese humor tan típico de Ethan es un fastidio.

—Olive. —Lo miro con interés, pero no continúa.

—¿Sí?

Despliega la servilleta, la acomoda en su regazo, se apoya en los antebrazos y me mira directamente a los ojos.

–Perdón.

No sé si se disculpa por el almuerzo, por el sexo o por los otros cien motivos por los que podría pedirme perdón.

–¿Por...?

–Por el almuerzo –dice con amabilidad–. Debería haberme concentrado solo en ti. –Hace una pausa y se pasa un dedo por las cejas–. No me interesa para nada ir a tomar algo con Sophie. Si me veía desconectado fue porque tenía hambre y porque estoy cansado de encontrármela en todos lados.

–Oh. –Todo lo que daba vueltas en mi cabeza se detiene de repente, me quedo sin palabras. Eso fue mucho más fácil que pagar por otra habitación–. Está bien.

–No quiero que las cosas queden raras entre nosotros. –Sonríe.

–Espera. ¿Te estás disculpando para que volvamos a tener sexo? –pregunto con el ceño fruncido.

Ethan se debate entre reír o arrojarme un tenedor.

–Creo que me estoy disculpando porque así lo siento.

–¿Tienes otros sentimientos aparte de la irritación permanente? –Ahora sí se ríe.

–No me di cuenta de que parecía estar disfrutando sus celos. Tampoco te diré que no me provoca ningún grado de alegría verla celosa, porque estaría mintiendo, pero eso no tiene nada que ver con lo que siento por ti. No quería darle mi atención a Sophie luego de haber estado contigo. –Guau.

¿Una mujer le mandó esa disculpa en un mensaje? Fue maravillosa–. Me escribió hace un rato y le respondí. –Me pasa su teléfono para que pueda leer un mensaje que dice *Voy a saltearme los tragos. Que tengas un lindo viaje*–. Fue antes de que regresaras a la habitación. Mira el horario –dice y señala con un gesto–. No puedes decir que lo hice porque estabas enojada, no tenía ni idea. Al fin mi despiste sirve de algo.

La camarera apoya las ensaladas y, ahora que las cosas están mejor entre nosotros, me arrepiento de no haber pedido una hamburguesa.

–De acuerdo, bien –digo mientras pincho un trozo de lechuga.

–¿"De acuerdo, bien"? –repite lento–. ¿Eso es todo?

Lo miro.

–Fue una gran disculpa, lo digo de verdad. ¿Podemos volver a la ironía, así nos divertimos de nuevo?

–¿Qué tal si ahora quiero que nos divirtamos siendo amables? –pregunta y llama a la camarera.

–Intento imaginar cómo te quedaría la "amabilidad". –Entrecierro los ojos.

–Fuiste bastante amable conmigo antes –murmura por lo bajo.

A un lado de la mesa, alguien se aclara la garganta. Ambos miramos, la mesera regresó.

–Oh. Hola. Muy oportuna. –La saludo con la mano e Ethan se ríe.

–¿Puedes traernos una botella de pinot Bergstrom Cumberland? –le pregunta. Ella se va y él sacude su cabeza.

–¿Esperas ablandarme con alcohol? –pregunto con una sonrisa–. Ese es uno de mis vinos favoritos.

–Lo sé. –Se inclina sobre la mesa, toma mi mano y todo en mi interior se vuelve cálido y tembloroso–. Y no, te voy a ablandar rehusándome a pelear contigo.

–No resistirás.

–Apostemos. –Se acerca y besa mis nudillos.

CAPÍTULO TRECE

Charlamos durante toda la cena y el postre. Lo miro y me esfuerzo para que mi admiración no se note demasiado. Creo que nunca lo vi sonreír tanto.

Una parte de mí quiere tomar el teléfono para fotografiarlo; la misma que quiere archivar y catalogar cada uno de sus rasgos: el dramatismo de las cejas y pestañas, el contraste con el brillo de los ojos, la rectitud romana de la nariz, la boca gruesa y elocuente. Siento que estamos viviendo en una nube de fantasías; no importa cuánto intente convencerme de lo contrario, creo que tendré que sobrevivir a un aterrizaje forzoso cuando estemos de vuelta en Minnesota dentro de pocos días. No importa qué le diga a mi mente y a mi corazón, el pensamiento es recurrente y se instala sin avisar: *Esto es demasiado bueno, no durará.*

Toma una fresa del copo de mousse de chocolate que decora la tarta de queso que estamos compartiendo y mantiene el tenedor en alto.

—Pensaba que podríamos ir a Haleakala a ver el amanecer mañana.

—¿Qué es eso? —Le arrebato el tenedor y como el perfecto bocado que ha preparado. No se queja, *sonríe* e intento ignorarlo. Ethan Thomas no tiene problema con que coma de su tenedor. La Olive Torres de hace dos semanas está perpleja.

—Es el punto más alto de la isla —explica—. Carly de recepción dice que es el mejor mirador, pero que hay que llegar temprano.

—¿Carly de recepción?

—Tuve que encontrar a alguien para conversar cuando te fuiste de compras durante toda la tarde. —Se ríe.

Hace solo una semana hubiese respondido con un comentario sarcástico, pero ahora mis ojos tienen dos corazones dibujados y solo puedo pensar en las ganas de besarlo.

Me acerco y le tomo la mano. Toma la mía sin dudar, como si fuera lo más normal del mundo.

—Creo que —digo despacio— si vamos despertarnos para ver el amanecer, ya deberíamos irnos a la cama.

Separa los labios y dirige los ojos a mi boca, es rápido para entender las indirectas.

—Tienes razón.

♥

La alarma suena a las cuatro de la madrugada y nos despertamos de un sobresalto. Mascullamos desnudos en la oscuridad y pasamos de un nudo hecho de sábanas y cuerpos directo a la primera capa de ropa. Aunque estemos en una isla tropical, Carly de recepción le dijo a Ethan que, antes del amanecer, la temperatura puede caer por debajo de cero grados.

Pese a que intentamos acostarnos temprano, este hombre me entretuvo varias horas con las manos, la boca y, para mi sorpresa, un nutrido diccionario de palabras obscenas; sigo inmersa en la ceguera del sexo incluso cuando prende las luces de la sala de estar.

Luego de lavarnos los dientes y besarnos, Ethan hace café y yo armo un bolso con agua, frutas y barras de granola.

–¿Quieres que te cuente algo que me pasó escalando una montaña? –pregunto.

–¿Involucra la mala suerte?

–Sabes que sí.

–A ver.

–El verano previo al segundo año de universidad –comienzo– Ami, Jules, Diego y yo fuimos a Yellowstone porque Jules había empezado a entrenar y quería subir el Half Dome.

–Uh.

–¡Sí! –exclamo–. Es una historia horrible. Entonces, Ami y Jules estaban entrenadas, pero Diego y yo éramos... Digamos, que la única maratón que hacíamos era la de ver series en el sofá. Por supuesto que incluso el tramo llano es

· 247 ·

difícil y creí que moriría unas cincuenta veces, pero eso era solo vagancia, no mala suerte. Luego comenzamos el ascenso empinado. Nadie me dijo que prestara atención a donde ponía las manos. Me sostuve de una piedra para tomar impulso y resultó ser una serpiente de cascabel.

–¿¡Qué!?

–Sí, me mordió una maldita serpiente de cascabel y caí cuatro metros de espaldas.

–¿Y qué hiciste?

–Bueno, Diego no quería escalar ese último tramo, así que cuando me levanté estaba parado al lado mío a punto de orinarme la mano. Por suerte apareció el guardaparques, me inyectó el antídoto y estuve bien.

–¿Ves? *Eso* es suerte.

–¿Que te muerda una serpiente? ¿*Caerte*?

–Que tuvieran el *antídoto*, no morir en Half Dome. –Se ríe con incredulidad.

–Entiendo tu punto. –Me encojo de hombros mientras meto unos plátanos en el bolso.

–No crees que sea así en verdad, ¿no? –Lo miro–. Que tienes una especie de mala suerte crónica –agrega.

–Absolutamente. Ya expuse suficientes argumentos, pero para actualizar: me quedé sin trabajo el día después de que se mudara mi compañera de apartamento. En junio tuve que reparar el auto y pagar una multa cuando alguien lo chocó, lo arrastró hasta un lugar en el que estaba prohibido estacionar y escapó. Por último, este verano, en el autobús, una señora se quedó dormida apoyada en mi

hombro y me di cuenta de que en realidad estaba muerta cuando ya me había pasado de la parada en la que tenía que bajar. –Abre grande los ojos–. De acuerdo, lo último es broma, no tomo el autobús.

–No sé qué haría si alguien muriera encima de mí. –Se inclina y apoya las manos sobre las rodillas.

–Creo que no hay muchas posibilidades. –Entredormida, sonrío mientras sirvo el café en vasos de cartón y le arrimo uno a Ethan.

–Me refiero a que le das demasiado poder a la suerte –dice mientras se endereza.

–¿Quieres decir que tengo que pensar positivo para que me pasen cosas positivas? Supongo que no creerás que eres el primero que me lo dice. Sí puedo darme cuenta de que la predisposición influye, pero también es una cuestión de suerte.

–De acuerdo, pero… mi moneda de la suerte solo es una moneda. No tiene un poder supremo, no es mágica, solo es algo que encontré antes de que me pasaran un par de cosas buenas, así que ahora la asocio a esas cosas. –Levanta el mentón para mirarme–. Pero también la tenía cuando nos cruzamos con Sophie. Si todo fuera una cuestión de suerte, eso no hubiera sucedido.

–A menos que mi mala suerte haya anulado tu buena suerte.

Me abraza por la cintura y me empuja contra el calor de su pecho. Me estoy acostumbrando tanto a su afecto que un escalofrío me recorre la columna.

—Eres una amenaza —dice contra mi cabeza.

—Es lo que soy —explico—. Ami y yo somos el contraste perfecto.

—Eso no es necesariamente malo. —Levanta mi mentón y me da un beso suave—. No tenemos que ser copias carbónicas de nuestros hermanos... por más idénticos que seamos.

Pienso en eso mientras atravesamos el pasillo. Toda mi vida me compararon con Ami, me gusta que alguien me quiera por lo que soy.

Pero, claro, saber eso (que me quiere como soy) me lleva a una conclusión que no puedo evitar decirle cuando llegamos al elevador.

—Creo que también soy todo lo opuesto a Sophie. —En ese mismo momento quiero tomar las palabras en el aire y meterlas de nuevo en mi boca.

—Sí, supongo que sí.

Quisiera que agregue "pero eso es algo bueno" o "por suerte", pero solo me sonríe y espera que diga la siguiente estupidez.

No le daré el gusto. Me muerdo la lengua y lo miro de reojo: sabe exactamente lo que hace. Es un monstruo.

—¿Estás celosa? —Sigue sonriendo.

—¿Debería estarlo? —pregunto, pero de inmediato me corrijo—. Quiero decir, solo es una aventura de verano, ¿no?

—Oh, ya veo, ¿nada más que eso? —dice mientras la sorpresa se apodera de cada uno de sus rasgos.

Lo escucho y siento que una roca baja rodando por mi espalda. Hace solo un par de días que superamos el odio y

pasamos al cariño; es muy pronto para hablar de esto como algo serio.

¿Lo es? Me refiero a que ahora somos familia. No podremos dejar la isla y no vernos nunca más; en algún momento tendremos que hacernos cargo de lo que sucedió… y de lo que quedará.

Salimos del elevador, pasamos el lobby y pedimos un taxi. Todavía es de noche. No le respondí. Necesito pensarlo un poco más, y parece que Ethan está de acuerdo porque no insiste.

Es asombroso que haya tráfico en la ruta que va al parque nacional a las cuatro y media de la madrugada; hay combis, bicicletas, grupos de caminata y parejas como nosotros (somos una especie de pareja) que piensan estirar una manta y acurrucarse para soportar la helada mañana.

Nos lleva una hora atravesar la procesión y llegar a la cima, donde tenemos que trepar algunas rocas para alcanzar el punto más alto. Aunque el cielo sigue oscuro, la vista nos deja sin aliento. Hay grupos de personas que se abrazan de pie o que se cubren con una manta, pero el silencio es profundo, como si todos acataran la regla de que no corresponde hablar cuando se está por atestiguar la salida del sol.

Ethan estira un par de toallas de playa que trajimos del hotel y me invita a su lado. Me acomoda entre sus largas piernas y apoya mi espalda en su pecho. No puede estar cómodo, pero yo estoy en el paraíso, así que me entrego y bajo la guardia mientras me estiro.

Quisiera entender qué está sucediendo dentro y fuera de

mi corazón. Siento que se ha expandido y exige que lo note y lo escuche, como si me estuviera recordando que soy una hembra de sangre caliente con deseos y necesidades que no son solo las básicas. Estar con Ethan se siente cada vez más como cuando me consiento con un par de zapatos o una extravagante cena. No termino de convencerme de que merezca esto todos los días… ni que vaya a durar.

Es obvio que ambos estamos reflexionando sobre *nosotros*, por lo que no me sorprende cuando dice:

—Te pregunté algo antes.

—Lo sé.

Solo es una aventura de verano, ¿no?

Oh, ya veo, ¿nada más que eso?

Vuelve a quedarse en silencio; es obvio que no tiene que repetir lo que dijo. Pero no estoy segura de qué pienso al respecto.

—Estoy… pensando.

—Piensa en voz alta —dice—. Pensemos juntos.

Mi corazón se retuerce por la facilidad con la que me pide lo que necesita y sabe que puedo darle: transparencia.

—Ni siquiera nos caíamos bien hace una semana —le recuerdo.

—Creo que deberíamos archivar todo eso como un tonto malentendido. ¿Qué te parece si te compro bollos de queso cuando volvamos a casa? —Aterriza con suavidad los labios en mi cuello.

—Sí.

—¿Prometes que me dejarás algunos? —Vuelve a besarme.

—Solo si me lo pides con amabilidad.

Luego de todo lo que sucedió, solo puedo atribuir los sentimientos que tenía hacia Ethan antes de Maui a mi postura reaccionaria y defensiva.

Cuando alguien no nos quiere es normal que el sentimiento sea mutuo, ¿no? Pero recordar que Dane le dijo que yo era una malhumorada trae a mi mente algo de lo que Ethan no quiere hablar...

Sé que suelo ser pesimista en contraste con el optimismo de Ami, pero no soy malhumorada. No actúo de manera espontánea, *soy* analítica y cautelosa. El hecho de que Dane le haya dicho eso a Ethan (y que Dane estuviera durmiendo con otras mujeres mientras tanto), me hace desconfiar mucho de sus intenciones.

—No creo que podamos avanzar en esta conversación si no discutimos la posibilidad de que Dane haya querido separarnos.

—¿Por qué iba a querer hacerlo? —Puedo sentir como se tensa, pero no se mueve ni me aleja.

—¿Mi teoría? —digo—. Ami creía que era monógamo y tú sabías que no. Si nosotros nos hubiésemos vinculado, en algún momento iba a surgir el tema. Como sucedió, de hecho.

Siento como Ethan encoge los hombros y ya lo conozco lo suficiente como para adivinar su expresión: no está convencido, pero sí preocupado.

—Creo que solo era raro para él —dice— pensar en que su hermano mayor saliera con la gemela de su novia.

—Si *yo* aceptaba salir contigo —agrego.

–¿No lo hubieses hecho? –me desafía–. Vi el deseo en tus ojos, Olivia.

–Bueno, tampoco eres espantoso.

–Ni tú.

Dice esas dos palabras justo sobre el lóbulo de mi oreja. Es el tipo particular de cumplidos que nos caracteriza; me atraviesa, suave y seductor. Su actitud hacia mí en la fiesta solo me hizo pensar que me veía como un rollo verde satinado.

–Sigo rebobinando algunas escenas.

–Siempre creí que mi atracción era evidente –dice–. Quería entender tus gruñidos y tus malas caras, saber qué problema tenías para poder, finalmente, invitarte al asiento de atrás de mi auto.

Todos mis órganos se desintegran. Hago un esfuerzo para mantener la compostura y apoyo la cabeza justo en su hombro.

–Sigues sin responder a mi pregunta –insiste despacio.

–¿Si esto es solo una aventura? –Contengo una sonrisa por su perseverancia.

–Sí –dice–. Está bien si solo es eso. Supongo. Pero quiero saberlo para entender cómo manejarme cuando regresemos.

–¿Te refieres a contarle a Dane?

–Me refiero al tiempo que necesitaré para superarte.

Siento un dolor punzante directo en el corazón. Giro la cabeza para besarlo, él se inclina y me da lo que necesito; me entrego a los sentimientos de alivio y deseo. Imagino ver a Ethan en la casa de Ami y Dane e intentar mantener la distancia y no tocarlo así.

–No me canso de lo que sea que esto es –admito–. Aunque solo sea una aventura, no se siente como…

–No lo digas.

–… *una aventura.* –Sonrío y el gruñe.

–Es casi tan malo como tus chistes en la boda.

–Sé que mi discurso guarda un lugar en tu memoria.

Ethan deja los dientes apoyados en mi cuello y gruñe.

–Supongo que lo que quiero decir es que –comienzo y respiro hondo como si fuera a saltar de un precipicio directo a una piscina con agua turbia–, si te parece bien que nos sigamos viendo cuando regresemos a casa, no voy a oponerme.

Su boca avanza por mi cuello y lo besa. Una mano se desliza bajo mi ropa y se detiene, cálida, sobre el esternón.

–¿No?

–¿Y *tú* qué piensas?

–Pienso que me gusta. –Me besa la mandíbula hasta llegar a la boca–. Pienso que eso significa que podré hacer *esto* incluso cuando nuestra falsa luna de miel haya terminado.

Me doblo bajo su palma y la ayudo a llegar hasta mi pecho. Frustrado, Ethan la vuelve a mover a mi vientre.

–Desearía estar en la habitación.

–Yo también.

No podemos juguetear ahora. El sol todavía no salió, pero ya se insinúa en el horizonte e ilumina el cielo con un millón de tonos de naranja, rojo, púrpura y azul.

–¿Acabamos de tomar una decisión? –pregunta.

–Eso creo. –Cierro fuerte los ojos y sonrío.

–Bien. Porque estoy loco por ti.

—Yo también estoy loca por ti —admito conteniendo la respiración.

Sé que si miro su rostro ahora estará sonriendo. Puedo sentirlo en el modo en que su antebrazo me sostiene.

Miramos juntos cómo el cielo se transforma en un lienzo que cambia sus colores a cada segundo. Me siento una niña pequeña de nuevo, pero, en lugar de imaginarme un castillo en el cielo, estoy viviendo en él; este cielo de acuarela es lo único que puedo ver.

Los espectadores se sumen en un silencio colectivo y solo salgo del hechizo cuando el sol termina de salir, brilla con fuerza y las personas comienzan a prepararse para regresar. Yo no quiero regresar. Quiero quedarme aquí, sentada, recostada sobre Ethan, por la eternidad.

—Disculpa —llama Ethan a una mujer—. ¿Podrías tomarnos una foto a mí y a mi novia?

De acuerdo... quizá sí es momento de volver a la habitación.

CAPÍTULO CATORCE

—Que alguien me explique la ley física por la que mi maleta pesa veinte kilos más ahora que cuando llegué —digo—. Solo sumé un par de camisetas y unos brazaletes de souvenir.

Ethan se acerca hasta mi lado de la cama y aplasta la maleta; aunque todavía requiere algo de esfuerzo, puedo cerrarla.

—Debe ser el peso de tu cuestionable idea de comprarle a Dane una camiseta que dice *Me hicieron aloha en Maui*.

—¿Crees que no le gustará el humor negro? —pregunto—. La duda es si se la doy antes o después de decirle que estamos juntos.

—Puede reírse o no hablarte nunca más. —Se encoge de hombros, baja la maleta de la cama y me mira.

—La verdad es que puedo soportar cualquiera de las dos.

Estoy acomodando cosas en el equipaje de mano por lo que me toma unos segundos darme cuenta de que Ethan dejó de responder.

—Estoy bromeando, Ethan.

—¿Sí?

Pude quitarlo de mis pensamientos durante la mayor parte del viaje, pero la realidad asoma dentro de nuestra burbuja de vacaciones antes de lo que esperaba.

—¿Dane va a volverse un problema entre nosotros?

Ethan se sienta en el borde del colchón, me jala entre sus rodillas con suavidad y responde:

—Ya lo dije… Está claro que no te cae bien, y es mi hermano.

—Ethan, no tengo problema con él.

—De acuerdo. Ahora también es tu cuñado.

—Mi cuñado, el que engañó a mi hermana durante dos años. —Me alejo frustrada.

—*No hay forma…* —Ethan cierra los ojos y suspira.

—Si salió con Trinity Nalga de Mango hace dos años, definitivamente engañó a Ami.

—No puedes tirarle todo esto a Ami así como si nada no bien lleguemos. —Inhala profundo y exhala de a poco.

—Dame un poco de crédito. También puedo ser sutil —digo y, como lo veo reprimir una sonrisa, agrego—: Que conste que no fui yo quien eligió el vestido de dama de honor.

—Pero sí el bikini rojo.

—¿Tienes alguna queja? —pregunto sonriendo.

—Para nada. —Su sonrisa desaparece—. Mira, sé que tú, Ami y toda tu familia comparten un vínculo que yo no tengo con Dane. Claro, viajamos juntos, pero no hablamos de estas cosas. Creo que no debemos meternos. Ni siquiera sabemos cuál es la verdad.

—Pero, solo para saber, ¿qué pensarías si descubres que Dane efectivamente le estuvo mintiendo a Ami todos estos años?

Ethan se para y tengo que levantar la cabeza para mirarlo. Mi primera reacción es creer que se enojó conmigo, pero no es así (creo): me toma el rostro entre las manos y se inclina para besarme.

—Estaría decepcionado, desde ya, pero me cuesta mucho creer que pueda ser capaz.

Como suele sucederme, el fusible de tolerancia para hablar sobre mi cuñado se quema. Tengo sentimientos encontrados hoy (no quiero irme, pero estoy ansiosa por ver cómo funcionaremos en casa) y sumar el estrés que me produce la situación de Dane y Ami no hará las cosas más sencillas.

Engancho el elástico de sus pantalones con un dedo, puedo sentir la calidez en la piel de su ombligo, lo atraigo hacia mí. Con una sonrisa comprensiva me besa con urgencia, como si acabáramos de enterarnos de que este cuento de hadas puede llegar a un final abrupto. Su manera de tocarme con tanta familiaridad me excita tanto como sus besos. Amo que sus labios sean tan suaves y carnosos. Amo que me toque con las manos bien abiertas como si quisiera abarcar tanta piel como le sea posible. Ya estamos vestidos y listos para salir, pero

no protesto ni un segundo cuando me arranca la camiseta y se estira para desabrocharme el sujetador.

Nos desplomamos sobre el colchón; tiene cuidado de no caer sobre mí, pero ya me volví un poco adicta a su peso, al calor, la robustez y los ángulos de su cuerpo. La ropa que habíamos preparado para usar en el avión forma una pila al costado de la cama. Ethan se acomoda sobre mí flotando por la fuerza de sus brazos estirados. Su mirada recorre cada fragmento de mi rostro.

—Ey —digo.

—Ey. —Sonríe.

—Solo mira. De nuevo terminamos desnudos.

—Esto puede volverse un problema. —Levanta un hombro muy bronceado.

—Problema o perfección, ¿quién puede diferenciarlo?

Suelta una carcajada que desaparece rápido. Por la forma en que sus ojos me buscan, parece que quisiera decirme algo más. Me pregunto si puede leerme la mente: cómo estoy rogándole que no mencione a Dane o le doy vueltas a todo lo que podría salir mal cuando estemos de vuelta en casa. Por suerte, no lo hace. Desciende sobre mí y gruñe despacio cuando le envuelvo la cintura con las piernas.

Ya sabe lo que me gusta, pienso mientras mis manos recorren su espalda y él comienza a moverse. *Todo este tiempo estuvo prestándome atención. Quisiera volver el tiempo atrás para mirarlo con estos nuevos ojos.*

♥

AhorraJet parecía la aerolínea del horror en el vuelo de ida, pero, en el de vuelta, la cercanía de los asientos es la excusa perfecta para enroscar mi brazo con el de Ethan, acurrucarme y pasar varias horas deleitándome con el aroma a océano que todavía persiste en su piel. Incluso él parece más calmado: luego de la tensión y el intercambio monosilábico durante el despegue, cuando ya estuvimos en el aire dejó caer la mano sobre mi muslo y la mejilla sobre mi cabeza.

Si hace dos semanas alguien me hubiese mostrado una foto de nosotros ahora, creo que el impacto me hubiese matado.

¿Habría podido creer esta mirada que no puedo borrar (embelesada, sexualmente satisfecha); este tipo de felicidad intensa y desmedida que ya no tiene miedos o inquietud por Ethan y lo que sentimos? Nunca adoré a alguien con tanta entrega, y algo me dice que él tampoco.

La única incertidumbre que me queda es qué nos espera en casa. Para ser más específica, qué grieta podría provocarnos una pelea entre Ami y Dane.

Entonces me pregunto: ¿vale la pena decirle a mi hermana? ¿Debería dejar el pasado en el pasado? ¿Debería dejar de pensar siempre lo peor y empezar a tener fe en las personas? Quizá ella ya lo sabe y pudieron superarlo. Quizá podría avergonzarla que yo sepa que Dane no siempre fue monógamo y ponerla a la defensiva cuando estemos los tres juntos.

Miro a Ethan, que sigue dormido, y me doy cuenta de que, aunque crea que siempre sé lo que está sucediendo, no

es así. Este hombre aquí es el ejemplo perfecto. Creía que sabía todo sobre él y estaba muy equivocada. ¿Es posible que haya aspectos de mi hermana que tampoco conozca? Lo alejo con delicadeza, respira, se incorpora y me mira. Se siente como un puñal que me guste tanto su cara.

—Ey —dice con voz gruesa—, ¿qué pasó? ¿Estás bien?

—Me gusta tu cara —confieso.

—Me alegra que sintieras que debías decírmelo en este preciso momento.

—Y… —digo con una sonrisa nerviosa—. Sé que no nos gusta este tema, pero quería que supieras que decidí no decirle nada a Ami sobre Dane.

—De acuerdo, bien. —Relaja su expresión, se inclina y besa mi frente.

—Estamos todos tan bien ahora…

—Sí —me interrumpe riéndose—. Excepto por la ciguatera que hizo que se perdieran la luna de miel.

—Excepto por eso. —Hago un gesto para parecer relajada, pero se me nota lo falso—. Como sea, todo está bien ahora, y el pasado debe quedar en el pasado.

—Totalmente. —Me besa, se apoya sobre mí y sonríe con los ojos cerrados.

—Quería que lo supieras.

—Me alegra.

—De acuerdo, vuelve a dormirte.

—Lo haré.

El plan: cuando aterricemos, buscaremos nuestro equipaje, tomaremos un taxi hasta Minneapolis y cada uno pasará la noche en su casa. Acordamos que me dejará primero a mí en el apartamento de Dinkytown (para que se asegure de que llegué bien) y luego lo llevará a él a Loring Park. Me resultará raro dormir sola, pero arreglamos volver a encontrarnos para desayunar. Para ese punto estoy segura de que me abalanzaré sobre él y no haremos lo que planificamos: pensar cómo contarle a Ami y Dane que estamos juntos.

Las diferencias entre el comienzo y el final de este viaje son imposibles de procesar. No estamos incómodos. Nos tomamos las manos mientras atravesamos el aeropuerto charlando con ligereza sobre quién se rendirá primero y se aparecerá en la casa del otro.

—Podrías venir ahora para ahorrarte el viaje más tarde. —Se inclina sobre la cinta de equipaje y me besa en la boca.

—O podrías venir *tú*.

—Pero mi cama es genial —argumenta—. Es grande, firme pero no dura.

Veo de pronto un futuro problema: ambos amamos nuestras casas y somos testarudos.

—Sí, pero quiero sumergirme en mi bañadera y usar todos y cada uno de los productos cosméticos que extrañé como loca los últimos diez días.

Ethan vuelve a besarme y va a decir algo más, pero los ojos se le enrarecen cuando mira sobre mi hombro y todo su comportamiento se transforma.

—Mierda.

Las palabras resuenan y el eco las multiplica en la distancia. Me doy vuelta para ver qué es lo que mira y mi estómago se desploma: Ami y Dane están parados a unos metros sosteniendo un cartel que dice ¡BIENVENIDOS DE NUESTRA LUNA DE MIEL! Ahora entiendo el eco que escuché: Ami y Dane dijeron lo mismo en el mismo momento.

Hay un alboroto en mi cerebro; así es mi suerte. Soy incapaz de decidir qué debería procesar primero: el hecho de que mi hermana esté aquí, que me haya visto besar a Ethan, que Dane me haya visto besar a Ethan o que (incluso once días después de que los atacara la toxina) siguen viéndose objetivamente horribles. Creo que Ami perdió cinco kilos y Dane probablemente más. El tono gris no terminó de irse de la piel de mi hermana y la ropa le cuelga.

Y aquí estamos nosotros, bronceados, relajados y besándonos mientras buscamos el equipaje.

–¿Qué es lo que veo? –dice Ami y deja caer su mitad del cartel por la conmoción.

Estoy segura de que más tarde cuestionaré mi reacción, pero dado que no puedo saber si está emocionada o enojada, suelto a Ethan y me alejo un poco. Me pregunto qué opina: la dejé sola para irme a su luna de miel, casi no pagué nada, no sufrí como ella y vuelvo a casa besando al hombre que se suponía que odiaba… y no se lo mencioné por teléfono ni por mensaje.

–Nada, solo estábamos despidiéndonos.

–¿Se estaban *besando?* –pregunta y abre grandes los ojos color café.

—Sí —arroja Ethan con seguridad.

—*No* —digo al mismo tiempo, convencida.

Me mira con desconfianza por la facilidad con la que mentí. Sé que está más orgulloso por la fluidez que molesto por la respuesta.

—De acuerdo, sí —corrijo—. Estábamos besándonos, pero no sabíamos que estarían aquí. Íbamos a contarles mañana.

—¿Contarnos qué exactamente? —pregunta Ami.

—Que estamos juntos. —Ethan se hace cargo de la respuesta, desliza un brazo sobre mi hombro y me acerca hacia él.

Miro con atención a Dane por primera vez. Tiene los ojos entrecerrados como si quisiera enviarle a su hermano un mensaje por telepatía. Intento ocultar mi reacción porque sé que es posible que sea la lectura que yo hago de la situación, pero puedo ver un *¿Qué le dijiste?* en su mirada.

—Todo está bien —agrega Ethan con calma y reafirmo mi decisión de ocuparme de lo que me compete, exacerbada por la inyección de adrenalina en mi sangre.

—Todo está *muy* bien —digo también, demasiado fuerte, y guiño un ojo a Dane con dramatismo.

Estoy loca.

Lanza una carcajada y finalmente rompe el hielo. Avanza para abrazarme primero a mí y luego a su hermano. Ami sigue mirándome pasmada y se acerca despacio. Siento que estoy abrazando un esqueleto.

—Viejo, ¿en serio están juntos?

—Sí, en serio —responde Ethan.

—Creo que a estas alturas puedo aprobarlo —ofrece

Dane, sonriendo y asintiendo con la cabeza como un jefe benevolente.

—Emm —digo—, eso es... ¿bueno?

—¿Cómo rayos sucedió? —Ami no ablandó ni un poco su expresión.

—¿Lo odiaba hasta que ya no lo odié más? —Me encojo de hombros y hago una mueca.

—Esa es una sinopsis muy precisa. —Ethan vuelve a pasar un brazo por mi hombro.

—No sé si alegrarme u horrorizarme. ¿Llegó el apocalipsis? ¿Eso es lo que sucede? —Mi hermana sacude lento la cabeza, mirándonos por turnos.

—Podríamos intercambiar gemelas un día de estos —le dice Dane a Ethan y lanza una risa de fraternidad. Mi sonrisa se borra.

—Eso... —Sacudo la cabeza con énfasis—. No, gracias.

—Ay, por Dios, *cállate*, cariño. —Amy se ríe y le golpea el hombro—. Eres asqueroso.

Todos se ríen menos yo y me doy cuenta muy tarde, por lo que mi *ja, ja, ja* se parece al de una muñeca con cuerda.

Creo que, en resumen, ese es mi problema con Dane: es asqueroso. Y, desafortunadamente, mi hermana lo ama, estoy saliendo con su hermano y hace menos de cinco minutos le hice un guiño cómplice. Tomé una decisión: voy a tomar el toro por las astas y aprender a lidiar con él.

CAPÍTULO QUINCE

Quería quedarme en Maui. Quería quedarme en la cama con Ethan por semanas y escuchar el océano mientras dormía. Pero, de todos modos, en cuanto estoy de vuelta en mi apartamento quiero besar cada mueble y tocar cada cosa que me hizo falta en estos diez días. El sofá nunca se vio tan tentador. Mi televisor es mucho mejor que el de la suite. Mi cama es suave, y no puedo esperar a que oscurezca para entregarme al impulso de zambullirme entre los cojines. Amo mi casa, para mí no hay nada como estar aquí.

Ese sentimiento dura solo media hora porque, luego de desempacar, abro el refrigerador y me doy cuenta de que está vacío, entonces, si quiero comer, tendré que ordenar comida chatarra o vestirme y salir.

Me estiro en el medio de la sala de estar sobre la alfombra de piel sintética y gruño mirando al techo. Si hubiese ido a lo de Ethan, podría haberle pedido a él que fuera a buscar comida.

Suena el timbre. Lo ignoro porque, si fuera mi familia, directamente entraría, y nueve de cada diez veces es Jack, mi vecino, un cincuentón que presta demasiada atención a mis movimientos. Pero vuelve a sonar, y unos segundos después golpean. Jack no toca dos veces, y jamás golpea.

Me incorporo, espío por la mirilla y puedo distinguir una quijada cincelada y un cuello largo y musculoso. Extrañaba ese cuello. ¡Ethan! Mi corazón reacciona (saltando a mi garganta) antes que mi cerebro, entonces, cuando abro la puerta sonriendo, me toma un momento darme cuenta de que estoy en ropa interior.

Ethan sonríe, baja los ojos y pone la misma mueca seductora que yo le dedico a la bolsa que lleva consigo.

—Me extrañaste —le digo mientras tomo la comida china que trae.

—No llevas pantalones.

—Deberías acostumbrarte. Me comporté en el hotel, pero el noventa y nueve por ciento del tiempo que paso en casa estoy en ropa interior.

Alza una ceja e inclina la cabeza hacia el pasillo que cree que lleva a mi dormitorio. Lo entiendo: si esto fuera una película, estaríamos estampados contra la pared avanzando con torpeza y pasión por el pasillo hasta la cama porque no podríamos resistir haber pasado uno hora separados, pero

la verdad es que el encuentro del aeropuerto fue demasiado estresante, muero de hambre y la comida huele increíble.

–Pollo al ajo primero, sexo después.

Algo se agita en mi interior (no suelo ser tan cursi) cuando sonríe por las ganas con las que le arrebato comida que trajo. Besa mi frente y se gira para buscar cubiertos. Con facilidad encuentra palillos chinos. Estamos parados en la cocina, comiendo pollo directo de la caja. Algo se despierta en mi interior porque estaba contenta de estar en casa, pero ahora estoy mareada. Me siento más cómoda con él que sin él y eso sucedió tan rápido que es difícil de procesar.

–Mi refrigerador estaba vacío –me dice–. Asumí que el tuyo también y solo era cuestión de tiempo para que golpearas mi puerta llorando de soledad.

–Sí, se oye como algo que yo haría –digo con la boca llena de fideos.

–Tan necesitada –coincide entre risas.

Lo miro ocuparse del bife mongol y tomarse unos segundos de silencio para que pueda disfrutar del rostro que tanto extrañé durante la última hora.

–Me gusta que hayas venido sin avisar –comento.

–Qué bueno. –Mastica y traga–. Estaba casi seguro de que te gustaría, pero había un veinte por ciento de posibilidades de que me dijeras "Lárgate de mi apartamento, necesito un baño de inmersión".

–Oh, sin duda necesito un baño de inmersión.

–Pero luego de la comida y el sexo.

–Exacto –asiento.

—Husmearé tu apartamento mientras tanto. No me gustan los baños.

Me hace reír.

—¿Crees que esto es más fácil porque solíamos odiarnos? —pregunto. Se encoge de hombros y busca en la caja un trozo enorme de carne—. Solo llevamos una semana y ya estoy comiendo en ropa interior frente a ti.

—Bueno, pero te vi en el vestido de dama de honor. Las cosas solo pueden mejorar partiendo de ahí.

—Me retracto —digo—. Sigo odiándote.

—Sí, claro. —Se acerca y besa mi nariz.

Mi humor cambia. Tantas veces pasé de estar inquieta a enojada en su presencia; pero ahora paso de feliz a excitada. Apoya la comida en la encimera y me toma el rostro.

—Acabo de darme cuenta de que compartimos comida de una caja y no te horrorizaste —susurro cuando ya está muy cerca. Me besa las mejillas, la quijada, el cuello.

—Te dije que no me importa compartir. Es —beso— solo —beso— los —beso— bufés. Y. Tenía. Razón.

—Estaré por siempre agradecida de que seas tan rarito.

—Esa fue la mejor luna de miel de mi vida —asiente mientras besa mi quijada.

Alejo su boca de la mía y me monto sobre él. Aliviada de que haya anticipado que iba a tener que atajarme.

—Por allí —indico con el mentón el camino hacia el dormitorio.

Cualquiera pensaría que cuando Ethan y yo descubrimos que vivimos a pocas calles de distancia encontraríamos algún modo de alternar entre un apartamento y otro por las noches. Se equivocan. Claramente soy muy mala para llegar a un acuerdo, porque desde el miércoles a la noche (cuando regresamos del hotel) hasta el lunes a la mañana (cuando comienzo mi nuevo trabajo) Ethan ha dormido siempre en mi casa.

Solo deja aquí un cepillo de dientes, pero aprende que tengo que apagar cuatro veces la alarma antes de levantarme para ir al gimnasio, que no uso mi cuchara favorita para algo tan trivial como revolver el café, que mi familia puede aparecer en el momento más inoportuno y que necesito que ponga música mientras uso el baño. Porque soy una dama, claro.

Pero con esta confianza viene también el vértigo por la rapidez con la que avanza todo. Para cuando nos acercamos a las dos semanas de relación (que, en la magnitud de la vida, *no es nada*) se siente como si Ethan hubiera sido mi novio desde que lo conocí en la feria estatal hace dos años.

Las cosas son fáciles, divertidas y no requieren esfuerzo. Las relaciones nuevas no suelen ser así: suelen ser estresantes, agotadoras y llenas de incertidumbre.

La mañana antes de comenzar a trabajar en Hamilton Biotecnología no es el momento para tener una crisis existencial sobre si las cosas están avanzando demasiado rápido con mi nuevo novio, pero mi cerebro no recibe el mensaje.

Uso un traje nuevo, tacones lindos pero cómodos y llevo

el cabello alisado con secador. Miro a Ethan que está sentado en la pequeña mesa del comedor.

—No dijiste nada de cómo me veo hoy.

—Lo dije con los ojos cuando saliste del dormitorio, pero no estabas mirando. —Muerde el pan tostado y sigue hablando con la boca llena—. Te ves hermosa, profesional e inteligente. —Hace una pausa para tragar y agrega—. Pero también me gustaba tu versión indigente de la isla.

—¿Crees que estamos yendo muy rápido? —Unto mantequilla en mi pan tostado y hago ruido al bajar el cuchillo.

—Probablemente. —Ethan bebe el café y sus ojos azules se concentran en el teléfono. No lo desconcierta la pregunta.

—¿Te preocupa?

—No.

—¿Ni un poco?

—¿Quieres que hoy me quede en mi apartamento? —dice mientras me mira.

—Por Dios, no —digo con un impulso instintivo. Sonríe presumido y baja la mirada—. ¿Pero quizá? ¿Deberías?

—No creo que haya reglas.

—¡Auch! —grito de dolor cuando tomo un gran sorbo de café, que está hirviendo. Lo miro fijamente, está tranquilo, como siempre y vuelve a concentrarse en la aplicación del *Washington Post*—. ¿Por qué no tienes ni un poco de miedo?

—Porque no comienzo un nuevo trabajo hoy ni tengo que encontrar motivos para explicar por qué eso me estresa. —Baja su teléfono y cruza los brazos sobre la mesa—. Te irá muy bien, ¿sabes?

Gruño. No estoy tan convencida. Pero Ethan tiene más intuición de la que suelo reconocerle.

–Podríamos salir a tomar algo con Ami y Dane más tarde –sugiere–. Ya sabes, para festejar tu primer día, para asegurarnos de que todos estén bien con esta situación. Siento que te estuve acaparando.

–Deja de hacer eso.

–¿Qué?

–¡Ser tan emocionalmente estable!

–¿De acuerdo? –Hace una pausa y sonríe.

Tomo el abrigo y el bolso y me dirijo a la puerta intentando contener una sonrisa porque sé que se está riendo de mí a mis espaldas. Y no me importa.

Recuerdo lo pequeño que es en realidad Hamilton Biotecnología cuando llego a la recepción, donde una mujer llamada Pam trabaja hace treinta y tres años. Kasey, la responsable de recursos humanos con quien tuve la entrevista hace algunos meses, me saluda y me indica que la siga. A la izquierda, está la oficina del equipo de legales, compuesto por tres personas. Por lo que nos dirigimos hacia la derecha y avanzamos por el pasillo hasta un ambiente que aloja a las dos personas que integran el equipo de RRHH.

–El área de investigaciones está del otro lado del patio –dice Kasey–, pero si recuerdas, ¡los chicos de asuntos médicos están en la planta alta!

—¡Correcto! —Me apropio de su tono efusivo y la sigo hasta su oficina.

—Solo tenemos que completar algunos formularios y luego puedes subir para conocer al resto del equipo.

Mi corazón galopa mientras caigo en la cuenta de que volví a la realidad. Estuve en una tierra de fantasía durante las últimas dos semanas, pero la vida real está de vuelta en todo su esplendor. Solo tengo una persona a cargo, pero la última vez que estuve aquí Kasey y el señor Hamilton me dijeron que hay muchas oportunidades para crecer.

—Tendrás capacitaciones gerenciales —dice Kasey mientras rodea su escritorio—. Creo que una va a ser este jueves. Te dará algo de tiempo para acomodarte.

—Genial.

Acaricio mi falda e intento tragarme los nervios mientras abre algunos archivos en su computadora, se inclina para tomar unas carpetas de una gaveta ubicada a mi lado, las abre y toma unos formularios. Veo mi nombre en el encabezado. La ansiedad le deja el lugar a la excitación.

¡Tengo un empleo! Un empleo fijo, seguro, que (seamos honestos) probablemente sea aburrido por momentos, ¡pero pagará las cuentas! Para esto fui a la universidad. Es perfecto.

La felicidad me llena el pecho. Creo que todo estará bien.

Kasey organiza una pila de documentación frente a mí y comienzo a firmar. Lo normal: no voy a vender los secretos de la compañía, no cometeré ningún tipo de acoso, no me drogaré ni tomaré alcohol en las inmediaciones, no mentiré, engañaré o robaré.

Estoy enfocada en la tarea cuando veo la cabeza del señor Hamilton asomarse por la puerta.

–¡Parece que nuestra Olive regresó al continente!

–Ey, señor Hamilton.

–¿Cómo anda Ethan? –pregunta mientras guiña un ojo.

–Eh… muy bien. –Miro a Kasey de reojo.

–¡Olive acaba de casarse! –aclara–. Nos encontramos en Maui durante su luna de miel.

–¡Oh, por Dios! ¡Creí que tenías un pariente enfermo! –exclama Kasey–. ¡Me alegra mucho haber entendido mal! –Siento que mi estómago se derrite; me olvidé por completo de que en el aeropuerto le había dicho esa estúpida mentira a Kasey. Pero no se da cuenta y sigue–. ¡Deberíamos celebrar!

–Oh, no –digo–. Por favor, no. –Inserte aquí una risa incómoda–. Ya celebramos demasiado.

–¡Pero seguro se sumará al club de matrimonios! –dice, y le hace un gesto de entusiasmo vigoroso al señor Hamilton.

Sé que la señora Hamilton fundó el club, pero, por favor, Kasey, tienes que bajar uno o dos cambios.

–Molly no lo vendió muy bien, pero *es* un grupo divertido. –El señor Hamilton me guiña un ojo.

Esto está yendo demasiado lejos. Soy tan mala mentirosa que me olvido de las mentiras que dije. Ethan y yo no podremos sostener esto mucho tiempo en una compañía tan pequeña. Tengo sentimientos encontrados, pero hay un diminuto halo de alivio por saber que por fin me desharé de esta mentira.

—Estoy segura de que el club de matrimonios es maravilloso. —Hago una pausa. Sé que podría dejarlo ahí, pero acabo de llenar todos esos formularios, y realmente quiero empezar de cero—. Ethan y yo no estamos casados. Es una historia graciosa, señor Hamilton, y espero que pueda pasar a explicarle más tarde.

Quería simplificarlo, pero ahora pienso que debería haber elaborado un poco mi versión. Sonó... mal.

Se toma unos segundos para procesarlo y mira a Kasey. Luego me mira de nuevo y dice en voz baja:

—De acuerdo, como sea... Bienvenida a Hamilton. —Y se retira.

Quiero estampar la cabeza contra el escritorio y golpearla algunas veces (una docena). Quiero insultar a los gritos por un rato largo. Quiero pararme y perseguirlo por el pasillo. ¿Entenderá la situación cuando se lo explique?

Vuelvo a mirar a Kasey, que me contempla con una mezcla de empatía y confusión. Creo que está comenzando a caer en la cuenta de que no entendió mal lo de mi pariente enfermo. Ahora sabe que eso también fue una mentira.

No es la mejor manera de comenzar en un nuevo trabajo.

♥

Dos horas más tarde, luego de firmar toda la documentación y de conocer al equipo de asuntos médicos (y que todos me cayeran genuinamente bien), Joyce, la asistente del señor Hamilton, me llama a su oficina.

–Supongo que para darte la bienvenida –dice Tom, el gerente de mi área, con alegría. Pero yo sé que no es así.

–Adelante –dice con tono grave el señor Hamilton luego de que golpeo la puerta. Su sonrisa expectante se borra cuando me ve entrar–, Olive.

–Hola –saludo con voz temblorosa.

No responde y confirma mi asunción de que esta reunión es una oportunidad para que le explique.

–Señor Hamilton. –No me atrevo a llamarlo Charlie aquí–. Respecto de Maui.

Ponte los pantalones y hazte cargo, Olive.

El señor Hamilton baja su bolígrafo, se quita las gafas y se apoya en la silla. Se ve tan diferente al hombre con el que cené, que estallaba en carcajadas cada vez que Ethan hacía un chiste. Estoy segura de que él también está pensando en esa cena: en que Molly adoró a Ethan, en que lo invitó al club de matrimonios, en que estaban genuinamente felices por nosotros, mientras que nosotros nos sentamos del otro lado a mentirles en la cara.

Señalo la silla para preguntar sin palabras si puedo sentarme, me indica que lo haga y desliza una pata de las gafas entre sus dientes.

–Mi hermana gemela, Ami, se casó hace dos semanas –le cuento– con el hermano de Ethan, Dane. Sirvieron un bufé de mariscos en la recepción y todos los invitados (excepto Ethan y yo) se enfermaron por intoxicación. La toxina ciguatera –agrego, porque es científico y quizá la conoce. Parece que sí porque alza sus cejas tupidas y asiente.

—Ah.

—Mi hermana… gana todo. Rifas, raspaditas —digo y con una sonrisa irónica agrego—, hasta concursos de dibujo.

El bigote del señor Hamilton se tuerce en una sonrisa.

—También ganó la luna de miel, pero las bases y condiciones eran estrictas: era intransferible, no reembolsable y no se podían cambiar las fechas.

—Ya veo.

—Entonces, Ethan y yo tomamos sus lugares. —Mi sonrisa tiembla—. Antes de ese viaje, nos odiábamos. O, mejor dicho, yo lo odiaba porque creía que él me odiaba a mí. Como sea, soy una muy mala mentirosa y en verdad odio tener que mentir. Me la pasé a punto de confesarme con cada persona con la que me cruzaba. Cuando la masajista me llamó "señora Thomas" y usted preguntó si me había casado, entré en pánico, porque no quería admitir que no era Ami. —Jugueteo con un gancho magnético que estaba en su escritorio. No puedo mirarlo—. Pero tampoco quería mentirle a usted. Entonces, solo podía decirle que estaba estafando al hotel para robarme unas vacaciones o decirle que estaba casada.

—Fingir ser tu hermana para conseguir unas vacaciones no parece una mentira tan horrible, Olive.

—Eso lo entendí más tarde, y me refiero a *de forma inmediata*. No creo que la masajista me hubiera denunciado, pero en verdad no quería volver a casa. Me desesperé. —Finalmente lo miro. Mis disculpas salen disparadas de mi pecho—. Realmente siento haberle mentido. Lo admiro mucho, admiro que haya fundado esta compañía, hace semanas que

siento náuseas. —Hago una pausa y digo—: Creo que haber cenado con ustedes fue el motivo por el que me enamoré de Ethan.

—De acuerdo, supongo que me tranquiliza que no haya sido tan fácil para ti mentirme —dice, se inclina hacia adelante y apoya los codos en la mesa—. Y valoro tu valentía al contármelo.

—Por supuesto.

Asiente con la cabeza y sonríe; exhalo, y parece que es la primera vez que lo hago en el día. Esta situación me estaba pesando, hacía horas que tenía el estómago revuelto.

—La verdad es que —dice, se coloca los lentes y me mira por encima de ellos— disfrutamos mucho esa cena. A Molly le encantó pasar tiempo con ustedes y adoró a Ethan.

—Nosotros también… —sonrío.

—Pero te sentaste enfrente de mí en la mesa y me mentiste.

—Lo sé. Yo… —El miedo me congela la piel.

—No creo que seas una mala persona, Olive, y honestamente… si las circunstancias fueran otras, creo que me caerías muy bien. —Inhala suave y sacude la cabeza—. Pero es una situación incómoda para mí pensar que estuvimos juntos durante horas y nos trataste como tontos. Es incómodo.

No tengo idea de qué responderle. Mi estómago se siente como un bloque de concreto que se hunde en mi interior.

Desliza una carpeta hacia él y la abre. Mi legajo de recursos humanos.

—Firmaste una cláusula moral en tu contrato de empleo —dice mientras lee los papeles y luego se gira para mirarme—.

En verdad lo siento, Olive, pero dado lo extraño de la situación y mi relación particular con la mentira, tendré que dejarte ir.

–¿En serio me está pasando esto? –Dejo caer mi cabeza en la barra del bar y gruño.

Ethan acaricia mi espalda y, con mucha sabiduría, se queda quieto. No hay nada que pueda cambiar este día, ni siquiera los mejores tragos de Twin Cities o la mejor charla motivacional de mi nuevo novio.

–Debería volver a casa –digo–. Con mi suerte, el bar se incendiará y se convertirá en un agujero negro.

–Espera –sonríe mientras me acerca la canasta con maníes y el martini–. Quédate. Te hará bien ver a Ami.

Tiene razón. Luego de retirarme de Hamilton con la cola entre las patas, una parte de mí quería volver a casa y acurrucarme en la cama por una semana y otra parte quería poner a Ethan de un lado y a Ami del otro y obligarlos a que me abracen toda la noche.

Y ahora que estoy aquí, en verdad *necesito* ver cómo mi hermana se enfada e indigna porque me hayan echado en el primer día de trabajo. Aunque no sea justo culpar al señor Hamilton, me haría sentir un millón de veces mejor.

A mis espaldas, Ethan se endereza y mira hacia la puerta. Sigo sus ojos. Dane acaba de llegar, pero Ami no está con él. Es extraño, suelen venir en el mismo auto.

–¿Qué hay de nuevo, fiesteros? –exclama mientras atraviesa el salón. Algunas cabezas se giran para mirarlo, justo lo que Dane está buscando.

Ugh. Reprimo la voz sarcástica dentro de mi cabeza.

Ethan se para y se dan un abrazo fraternal. Yo agito la mano en un gesto distante. Se desploma en un taburete, pide una IPA, se gira hacia nosotros y sonríe.

–Viejo, están muy bronceados. Me estoy esforzando por no odiarlos.

–Em, sí, supongo. –Ethan se mira los brazos como si fueran nuevos.

–Bueno, si te hace sentir mejor –digo y luego imposto un acento–, acaban de despedirme. –Intento, sin éxito, aligerar mi humor, pero Dane me malinterpreta y quiere chocar los cinco.

–¡Claro que *sí*! –grita Dane con la mano estirada.

No quiero dejar al pobre hombre con la mano colgando, así que choco un dedo contra el centro de su palma y sacudo la cabeza.

–Lo digo de verdad, me despidieron –insisto.

–No es un chiste –agrega por lo bajo Ethan.

–Ooh, eso apesta. –Intenta ser empático, pero su boca se frunce en un extraño círculo que hace imposible no pensar en un ano.

Ahora mismo no se está comportando como un idiota, pero su barba cuidada, esas gafas de mentira que no necesita y su moderna camisa rosa me hacen querer arrojarle el martini en la cara.

Pero esa es una reacción muy... Olive, ¿no? ¿Solo hace unos días que estoy en casa y ya estoy malhumorada? Dios.

—Soy tan gruñona —digo en voz alta y Dane se ríe como *Es lo que vengo diciendo*, pero Ethan se acerca.

—Para ser justos, acabas de perder el trabajo —dice despacio y sonríe sombrío a Dane—, claro que estás malhumorada.

—Me costará acostumbrarme a verlos juntos. —Dane nos mira fijo.

—Apuesto a que sí —digo con doble intención, sosteniéndole la mirada.

—Deben haber conversado mucho en la isla. —Me guiña el ojo—. Considerando todo lo que se odiaban antes —agrega como quien no quiere la cosa.

Me pregunto si Ethan está pensando lo mismo que yo: que es muy extraño que diga eso, pero es justo lo que diría alguien que tiene miedo de ser descubierto.

—Sí, conversamos mucho —dice Ethan—. Todo está bien ahora.

—No tenías que decirle a Ethan que era una malhumorada.

—Eh, tratándose de ti, no es tan loco, tú odias a todos.

Lo último resuena en mi interior, pero creo que es mentira. No puedo pensar en una sola persona que odie ahora. Excepto, quizá, a mí misma, por haberle mentido al señor Hamilton y haberme puesto en este lugar de no saber si podré pagar la renta el próximo mes... otra vez.

Ethan apoya su mano sobre la mía, y dice *Ignóralo* en silencio. La verdad, discutir con Dane ahora (o en cualquier momento) no vale la pena.

–¿Dónde está Ami? –pregunto. Dane se encoge de hombros y mira hacia la puerta. Está llegando quince minutos tarde. Me desorienta. Mi hermana es la puntual de la pareja; y Dane, que siempre llega tarde, está haciéndole un gesto a la camarera para que le traiga la segunda cerveza.

–¿Este era el trabajo por el que te llamaron en el aeropuerto? –pregunta Dane cuando la chica se va. Asiento con la cabeza–. ¿Y era el empleo de tus sueños?

–No –respondo–. Pero sabía que podría hacerlo bien. –Tomo el palillo y hago girar la aceituna en mi vaso de martini–. ¿Quieres saber la mejor parte? Me despidieron porque nos encontramos a mi nuevo jefe en Maui y le dijimos que estábamos casados.

Dane no puede contener una carcajada que se escapa de su boca. Pero se da cuenta de que estoy diciendo la verdad.

–Espera, ¿en serio?

–Sí, y a Molly, su esposa, le cayó muy bien Ethan y lo invitó a participar del club de matrimonios y todo eso. Creo que el señor Hamilton sintió que no podía confiar en mí sabiendo que fui capaz de mentirle en la cara durante toda una cena. Y no puedo culparlo por eso.

–¿Por qué no le dijiste que estabas usando el viaje de tu hermana y ya? –Sé que quiere seguir riéndose, pero, con sabiduría, se está conteniendo.

–Esa, Dane, es la pregunta del millón. –Silba largo y grave–. Pero, por cierto, podemos hablar de otra cosa –digo–. Por favor.

Con habilidad, Dane cambia el tema a él: su día, lo bien

que se siente, que bajó una talla de pantalones, algunas historias entretenidas sobre diarrea explosiva en baños públicos. Parece el Show de Dane.

En el momento en que hace una pausa para meterse unos maníes en la boca, Ethan aprovecha para ir al baño. Dane le hace un gesto a la moza para pedir su tercera cerveza. Cuando se va, se dirige hacia mí:

—Es impresionante lo mucho que se parecen Ami y tú —comenta.

—Dicen que somos idénticas. —Tomo el envoltorio de un sorbete y lo enrollo en un espiral apretado, me siento incomoda sentada acá sola con Dane. Lo más extraño es que solía ver el parecido entre Ethan y Dane, pero ya no les encuentro similitudes. ¿Es porque ahora conozco a Ethan en la intimidad o es porque es una buena persona y su hermano parece estar podrido por dentro?

Me sigue mirando fijamente y eso hace todo más incómodo. Aunque no hago contacto visual, puedo sentir su mirada en el costado del rostro.

—Apuesto a que Ethan te contó de todo.

Y, oh. Un zumbido me atraviesa la cabeza. ¿Se refiere a lo que creo que se refiere?

—¿De su vida? —esquivo.

—De todos, de toda la familia.

Los padres de Ethan y Dane son las personas más perfil bajo que conozco (la encarnación de la amabilidad de Minnesota, pero también increíblemente aburridos), así que ambos sabemos que no es muy factible que Ethan haya compartido

conmigo aventuras de *toda la familia*. ¿Es mi eterno filtro de escepticismo el que me hace pensar que habla de los viajes de hermanos y de sus novias precompromiso?

Lo miro sobre el borde de mi vaso de martini. Tengo sentimientos encontrados. Le prometí a Ethan (y a mí misma) que lo dejaría pasar; que Ami es una mujer inteligente y sabe en lo que se está metiendo; que no puedo ser siempre la pesimista aguafiestas.

Le voy a dejar pasar una más. La última.

—Todos tenemos nuestras historias, Dane —le digo con calma—. Ethan y tú tienen las suyas, Ami y yo tenemos las nuestras. Todos.

Emboca unos maníes en su boca y me sonríe mientras mastica con la boca abierta, como si fuera más listo que yo. Por más irritante que sea, puedo sentir su alivio. Si fuese cualquier otra persona quien me sonriera así, me sentiría honrada de ganarme su confianza con solo una frase. Pero Dane me hace sentir traidora, como si no estuviera del lado de mi hermana, sino del de su esposo que la engaña.

—Así que te gusta mi hermano… —dice. El tono ronco y tranquilo de su voz me inquieta.

—Supongo que no está mal —bromeo.

—Es un gran tipo —comenta—. Aunque no tan bueno como yo —agrega.

—Claro… —digo forzando una sonrisa boba—. Nadie puede ser tan genial.

Dane le agradece a la camarera cuando trae una nueva cerveza y toma un sorbo de espuma. Me analiza.

–Si alguna vez quieres pasarla bien, avísame.

Mis ojos se clavan en su rostro. Siento cómo la sangre se *abalanza* en mi cabeza. No hay forma de que lo haya malinterpretado.

–Disculpa, ¿qué?

–Solo una noche de diversión –explica con liviandad, como si no acabara de sugerir engañar a su esposa con su hermana gemela.

Me golpeo el mentón con un dedo mientras siento el calor subir y acumularse en mi cuello.

–¿Sabes? Creo que voy a renunciar enfáticamente a esta oportunidad de acostarme con mi cuñado. –Lucho porque no se me quiebre la voz.

Se encoge de hombros como si no le importara (y así confirma que sus palabras significaban exactamente lo que yo creí), pero luego su mirada se distrae sobre mi hombro. Asumo que Ethan está volviendo, porque Dane sonríe y alza la barbilla.

–Sí –comenta mientras Ethan se acerca–. Supongo que no está nada mal.

La facilidad con la que retoma la conversación anterior me deja boquiabierta.

–¿Estaban hablando de mí? –pregunta Ethan apoyado en el taburete a mis espaldas y presionando su sonrisa contra mi mejilla.

–Sí –responde Dane. En su rostro no hay ni un mínimo gesto de alarma o miedo de que pueda decirle a Ethan lo que acaba de suceder. ¿Decirle que todos tenemos nuestras

cosas y sugerir que no voy a condenarlo por su pasado lo llevó a creer que no tendría problema con ser su eterna cómplice?

—Oh, Ami llegará una hora tarde —comenta mientras echa una mirada rápida a su teléfono. Me paro abruptamente, como un robot.

—¿Saben qué? No hay problema. No soy la mejor compañía hoy. Arreglamos para otro día, chicos.

Dane asiente tranquilo, pero Ethan parece preocupado. Me detiene con una mano.

—Ey, ¿estás bien?

—Sí. —Me paso una mano temblorosa por el pelo y lo rodeo. Me siento nerviosa y repugnante, como si hubiera sido infiel: a Ethan y a mi hermana. Necesito alejarme de Dane para poder respirar—. Solo quiero irme a casa y tirarme un rato. Ya sabes como soy.

Asiente como si supiera, me sonríe con ternura y me deja ir. Pero siento que soy yo la que no sabe nada. Estoy atónita.

Pero no es totalmente verdad. Algunas cosas sí sé. Por ejemplo, sé que hoy me echaron del trabajo. Y sé que el esposo de mi hermana la engañó y no tiene problema en volver a hacerlo. Con su gemela. Necesito aclarar las ideas para ver cómo le voy a contar todo esto a Ami.

CAPÍTULO DIECISÉIS

Estoy llegando a mi auto cuando escucho la voz de Ethan que llega desde la otra punta del estacionamiento. Me giro y lo veo acercarse con cuidado entre el lodo y el hielo hasta que llega hacia mí. No se puso el abrigo para perseguirme y tiembla de frío.

–¿Estás segura de que estás bien?

–La verdad que no, pero lo estaré –pienso en voz alta.

–¿Quieres que te acompañe?

–No. –Hago una mueca para que entienda que no quise ser tan tajante. Me esfuerzo por hacer a un lado mi enojo. Respiro y, aunque sigo temblando, sonrío; no tiene la culpa.

Necesito hablar con Ami. Necesito pensar y encontrarle algún sentido a que Dane se haya atrevido a decirme algo como eso justo en el momento en que su hermano se alejó. Necesito resolver de qué carajo voy a trabajar. De inmediato.

—Creo que prefiero ir a casa y entrar en pánico en soledad —digo mientras rasco la punta de mi bota contra el hielo.

—De acuerdo. Pero si necesitas compañía, escríbeme. —Ethan gira la cabeza y analiza mi rostro.

—Lo haré. —Me muerdo los labios para aguantar el impulso de pedirle que venga conmigo y me contenga. Sé que eso no ayudará en nada—. No seré buena compañía esta noche, pero igualmente me resulta raro pensar en dormir sola en mi propia cama. Me arruinaste.

Le gusta lo que escucha. Avanza y se inclina para darme un beso profundo y cálido, un oasis pequeño y dulce entre tanto desconcierto. Cuando se aleja, acaricia mi frente. Es tan *amoroso*. Comienza a nevar y los copos aterrizan en sus hombros, sus manos, la punta de sus pestañas.

—Te fuiste de golpe —comenta, y no me sorprende que insista. Me estoy comportando como una maniática—. ¿Qué sucedió mientras estaba en el baño?

Respiro hondo y lo dejo salir de a poco:

—Dane hizo un comentario bastante de mierda.

—¿Qué dijo? —Ethan se aleja apenas en un gesto tan sutil que creo que ni sabe que lo hizo.

—¿Por qué no lo hablamos en otro momento? —pregunto—. Te estás congelando.

—No puedes decir algo así y luego pedirme que la deje pasar. —Toma mi mano, pero no entrelaza sus dedos—. ¿Qué sucedió?

Meto el mentón en el cuello de mi abrigo y deseo poder desaparecer, como si fuera una manta de teletransportación.

–Se me insinuó.

Una ráfaga de viento lo despeina, pero me está mirando tan fijamente que ni siquiera se estremece por el frío.

–¿A qué te refieres? Como… –Frunce el ceño–. ¿Te tocó?

–No. –Muevo la cabeza–. Sugirió que podríamos intercambiar parejas solo por diversión. –Quiero reírme, escucharme decirlo en voz alta suena ridículo. ¿Quién hace algo así? ¿Quién se le insinúa a la novia de su hermano, que también es la hermana de su esposa? Ethan no dice nada, entonces repito más despacio–. Me sugirió que *podríamos pasarla bien juntos*, Ethan.

Un momento de silencio.

Dos.

–"Pasarla bien juntos" no necesariamente significa intercambiar parejas. –Su expresión se vuelve burlona.

Cálmate, Olive. Lo miro fijo y cuento hasta diez.

–Sí, es justo lo que significa.

Vuelve a endurecerse y siento en su voz que se pone a la defensiva.

–Estamos de acuerdo en que su sentido del humor no siempre es el más apropiado, pero Dane nunca…

–Entiendo que te resulte desconcertante en muchos niveles, pero sé cuándo alguien se me está tirando.

–Sé que Dane a veces es inmaduro y un poco egocéntrico, pero nunca haría algo así. –Se aleja, notoriamente frustrado. *Conmigo.*

—Tampoco le mentiría a Ami por solo Dios sabe cuánto tiempo mientras se revolcaba con quien se le antojaba, ¿no?

—Creí que habíamos acordado que no sabemos cuál es la situación. Es posible que Ami ya lo sepa. —Incluso con esta luz tenue, puedo ver que el rostro de Ethan se ha enrojecido.

—¿Le preguntaste a tu hermano?

—¿Por qué haría eso? —dice y agita las manos como si lo que estuviera sugiriendo no solo fuese innecesario, sino absurdo—. Olive. Habíamos decidido que íbamos a olvidarlo.

—¡Eso fue antes de que se me insinuara mientras estabas en el baño! —Me quedo mirándolo, deseo que reaccione de algún modo, pero se cierra por completo, no puedo descifrar su expresión—. ¿Nunca consideraste que tal vez lo pusiste en una especie de pedestal (que, por mi parte, no puedo comprender) y eres incapaz de ver que es *una completa basura*?

Ethan se estremece y ahora me siento mal. Dane es *su hermano*. Mi instinto me dice que me disculpe, pero las palabras se atascan en mi garganta, trabadas por el enorme alivio que siento de poder por fin decir lo que pienso.

—¿Nunca consideraste que estás viendo lo que quieres ver?

—¿Qué significa eso? —Me enderezo—. ¿Que quiero que Dane se me tire?

Tiembla, y no estoy segura de si es por el frío o por la furia, y responde:

—Significa que estás molesta por haberte quedado sin trabajo, que estás acostumbrada a amargarte por todo lo que tiene Ami y tú no, y no puedes ser objetiva con nada que tenga que ver con eso.

Se siente justo como un puñetazo en el estómago e, instintivamente, me alejo. Sus hombros caen de inmediato.

Llamas. En el costado de mi rostro...

–Mierda. No quería...

–Sí, querías. –Doy la vuelta y sigo caminando hacia mi auto. Sus pasos me siguen por el asfalto lleno de sal.

–Olive, espera. Vamos. No huyas. –Tomo las llaves y abro la puerta con tanta fuerza que las bisagras chillan–. ¡Olive! Solo...

Cierro la puerta de un golpe y, con las manos temblorosas y los dedos entumecidos, logro embocar la llave y poner el auto en marcha. El ruido del motor peleando por encender tapa sus palabras. Finalmente logra arrancar y avanzo en reversa. Camina a mi lado con la mano en el techo del auto buscando llamar mi atención. Hace tanto frío que puedo ver mi respiración, pero no siento nada. Mis oídos están ensordecidos.

Me mira alejarme y lo veo achicarse en el espejo retrovisor. Nunca estuvimos tan lejos de ese amanecer en Maui.

♥

El camino a casa es difuso. Alterno entre estar enojada conmigo por todo esto, atemorizada por mi situación económica, furiosa con Dane, triste y decepcionada con Ethan y destrozada por Ami. No alcanza con la esperanza de que Dane haya dado vuelta la página luego del casamiento: es un mal tipo y mi hermana no tiene ni idea.

Intento no ser dramática ni analizar de más lo que dijo Ethan. Intento darle el beneficio de la duda y pensar en cómo me sentiría si alguien acusara así a Ami. Ni siquiera tengo que pensarlo: haría cualquier cosa por mi hermana. Y ahí me doy cuenta. Recuerdo la sonrisa de Dane en el aeropuerto y mi sorpresa de hoy cuando se me insinuó con su hermano a solo unos metros. La seguridad de Dane en ambos casos no tiene que ver conmigo ni con mi capacidad para guardar secretos, sino con Ethan y su incapacidad de creer que su hermano podría hacer algo malo. Ethan lo defendería hasta la muerte.

Considero ir a la casa de Ami, pero si es verdad que iba a encontrarse con nosotros en el bar, no estará allí. Y luego de eso, volverán juntos. Definitivamente no quiero estar allí cuando Dane regrese.

No creí que fuera posible, pero mi ánimo se desmorona todavía más cuando llego al estacionamiento. No solo está el auto de mi mamá (ocupando mi lugar), sino también el de Diego y Natalia, lo que significa que también está mi tía María. Obvio.

Dejo el auto en la otra punta del complejo, arrastro los pies por el asfalto y subo las escaleras hasta mi apartamento. Ya puedo escuchar la inconfundible risa de mi tía. Mi madre y ella son las más cercanas en edad, pero no podrían ser más diferentes: mamá es elegante y quisquillosa; María es relajada y se ríe todo el tiempo. Y, mientras que mamá solo nos tiene a mí y a Ami (parece que un par de gemelas fue más que suficiente para ella), su hermana tiene siete hijos

meticulosamente separados por dieciocho meses. Tardé muchos años en darme cuenta de que no todos tenían diecinueve primos hermanos.

Aunque mi núcleo familiar es relativamente pequeño si se compara con el resto de los Torres y los González, un extraño nunca hubiese adivinado que en la casa en la que crecí vivían solo cuatro personas porque en todo momento había al menos dos más. Los cumpleaños eran eventos multitudinarios, a la cena de los domingos se sentaban treinta comensales estables y nunca pudimos estar tristes en soledad. Parece que nada cambió.

—Estoy segura de que es lesbiana —dice la tía María mientras empujo la puerta. Me mira y señala a Natalia—. Dile, Olive.

Me desenrollo la bufanda del cuello y sacudo la nieve de las botas. Luego de la penosa caminata por el estacionamiento, mi paciencia está debilitada.

—¿De quién hablamos?

—Ximena. —La tía está parada en la cocina picando tomates sobre la encimera.

Ximena, la hija más chica del hermano más grande de mamá y María, el tío Omar.

—No es lesbiana —digo—. Sale con ese chico… ¿cómo se llama?

—Boston —completa Natalia.

—Cierto. Dios, qué nombre tan horroroso —comento.

—Es el nombre que le pones a un perro —concuerda Natalia—, no a un hijo.

Me deshago del abrigo y lo revoleo en el respaldo del sillón. Inmediatamente mamá se aleja de la masa que está estirando y atraviesa la habitación para colgarlo donde va. Se detiene frente a mí y corre el cabello de mi frente.

–Te ves terrible, *mija*. –Me gira la cabeza hacia un lado y hacia el otro–. Come algo. –Me besa la mejilla y vuelve a la cocina.

La sigo y sonrío agradecida cuando Natalia apoya una taza de té frente a mí. Por más que me queje de que mi familia siempre se esté metiendo en todo… debo reconocer que tenerlos aquí se siente bastante bien. Pero también significa que debo decirle a mamá que me despidieron.

–Un corte de cabello no vuelve a alguien homosexual, mamá –argumenta Natalia y María la mira incrédula.

–¿La has visto? –le responde–. Lo lleva rapado a los costados y azul arriba. Se lo hizo luego de… –baja la voz a un susurro– *la boda*.

Mamá y la tía se hacen la señal de la cruz al mismo tiempo.

–¿Qué es lo que te preocupa de que sea lesbiana? –Natalia gira hacia mi sillón, donde Diego está tirado mirando televisión–. Diego es gay y no te molesta.

Se da vuelta cuando escucha su nombre.

–Diego es gay desde el útero –dice la tía María y se gira hacia él–. Tenía revistas *Vogue* debajo de su cama en lugar de pornografía.

–Ya nadie tiene revistas pornográficas, mamá –dice Natalia, pero María la ignora.

—No me preocupa que sea lesbiana, solo creo que deberíamos saber, para poder presentarle alguna chica.

—¡No es lesbiana! —exclama Diego.

—¿Entonces por qué tenía un consolador en su mesa de noche? —nos pregunta la tía María a todos.

—Aquí vamos de nuevo —mascull Diego mientras aplasta la cabeza contra una almohada.

—Tiene treinta y tres años, ¿qué hacían husmeando en su mesa de noche? —Natalia mira fijamente a su madre. Tía María se encoge de hombros como si ese dato fuera irrelevante para el curso de la historia.

—Estaba ordenando. Era púrpura, enorme y tenía una pequeña… cosita de un lado. —Mueve un dedo para demostrar a qué se refiere.

Natalia se lleva una mano a la boca para contener la carcajada y yo bebo un sorbo de té. Sabe a tristeza y agua caliente.

—¿Qué tiene que ver eso con que sea lesbiana? —Mamá deja de picar y apoya el cuchillo.

—Que las lesbianas usan esos cinturones… —La tía María mira a mamá y parpadea.

—Basta, mamá —dice Natalia—. Muchas personas tienen vibradores. Sin ir más lejos, yo tengo una caja llena. Y ni te cuento la colección que tiene Olive. —Hace un gesto con la cabeza en mi dirección.

—Gracias, Nat.

—Parece una decisión inteligente ser lesbiana en esta época. Los hombres son lo peor. —Mamá toma su copa y bebe un largo trago de vino. No está completamente equivocada.

–Y bien, ¿por qué están cocinando en mi apartamento? –pregunto e inclino la cadera contra la encimera–. ¿Y cuándo se van?

–Tu papá tenía que ir a buscar algunas cosas a la casa –explica Natalia mientras apaga la estufa y corre la cacerola. Esa es la única respuesta y, en esta familia, eso es suficiente: papá no suele ir a la casa (vive solo en un condominio cerca de Lake Harriet), pero cuando va, mi mamá evacúa el perímetro de inmediato. Las pocas veces que logró juntar el coraje para quedarse, no pudo resistirse a hacerle pequeñas maldades: una vez usó su colección de discos de vinilo como manteles individuales y posavasos; otra vez, cuando pasó antes de un viaje de trabajo de una semana, escondió una trucha debajo del asiento de su auto que no pudo encontrar hasta la vuelta, era verano.

–Ojalá hubiera nacido lesbiana –comenta mamá.

–No me hubieses tenido –me quejo.

–No hay problema –dice mientras golpea mi mejilla.

Miro a Natalia sobre la taza y contengo la carcajada que crece dentro de mí. No quiero que se escape porque podría convertirse en un cacareo histérico que terminaría en un llanto incontenible.

–¿Y a ti qué te sucede? –me pregunta la tía, y me toma un momento darme cuenta de que me habla a mí.

–Su nuevo novio la debe haber dejado agotada –canta Natalia mientras hace un bailecito sexy frente al horno–. Me extraña que no haya venido contigo. Entramos porque no vimos su auto. No queríamos verlos en plena acción.

Todos enloquecen por mi relación con Ethan...

¡Al fin! ¡Se te estaba por pasar el tren!

¡Son perfectos el uno para el otro! ¡Es muy gracioso que se odiaran!

¿Un par de gemelas con un par de hermanos? ¿Es legal?

... hasta que puedo traerlos de nuevo a la tierra. Diego viene a la cocina y se quema por robar algo de una sartén.

—No estoy segura de que sigamos juntos –advierto–. Puede que sí, pero acabamos de pelearnos. No lo sé con certeza.

Todos se quedan boquiabiertos y una pequeña parte disociada de mí se quiere reír. Parece que Ethan y yo hubiéramos estado juntos por años. Mi familia se encariña demasiado rápido. Pero la verdad es que yo también.

No puedo ni pensar en que lo nuestro haya terminado porque me atraviesa un dolor punzante.

Y, guau, el ánimo cambió. Pienso por tres segundos si me conviene o no decirles que también me despidieron, pero sé que tengo que hacerlo. Si Dane le dice a Ami y ella habla con alguno de mis primos y mi mamá se entera de que me despidieron y no se lo dije, llamará a todos sus hermanos y, antes de que pueda reaccionar, tendré cuarenta mensajes de mis tíos y tías exigiendo que llame a mi madre de inmediato. Enfrentarme a la situación ahora será terrible, pero mucho mejor que la alternativa.

—Además –digo con una mueca–, me despidieron del trabajo.

El silencio nos invade. Despacio, muy despacio, mamá baja la copa y María la intercepta.

—¿Te despidieron? —pregunta mamá. El alivio se apodera de su rostro mientras agrega—. Te refieres a Butake.

—No, *mami*, me refiero al trabajo que empecé hoy.

Todos suspiran. Diego avanza y me envuelve en sus brazos.

—No —murmura—. ¿En serio?

—En serio —asiento.

La tía María toma mi mano y mira a mamá y a Natalia con los ojos bien abiertos. Su expresión grita: *Me estoy esforzando mucho para no llamar a toda la familia en este mismo momento.*

Pero mi madre sigue muy concentrada en mí; su gesto de mamá osa me dice que está lista para la batalla.

—¿Quién se atrevió a despedir a mi hija en su primer día de trabajo?

—El dueño de la compañía, de hecho.

Y, antes de que pueda comenzar su sermón sobre la injusticia, les explico lo que sucedió. Se sienta en un taburete y sacude la cabeza.

—No es justo. Estabas en una encrucijada.

—A mí me parece muy justo. Me gané unas vacaciones gratis. No tenía por qué mentir. Pero me atraparon. Así es mi suerte.

Natalia rodea la encimera para abrazarme y tengo que hacer un gran esfuerzo para no llorar. Lo último que quiero es preocupar a mamá porque (aunque todavía no lo sepa) tendrá que guardar todo su amor maternal para Ami.

—Llama a tu padre —dice mamá— y pídele dinero.

–*Mami*, no voy a pedirle dinero a papá.

Pero mamá ya está mirando a Natalia, quien toma el teléfono y comienza a escribir un mensaje de mi parte.

–Déjame hablar con David –interviene la tía María. David es el hijo mayor del tío Omar y la tía Sylvia, dueño de un par de restaurantes famosos en Twin Cities–. Apuesto a que tiene algún puesto para ti.

Tener una familia enorme viene con algunos beneficios: nunca estás solo para resolver los problemas. No me importa si tengo que lavar platos, la posibilidad de conseguir trabajo es un alivio tan grande que me derrito.

–Gracias, tía.

–Olive tiene un doctorado en *Biología*. ¿Quieres que sea camarera? –Mamá mira mal a su hermana.

–¿Vas a evaluar un trabajo desde tu pedestal? –La tía María levanta las manos–. ¿De dónde sacará dinero para pagar la renta?

–Nadie en esta familia es demasiado bueno para un trabajo que nos permita pagar las cuentas. –Me paro entre ellas y las beso en la mejilla, primero a María y luego a mamá–. Valoro cualquier ayuda.

De cualquier modo, luego de Butake me postulé a todos los puestos para los que estaba formada, y solo quedé en Hamilton. En este momento estoy tan agotada que no puedo ponerme selectiva.

–Dile a David que lo llamaré mañana, ¿de acuerdo?

A esta altura del día, mi batería está a punto de agotarse. Con al menos un problema encaminado (el empleo)

mi cuerpo se desmorona y de pronto siento que podría quedarme dormida parada. Aunque la comida que están preparando huele increíble, no tengo nada de hambre y sé que tendré el refrigerador lleno mañana.

–Buenas noches –balbuceo. Nadie discute cuando me retiro por el pasillo hacia el dormitorio.

Me meto en la cama y miro el teléfono. Tengo algunos mensajes de Ethan de los que me ocuparé mañana. Abro la conversación con Ami, me escribió hace una hora.

> Por Dios, Ollie, Dane me contó de tu trabajo.

> ¡Estoy llamándote!

> Te llamo mañana

> De acuerdo, linda. Te quiero.

> Yo también.

Temiendo a la conversación que tendré mañana con mi hermana, apoyo el teléfono en mi mesa de noche y me cubro la cabeza con la manta. Ni me molesto en quitarme la ropa. Cierro los ojos y me entrego al sueño con el sonido de mi familia llegando desde el ambiente de al lado.

CAPÍTULO DIECISIETE

Como al que madruga Dios lo ayuda (o como sea), Ami llama a mi puerta al amanecer. El pelo atado y el rostro transpirado indican que ya fue al gimnasio. Deja su bolso con un ambo limpio en el sofá, lo que significa que irá al hospital directo desde aquí. Por lo contenta que está, sé que Dane todavía no le dijo nada.

En comparación, y no seríamos nada si no nos estuviéramos diferenciando, yo estoy cansada, no tomé café y estoy segura de que se nota. Apenas pude dormir anoche, pensando en pagar la renta, en lo que tenía que decirle a Ami esta mañana y lo que podría pasar con Ethan cuando finalmente tengamos la conversación que nos debemos. No tengo planes hoy ni mañana, lo cual es bueno considerando que tengo que llamar a David para rogarle que me contrate.

Abro los mensajes que me envió Ethan anoche. Solo hay dos que dicen, solamente: *Llámame* y *Me voy a la cama, pero hablemos mañana*. Una parte de mí se alegra de que no haya intentado disculparse porque no soy buena con los mensajes; pero otra parte se enoja porque no lo haya siquiera intentado. Sé que tengo que tomar distancia hasta que haya hablado con Ami, pero me acostumbré tanto a estar con Ethan todo el tiempo que lo extraño. Quiero que me persiga un poco, ya que no soy quien se equivocó.

Ami me abraza fuerte y va a la cocina a servirse un vaso de agua.

–¿Estás desesperada?

–Mmm... sí –respondo. Entiendo que se refiere a mi situación laboral y no puede dimensionar el verdadero tamaño de mi ansiedad. Toma la mitad de su vaso de un solo sorbo.

–Mamá dijo que David te contratará en uno de sus restaurantes. ¡Eso es maravilloso! Oh, por Dios, Olive, podré ir en las noches tranquilas como cuando éramos niñas. Puedo ayudarte con la búsqueda de empleo o con el curriculum o con lo que necesites.

–Eso sería genial. No pude llamarlo todavía, pero lo haré –digo encogiéndome de hombros.

–La tía María llamó al tío Omar y el tío Omar habló con David. Ya está todo resuelto. –Ami me mira entre divertida y desconcertada, parece que me olvidé de cómo se maneja nuestra familia.

–Oh, por Dios –río.

—Parece que hay un puesto de camarera en Camelia que es tuyo. —Traga y asiente con la cabeza.

Ajá. El más lindo de sus restaurantes. Amo a mi familia.

—Qué bien.

—¿"Qué bien"? —Ami se ríe con esa risa incrédula de *Oh, Olive.*

—Lo siento –digo–. Te juro que mi ánimo está tan destrozado que no puedo ni alegrarme. Prometo portarme mejor con David más tarde.

—Pobre Olive. ¿Estás mejor del estómago?

—¿Del *estómago*?

—Dane me dijo que no te sentías bien.

Oh, apuesto a que dijo eso. Lo curioso es que, no bien nombra a Dane, mi estómago *sí* se retuerce.

—Cierto. Sí, estoy bien.

Ami tuerce la cabeza para indicarme que la siga mientras lleva el vaso de agua a la sala de estar y se sienta en el sofá con las piernas cruzadas.

—Ethan también se fue temprano. —Debe notar mi cara de sorpresa porque levanta una ceja–. ¿No lo sabías?

—No volví a hablar con él desde que me fui. —Me siento a su lado.

—¿Nada?

—Quería hablar contigo primero. —Tomo aire.

—¿Conmigo? ¿Tiene que ver con el motivo por el que él estaba tan extraño? —Frunce el ceño confundida.

—No. Yo... ¿A qué te refieres?

—Estaba muy callado y, veinte minutos después de que

yo llegué, dijo que se iba. Dane pensó que tenía el mismo virus que tú.

Cierro las manos e imagino cómo sería estamparle un puño en el centro de la cara al imbécil de Dane.

–De hecho, quería que habláramos sobre Dane.

–¿Sobre Dane?

–Sí, Él... –hago una pausa para decidir por dónde comenzar. Repasé esta conversación cientos de veces, pero todavía no encuentro las palabras–. ¿Recuerdas cuando conocí a Ethan?

–¿En un pícnic o algo así? –Ami junta los labios e intenta recordar.

–En la feria estatal. No bien comenzaste a salir con Dane. Me contó que le parecí linda y que, cuando le dijo a Dane que quería invitarme a salir, él le dijo que no perdiera el tiempo conmigo.

–Espera, ¿Ethan quería invitarte a salir? ¿Cómo pasó de eso a odiarte visceralmente de un día para el otro?

–Yo creí que era porque me vio comer bollos de queso. –Dios. Dicho en voz alta suena muy estúpido. Sé que Ami siempre me entendió: ambas luchamos contra los genes curvilíneos; y, si bien es verdad que el mundo trata diferente a las mujeres delgadas, siempre fue mi punto débil–. Pero resulta que mantuvo la distancia para no insinuarse.

–Dane jamás diría eso, cariño. Siempre le molestó que no se llevaran bien. Estaba verdaderamente feliz cuando los vio juntos en el aeropuerto –Ami se ríe como si le hubiera contado un chiste malo.

–¿En serio? –pregunto–. ¿O lo dijo porque era lo que todos queríamos escuchar? –Me levanto del sofá y me siento sobre la mesa de café, justo frente a ella. Tomo su mano. Nuestras manos son muy parecidas, pero la de Ami tiene un diamante que brilla en su dedo anular–. Pienso que… –digo, concentrada en nuestros dedos entrelazados. Es muy difícil decir lo que tengo que decir, aunque sea la persona que mejor conozco en el mundo–. Creo que Dane quería mantenernos separados porque tenía miedo de que Ethan me contara que estaba saliendo con otras mujeres mientras estaba contigo.

–Olive, no es gracioso. ¿Por qué dices eso? –Ami quita su mano de golpe, como si se hubiera asustado.

–Escúchame. No sé las fechas exactas, pero Ethan hizo un comentario en Maui respecto de que ustedes eran una pareja abierta antes del compromiso.

–¿Ethan dijo eso? ¿Por qué…?

–Creyó que lo sabías. Pero siempre tuvieron una relación exclusiva, ¿no?

–¡Claro que sí!

Ya lo sabía, pero igualmente siento el placer de tener razón. Sí que *conozco* a mi hermana.

Se para y camina hacia la otra punta de la habitación. Ami ya no está alegre y saltarina por la energía que le deja el gimnasio. Está callada, tiene el ceño fruncido. Mi hermana juguetea cuando está nerviosa y ahora hace girar el anillo en su dedo.

Ser gemelas muchas veces significa hacernos responsables por el bienestar emocional de la otra, y todo lo que quiero

ahora es retractarme, decir que fue un chiste y volver al momento en que no sabía nada de esto. Pero no puedo. Puede que no sepa jamás cómo es mi pareja ideal, pero sé que Ami merece ser suficiente para quien esté con ella, que la amen entera. Tengo que continuar.

—¿Y viste todos los viajes de hermanos? Dane te hizo creer que eran idea de Ethan, que él los había planeado...

—*Eran* idea de Ethan. Objetivamente, lo eran —dice—. Dane nunca organizaría una cosa así sin consultarme. Ethan planificaba esas salidas para olvidarse de Sophie y porque está soltero... o *estaba*... —Lanza un extraño bufido de sorpresa—. Entonces creía que Dane tampoco tenía nada que hacer.

—La mayor parte de esos viajes fueron antes de Sophie, o durante. —La veo buscar argumentos para explicarlo—. Mira, entiendo por qué Dane quería que creyeras eso. —Espero que me mire para que pueda ver que estoy siendo sincera—. Queda mejor parado si siempre es Ethan quien lo arrastra por el mundo en sus locas aventuras. Pero, Ami, Ethan odia volar. Deberías haberlo visto en el vuelo de ida a Maui: apenas pudo resistirlo. También se marea en los barcos. Y de verdad le encanta estar en su casa... como yo. Ahora que lo conozco, de ningún modo puedo imaginarlo planificando un viaje para surfear en Nicaragua. En serio, me da risa de solo pensarlo. Dane usaba a Ethan como excusa para hacer planes y poder verse con otras mujeres. Ethan mencionó al menos una.

—¿Dónde está tu sombrero de papel aluminio, psicópata? —grita Ami—. ¿Debería creerte que mi esposo es un

manipulador profesional? ¿Que me engañó por ¿cuánto? ¿Tres años? ¿Tanto lo odias?

–No lo odio, Ami. O no lo odiaba.

–¿Tienes idea de lo ridículo que suena todo esto? ¿Tienes más pruebas que la palabra de Ethan?

–Sí… Dane se me insinuó anoche. En el bar.

–Disculpa, *¿qué?* –Pestañea varias veces.

Le explico lo que sucedió cuando Ethan fue al baño y Dane sugirió que podríamos cambiar parejas si nos daban ganas. Miro el rostro de mi hermana, tan parecido al mío, pasar por la confusión, el dolor y llegar hasta algo cercano a la furia.

–Mierda, Olive. –Me mira boquiabierta–. ¿Por qué eres así? ¿Por qué eres tan cínica con *todo*? –Levanta su vaso y lo lleva al fregadero. Su rostro se ve rígido, desolado y la enfermedad vuelve a sus facciones. Mi estómago se retuerce de culpa–. ¿Por qué siempre piensas lo peor de la gente? –No sé qué decir. Me quedo completamente muda. En el silencio, Ami abre el grifo con un movimiento agresivo y comienza a lavar el vaso–. ¿Me hablas en serio? Dane nunca se te tiraría. No tienes que quererlo, pero tampoco puedes asumir que siempre tiene las peores intenciones.

La sigo a la cocina y miro cómo enjuaga el vaso y vuelve a enjabonarlo.

–Cariño, te lo prometo, no quiero pensar lo peor…

–¿Le dijiste algo de esto a Ethan? –Cierra el grifo de un golpe y se da vuelta para enfrentarme.

–Justo antes de irme. Me siguió hasta el estacionamiento. –Asiento despacio.

–¿Y?

–Y…

–¿Es por esto que dejaron de hablarse? –Su expresión se aclara.

–Quiere creer que su hermano es una buena persona.

–Sí, sé lo que se siente.

Los segundos pasan y no sé qué más decirle para convencerla.

–Lo siento, Ami. No sé qué más decirte para hacer que me creas. Nunca quise…

–¿Nunca quisiste qué? ¿Arruinar las cosas entre Dane y yo? ¿Entre tú e Ethan? ¿Cuánto te duró eso? –Se ríe con malicia–. ¿Dos semanas completas? Qué fácil que es para ti creer que todo lo malo simplemente te *sucede*. "¡Mi vida es un fracaso porque tengo mala suerte!" –me imita con una voz dramática y exagerada–. "Todo lo malo le pasa a la pobre Olive. A Ami le pasan cosas buenas porque tiene *suerte*, no porque las merezca".

–Guau. –Retrocedo un paso–. ¿En serio crees que quería que todo esto sucediera? –Sus palabras traen el eco de las de Ethan y de golpe estoy enfurecida.

–Creo que te gusta creer que, cuando algo no sale como planeabas, no es por algo que hayas hecho, sino porque eres un peón en una especie de juego de azar cósmico. Pero, entérate, Olive: estás desempleada y sola por las decisiones que tomaste. Siempre fuiste así. –Me mira fijo, claramente exasperada–. ¿Para qué intentar si el universo ya decidió que ibas a fracasar? ¿Para qué esforzarte en una relación si ya

sabes que eres desafortunada en el amor y todo terminará en desastre? Una y otra vez, como un disco rayado. *Nunca lo intentas.*

Mi rostro entra en calor y me quedo quieta pestañeando con la boca abierta, lista para responder, pero ni una palabra sale de mi boca. Ami y yo hemos discutido antes (como suelen hacerlo las hermanas), ¿pero esto es lo que realmente piensa de mí? ¿Cree que no lo *intento*? ¿Cree que voy a terminar sola y desempleada?

—Tengo que irme a trabajar. —Ami toma sus cosas y avanza hacia la puerta. Intenta torpemente acomodar la tira del bolso en su hombro—. Algunos tenemos cosas que hacer.

Auch.

—Ami, en serio. No te vayas en el medio de esto. —Avanzo e intento detenerla.

—No puedo quedarme. Tengo que pensar y no puedo hacerlo contigo. No puedo ni mirarte.

Me esquiva. Abre la puerta y la cierra de un portazo. Por primera vez desde que todo esto comenzó, lloro.

CAPÍTULO DIECIOCHO

La peor parte de las crisis es que no pueden ignorarse. No puedo quedarme en la cama debajo de las mantas y dormir durante un mes porque, a las ocho de la mañana, solo una hora después de que se fue Ami, la tía María me escribe para avisarme que tengo que ir a Camelia a hablar con David sobre el empleo de camarera.

David es diez años mayor, pero parece más joven y tiene una sonrisa juguetona que me ayuda a ignorar el latente impulso de arrancarme los pelos y tirarme al suelo a gritar y patalear. Habré estado en Camelia unas cien veces, pero verlo desde la perspectiva de un empleado es surrealista. Me da mi uniforme, me enseña la grilla con turnos que debe cubrir cada uno, el sentido de circulación en la cocina y dónde cenan los empleados cada noche antes del servicio.

Tengo años de experiencia como camarera (como todos en la familia), y muchos fueron en restaurantes del primo David, pero nunca trabajé en un sitio tan elegante. Debo usar pantalones negros, una camisa blanca almidonada y un delantal blanco y sencillo en la cintura; tendré que memorizar el menú, que cambia todo el tiempo; y recibiré una capacitación con el enólogo y el chef pastelero.

Debo admitir que las últimas dos tareas me tienen bastante entusiasmada.

David me presenta al resto del personal (teniendo cuidado de no mencionar que soy su primita), con los chefs, los sous chefs y el encargado de la barra, que justo está haciendo el inventario. Mi cerebro se está esforzando por retener todos los nombres e información, por lo que me alegra cuando David me dice que vuelva mañana a las cuatro de la tarde para la reunión de personal y comenzar la capacitación. Seré la sombra de un camarero llamado Peter y, cuando David hace un guiño del tipo *Peter es lindo*, mi estómago se retuerce, porque solo quiero estar con *mi* chico lindo, el que me conquistó con su ingenio y su risa y… sí, sus bíceps y clavículas. Pero estoy molesta con él y probablemente él también lo esté conmigo y no tengo ni idea de cómo lo solucionaremos.

David debe notar algún gesto extraño en mi rostro, porque me da un beso en la cabeza y dice:

—Estoy contigo, cariño.

Casi me largo a llorar en sus brazos porque no sé si es suerte o un gran esfuerzo y esmero sostenido por generaciones, pero mi familia es en verdad maravillosa.

Vuelvo a casa y recién es el mediodía. Es deprimente recordar que debería estar promediando mi segundo día de trabajo en Hamilton, conociendo a mis compañeros, armando agendas. De todos modos, tengo que admitir que hay una pequeña luz en el fondo de mis pensamientos; no es alivio, no exactamente, pero tampoco es totalmente diferente al alivio. Creo que se debe a que pude asumir lo que sucedió: me equivoqué, me despidieron e hice las paces con eso. Y también se debe a que, gracias a mi familia, tengo un empleo con el que podré mantenerme y por primera vez en la vida puedo tomarme el tiempo para pensar qué quiero hacer realmente.

No bien terminé la universidad, hice un posdoctorado corto e inmediatamente después empecé a trabajar en la industria farmacéutica como coordinadora entre los investigadores y los médicos. Siempre me encantó poder traducir el lenguaje científico al clínico, pero nunca me dio alegría mi trabajo. Cuando hablé con Ethan sobre su profesión, me sentí un poco como Dilbert. ¿Por qué debería pasarme la vida haciendo algo que no me apasiona?

Este nuevo recuerdo de Ethan me causa dolor y, aunque sé que está trabajando, tomo el teléfono y le escribo un mensaje.

Estaré en casa esta noche por si quieres venir.

Responde luego de unos minutos.

> Pasaré cerca de las siete.

Si bien no es la persona más efusiva del mundo, el tono de sus últimos tres mensajes me hace entrar en pánico. Siento que necesitaremos más que una conversación para arreglar lo que sea que está sucediendo entre nosotros. Aunque sé que no hice nada malo, no tengo idea de cuál es su punto de vista de la situación. Por supuesto que espero que me crea y que se disculpe por lo que sucedió anoche, pero el nudo en mi estómago me alerta que es muy posible que eso no ocurra.

Miro el reloj, faltan siete horas para que llegue Ethan. Limpio, hago las compras, tomo una siesta, memorizo el menú de Camelia, horneo un pastel… y solo descuento cinco horas.

El tiempo avanza lento. Este día durará una década.

No puedo llamar a Ami para charlar sobre todo esto porque estoy segura de que sigue sin querer hablar conmigo. ¿Cuánto más seguiremos así? ¿Es posible que nunca deje de confiar en Dane y yo tenga que arrepentirme de lo que dije y pedir perdón, aunque (de nuevo) no haya hecho nada malo?

Dejo el menú en la mesa de café y me desparramo en la alfombra. La posibilidad de que esta grieta entre Ami y yo se vuelva permanente me descompensa. Puede que sea una buena idea ver a alguien para distraerme, pero Diego, Natalia y Jules están trabajando, mamá se preocupará si se entera de lo que está sucediendo y llamar a cualquier otro miembro de la familia terminaría con quince personas en

la puerta trayendo comida de consuelo cuando Ethan y yo estemos intentando conversar.

Por suerte no me hace esperar. Llega a las siete en punto con una bolsa de Tibet Kitchen que huele mucho mejor que la pizza que había ordenado para compartir con él.

—Hola —dice con una pequeña sonrisa. Se inclina como para besarme en la boca, pero justo antes de llegar se desvía y aterriza en la mejilla.

Mi corazón da un vuelco.

Me corro para dejarlo pasar y de pronto mi apartamento se siente demasiado caluroso y demasiado pequeño. Miro cualquier cosa excepto su rostro porque sé que si lo hago y veo allí alguna señal de que las cosas están realmente mal entre nosotros, no podré mantener la entereza para la conversación que no podemos posponer.

Es tan extraño. Me sigue hasta la cocina, tomamos los platos para armar la mesa de café y nos sentamos en el suelo de la sala de estar, uno frente al otro. El silencio se siente como una enorme burbuja que nos envuelve. Ethan casi vivía aquí la semana pasada; ahora parece que volvimos a ser extraños.

—Casi no me miraste desde que llegué. —Toma un bocado de arroz.

La respuesta muere en mi garganta: *Porque me besaste en la mejilla cuando entraste. No me abrazaste o me diste un beso largo. Siento que apenas te tenía y ya te estoy perdiendo.*

En lugar de responder en voz alta, lo miro por primera vez e intento sonreír. Nota el intento fallido y claramente

lo entristece. Un dolor punzante aparece y crece en mi garganta, tanto que no sé si podré seguir hablando. Odio esta guerra fría mucho más que el hecho de que estemos peleando.

—Es muy extraño —digo—. Todo sería más fácil si nos gritáramos.

—No tengo energía para gritar. —Asiente con la cabeza y pincha la comida.

—Yo tampoco. —La verdad es que quiero gatear por el suelo hasta su regazo y que se ría porque el sujetador me queda chico o porque no haya podido estar lejos de él hasta terminar de cenar, pero Dane y su cara de fraternidad están estacionados justo entre nosotros y no nos permiten comportarnos normalmente.

—Hablé con Dane anoche —dice, y agrega—: tarde. Fui a verlo tarde.

Ami no lo mencionó. ¿Sabe que Ethan estuvo en su casa anoche?

—¿Y? —digo despacio. No tengo hambre y empujo un trozo de carne de un lado al otro.

—Lo sorprendió cómo interpretaste lo que te dijo —dice Ethan.

—Qué raro. —Mi estómago se llena de ácido.

—Mira, ¿qué se supone que debo hacer? Mi novia cree que mi hermano se le insinuó y él dice que no fue así. ¿Importa quién tiene razón? Los dos están enojados. —Ethan baja el tenedor y me observa apoyado en las manos. Lo miro incrédula.

—Se supone que debes creerme. Y, sí, definitivamente importa quién tiene razón.

—Olive, hace dos semanas que estamos juntos —dice, impotente.

Me toma unos segundos ordenar la pila de palabras que se agolpan en mi mente.

—¿Estoy mintiendo solo porque hace poco que estamos juntos? —pregunto. Suspira, levanta una mano y se la pasa por la cara—. Ethan —digo despacio—, sé lo que escuché. Me propuso estar con él. No puedo hacer como si nada.

—Lo que digo es que no tenía las intenciones que tú crees que tenía. Me parece que te inclinas a pensar siempre lo peor de él.

Pestañeo y me concentro en mi plato. Sería mucho más fácil para mí decir "¿Saben qué? Tienen razón", hacer las paces con Ethan y Ami y dejar que todo fluya, porque después de todo lo que sucedió, *claro* que me inclino a pensar lo peor de Dane y podría pasar toda la vida sin volver a verlo. Pero no puedo. Hay demasiadas advertencias: ¿por qué soy la única que las ve? No es porque sea una pesimista o porque crea lo peor de la gente; sé que no soy así. Ya no. Después de todo, me enamoré de Ethan en esa isla. Me entusiasma el trabajo en Camelia porque me dará tiempo para pensar en qué quiero hacer con mi vida. Estoy intentando reparar las partes de mí que no funcionan porque *sé que puedo decidir hacia dónde irá mi vida* (porque no todo es suerte), pero cuando intento ser proactiva, nadie parece *dejarme*.

¿Y por qué no está Dane aquí con Ethan para aclararme las cosas? En realidad, sé muy bien por qué: está muy seguro de que nadie me creerá, que todos pensarán *Oh, Olive siendo Olive. Pensando lo peor de todos.* Mis opiniones no tienen ningún valor porque ante sus ojos siempre seré la pesimista.

–¿Hablaste con Ami? –pregunta.

Siento el calor subir por mi cuello y atravesar mi rostro. El hecho de que mi gemela esté del lado de Ethan y Dane me está destruyendo, pero no puedo admitirlo en voz alta, así que solo asiento con la cabeza–. ¿Le contaste que salió con otras personas antes del compromiso? –pregunta. Vuelvo a asentir–. ¿Y lo de ayer?

–Sí.

–Creí que no ibas a decirle nada –dice, exasperado.

–Y yo creí que Dane no se le tiraría a la hermana de su esposa. Supongo que ambos te decepcionamos. –Lo miro boquiabierta.

–¿Cómo se lo tomó Ami? –Se queda mirándome por un largo rato. Mi silencio le da a entender que Ami tampoco me creyó.

–No sabía nada de las otras mujeres, Ethan. Creía que Dane había asumido un compromiso con ella desde el día uno.

–No lo superarás, ¿verdad? –pregunta. Me mira con pena y me hace querer gritar.

–¿Qué parte? ¿Que el esposo de mi hermana la haya engañado antes de que se casaran, que tu hermano se me insinuara o que mi novio no crea nada de lo que digo?

–De nuevo: no creo que haya querido decir lo que tú interpretaste. No creo que se te haya insinuado. –Vuelve a mirarme, parece pedir disculpas, pero no cede en su postura.

–Entonces tienes razón. –Dejo que escuche la sorpresa en mi tono–. No podré superarlo.

Cuando se inclina, creo que tomará un bocado, pero en lugar de eso, se apoya en la mesa y se impulsa para pararse.

–De verdad me gustas –dice por lo bajo. Cierra los ojos y se pasa una mano por el cabello–. En realidad, estoy loco por ti.

–Entonces toma distancia e intenta mirar la situación desde otra perspectiva –ruego mientras mi corazón se retuerce del dolor–. ¿Qué gano yo mintiendo?

Hemos discutido muchas veces, pero todas parecen mínimas y graciosas en comparación. Los bollos de queso, el avión, los Hamilton, Sophie, el vestido Skittle. Ahora lo entiendo: todos esos momentos solo fueron oportunidades para que nos acercáramos. Esta es la primera vez que en verdad nos alejamos y sé exactamente lo que va a decir antes de que abra la boca.

–Creo que tenemos que separarnos, Olive. Lo siento.

CAPÍTULO DIECINUEVE

urante la calma antes de que comience el servicio de la cena, hago un último repaso de mi zona. Natalia es la cuarta persona de mi familia que esta semana, por pura coincidencia, justo pasa por Camelia a las cuatro de la tarde. Dice que quería saludar a David porque hace mucho tiempo que no lo ve, pero sé que está mintiendo porque Diego (que vino ayer a acosarme usando como excusa una historia similar) dijo que David y Natalia habían estado en lo de la tía María la semana anterior.

Por más que mi familia pueda ser agobiante por momentos, son el mayor consuelo que tengo. Aunque finja que me fastidia que estén todo el tiempo asegurándose de que esté bien, nadie lo toma en serio. Porque si cualquiera de ellos estuviera pasándola mal (y ha sucedido muchas veces) yo también encontraría cualquier excusa para aparecerme en sus trabajos a las cuatro de la tarde.

—Cuando estamos tristes, comemos —dice Natalia y me persigue con un plato de comida mientras corrijo la ubicación de dos copas de vino en una mesa.

—Lo sé —digo—, pero juro que no me pasa un bocado.

—Comienzas a parecerte a una muñeca cabezona de Selena Gómez. —Pellizca mi cintura—. No me gusta.

La familia sabe que Ethan rompió conmigo y que Ami y yo "estamos peleadas" (aunque no hay nada activo en la situación; la llamé algunas veces luego de que habláramos, pero hace dos semanas que no me responde). Durante los últimos diez días me bombardearon con mensajes de buenos deseos y mi refrigerador está lleno de comida que mamá trae a diario de parte del tío Omar, Ximena, Natalia, Cami, Miguel, el tío Hugo, Stephanie, Tina; es como si hubieran armado un Cronograma para Alimentar a Olive. Mi familia alimenta, eso es lo que hacen. Parece que haberme salteado dos cenas de domingo seguidas (por trabajo) encendió todas las alarmas familiares y los está volviendo locos no saber qué sucede.

No puedo culparlos; si Jules o Natalia o Diego desaparecieran así, yo también estaría preocupada. Pero no soy quien tiene que contar esta historia; no sabría cómo decirles qué es lo que está sucediendo y, según el tío Hugo (que vino ayer a *Em, darle la tarjeta de un agente de seguros a David*) Ami tampoco dijo nada.

—Ayer vi a Ami —dice ahora Natalia, y luego hace una

pausa hasta que dejo de preocuparme por cómo están puestos los cubiertos en la mesa y la miro.

–¿Cómo está? –No puedo evitar que se me quiebre un poco la voz. Extraño mucho a mi hermana y me está destruyendo que no me hable. Es como si me hubiesen quitado una parte de mí. Cada día estoy más cerca de ceder y decirle: "Tienes razón, Dane no hizo nada malo", pero ni siquiera logro probar esa mentira frente al espejo. Se me adhiere a la garganta, entro en calor, me endurezco y siento que voy a llorar. No me pasó nada tan terrible (aparte de perder el trabajo, a mi hermana y a mi novio en menos de veinticuatro horas), pero igualmente siento una ira incontenible hacia Dane, como si me hubiera abofeteado con sus propias manos.

–Parecía estresada. Me preguntó por una tal Trinity. –Natalia se encoge de hombros y quita una pelusa de mi cuello.

–¿Trinity? –repito, intentando hurgar en mi memoria para descubrir por qué ese nombre me suena conocido.

–Parece que Dane tenía unos mensajes con ella y Ami los vio.

–¿Mensajes sexuales? –Me cubro la boca. Si lo que dice es verdad, me siento devastada y esperanzada: quiero que Ami me crea, pero prefiero estar equivocada a que tenga que atravesar todo ese dolor.

–Creo que lo invitó a salir y Dane le dijo "No, estoy ocupado", pero Ami estaba molesta por el solo hecho de que estuviera hablando con otra mujer.

–Oh, por Dios, creo que Trinity era la chica con el mango tatuado en el trasero.

—Me parece que leí ese libro. —Natalia se ríe y también me hace reír, siento como si un rayo de luz entrara en una habitación que hace mucho tiempo está a oscuras.

—Ethan habló de una chica llamada Trinity. Ella…

Me detengo. No le conté a nadie en la familia lo que me dijo Ethan. Podría intentar derribar toda la coartada de Dane, pero ¿a quién ayudaría? No tengo pruebas de que haya salido con otras mujeres cuando estaba con Ami. No tengo *pruebas* de que se me haya insinuado en el bar. Solo tengo mi reputación de pesimista y no quiero que toda mi familia me vea como Ethan cuando descubrió que hasta mi hermana gemela cree que estoy inventando todo.

—¿Ella qué? —insiste Natalia cuando me callo.

—Nada, olvídate.

—¿Me vas a decir qué pasa? Tú y tu hermana están raras y…

—No puedo, Nat. —Sacudo la cabeza y siento las lágrimas presionando mis ojos. No puedo hacer esto antes de que comience mi turno—. Solo necesito que acompañes a Ami, ¿sí? —Nat asiente sin dudarlo—. No sé quién es Trinity —digo y respiro hondo—. Pero no confío en Dane para nada.

Después de la medianoche, tomo mi bolso del locker y lo cargo sobre mi hombro. Ni me molesto en mirar el teléfono. Ami no escribió, Ethan no llamó y no hay nada que pueda responder a los otros cuarenta mensajes que aparecen en mi pantalla cada vez que reviso.

Pero, a mitad de camino hacia mi auto, suena. Es un sonido breve, de campanas, engranajes y monedas cayendo: un *jackpot*. El tono de Ami.

Hace diez grados bajo cero y llevo una falda negra y un abrigo fino, pero me detengo justo donde estoy y tomo el teléfono del bolso. Ami me envió una captura de pantalla de la lista de mensajes de Dane. Están los nombres esperables (Ami, Ethan y alguno de sus amigos), pero también otros como Cassie y Trinity y Julia. El mensaje de Ami dice:

¿De esto hablabas?

No sé qué responderle. Por supuesto que mi instinto me dice que esas son las mujeres con las que Dane se acostó, pero ¿quién sabe? Podrían ser compañeras de trabajo. Me muerdo el labio y escribo con los dedos congelados:

No tengo idea de quiénes son.

No tengo una lista de nombres.
Si la tuviera, te la hubiese mostrado.

Espero a que vuelva a escribir, pero no lo hace y me estoy congelando, así que me subo al auto y prendo la calefacción lo más fuerte posible.

A tres cuadras de llegar a mi apartamento, el teléfono vuelve a sonar y me estaciono tan de golpe que las ruedas chillan.

Dane se olvidó el teléfono anoche.

Pasé dos horas intentando adivinar la contraseña. ¿Puedes creer que es 1111?

Contengo una risa y me quedo mirando la pantalla con ansiedad: sigue escribiendo.

Me envié todas las capturas de pantallas.

Todos los mensajes de esas mujeres son iguales: le preguntan si quiere salir. ¿Se referirán a tener sexo?

Pestañeo mirando la pantalla. ¿Habla en serio?

Ami, ya sabes lo que pienso.

Ollie, ¿y si tenías razón?

¿Y si me está engañando?

¿Y si estuvo engañándome todo este tiempo?

Mi corazón se parte al medio. La mitad la pertenece a mi hermana para ayudarla en lo que está por atravesar; la otra mitad seguirá latiendo para mí.

Lo siento, Ami, quisiera saber qué decir.

¿Debería responderle a alguna de esas chicas?

Me quedo mirando la pantalla por un segundo.

¿Desde su teléfono?

¿Haciéndote pasar por Dane?

Sí.

Es una posibilidad.

Si crees que él nunca te dará
una respuesta honesta.

Espero. Tengo el corazón trepando por la garganta.

Tengo miedo.

No quisiera tener razón.

Lo sé, cariño.

Si sirve de algo, yo tampoco
quiero tener razón.

> Lo haré esta noche.

Respiro hondo, cierro los ojos y exhalo de a poco. Que finalmente me crea no se siente tan bien como esperaba.

> Estoy aquí si me necesitas.

♥

Aunque estuve desempleada durante dos meses, ocupé gran parte de ese tiempo buscando trabajo o ayudando a Ami con los preparativos de la boda. Ahora, mantenerme ocupada durante el día se volvió mucho más importante, porque si no lo consigo pienso en Ethan. O en Ami.

No supe nada de ella durante todo el día siguiente y tengo un nudo en el estómago del tamaño de Texas. Quiero saber cómo le fue con Dane anoche. Quiero saber si respondió a los mensajes o si lo confrontó, y qué sucedió. Quiero protegerla, estoy preocupada por ella, pero no hay nada que pueda hacer, y tampoco puedo llamar a Ethan, porque sabemos que estará del lado de Dane hasta el fin del mundo.

Como hoy es mi día libre, salir del apartamento (y de mis pensamientos) se convierte en una prioridad. No tengo ganas de ir al gimnasio, pero cada vez que estoy frente a la bolsa de boxeo, me sorprende cuánto mejor me siento. Comencé a pasear perros en la Fundación Humanitaria y tengo un amiguito *golden retriever*, Skipper, que estoy pensando en llevarle a mamá de sorpresa; no estoy segura de si será

una sorpresa buena o mala y por eso lo sigo considerando. Ayudo a algunos vecinos a despejar la nieve de sus aceras, asisto a una charla de arte y medicina en el Centro Artístico Walker y me junto con Diego para almorzar.

Todavía no tuve noticias de Ami.

Es muy extraño darme cuenta de que, cuando me bajé del tren de la carrera profesional, mi vida volvió a sentirse mía. Siento que puedo proyectar por primera vez en una década. Puedo respirar. Había un motivo por el que Ethan no sabía nada de mi trabajo: nunca hablaba de eso. Era lo que hacía, no quién era. Y, aunque todavía me duele respirar (porque extraño a Ethan, lo extraño en verdad), haberme quitado de los hombros el peso de un trabajo corporativo es un alivio increíble. No sabía que era esta persona. Me siento más yo que nunca.

Ami me llama a las cinco, justo en el momento en que atravieso la puerta de mi apartamento y voy a buscar el rollo para pelusas (Skipper tiene esa consecuencia). Hace dos semanas que no escucho su voz y puedo sentir cómo la mía tiembla cuando atiendo.

–¿Hola?

–Hola, Ollie.

–Hola, Ami –digo luego de una larga pausa.

–En verdad lo siento. –La voz le sale gruesa y compungida.

–¿Estás bien? –Tengo que tragar varias veces para poder desarmar el nudo en mi garganta.

–No –dice, y agrega–, pero sí. ¿Quieres venir esta noche? Hice lasaña.

Me muerdo los labios por un segundo.

—¿Estará Dane? —pregunto al fin.

—Vendrá más tarde —admite—. ¿Por favor? Necesito verte esta noche. —La forma en que lo dice me hace pensar que no es solo una reconciliación entre hermanas.

—De acuerdo, estaré allí en veinte minutos.

Me miro en el espejo todos los días, no debería impresionarme ver a Ami en el pórtico esperándome, pero sucede. Nunca pasamos tanto tiempo sin vernos, ni siquiera en la universidad. Yo iba a la U y ella a St. Thomas e, incluso en las semanas más atareadas, nos juntábamos a cenar los domingos.

La tomo entre mis brazos y la aprieto tan fuerte como puedo cuando noto que está llorando. Se siente como la primera bocanada de aire luego de haber contenido la respiración.

—Te extrañé —dice llorando en mi hombro.

—Yo te extrañé más.

—Esto es una mierda —dice.

—Lo sé. —Me separo para limpiar las lágrimas de su rostro—. ¿Cómo estás?

—Estoy… —Se detiene y nos quedamos ahí paradas, sonriendo por telepatía porque la respuesta es obvia: *Una intoxicación arruinó mi boda, me perdí la luna de miel y mi esposo me engañó*—. Estoy viva.

–¿Está aquí?

–En el trabajo. –Se endereza y respira hondo para no quebrarse–. Volverá alrededor de las siete.

Se da vuelta y avanza hacia el interior. Me encanta su casa: es amplia, luminosa; por suerte Ami tiene un gran talento para la decoración porque, si dependiera de Dane, todo seria del violeta de los Vikings, habría tableros de dardos colgados por todos lados, quizá algunos sillones de cuero hípsters y un carro para bebidas que nunca usaría.

Ami va a la cocina y sirve dos grandes copas de vino. Me río cuando me da la mía:

–Oh, con que es *ese* tipo de noche.

–Ni te lo imaginas. –Asiente y sonríe, aunque puedo darme cuenta de que no hay ni una gota de felicidad en su cuerpo.

Siento que tengo que avanzar de puntillas, pero no puedo evitar preguntar:

–¿Tomaste su teléfono anoche? ¿Cuáles son las novedades?

–Sí, lo hice. –Ami toma un trago largo y me mira sobre el borde de la copa–. Te cuento luego. –Gira la cabeza para indicarme que la siga hacia la sala de estar, donde nuestros platos de lasaña ya están servidos sobre dos bandejas.

–Qué buen plan –comento.

Hace una reverencia, toma asiento en el sillón y pone *Por eso lo llaman amor*. Nos la perdimos cuando estaba en el cine y siempre decimos que tenemos que verla, una sensación dulce y nostálgica golpea mi garganta por saber que esperó para verla conmigo.

La lasaña es perfecta, la película es maravillosa y casi me olvido de que Dane vive aquí. Pero cuando la película lleva una hora, se abre la puerta principal. El comportamiento de Ami cambia. Se sienta con las manos en los muslos y respira profundo.

–¿Estás bien? –susurro. ¿Soy su apoyo moral para enfrentar a su esposo? No puedo decidir si eso me fascina, me espanta o ambas.

–Hola, nena –grita Dane mientras deja las llaves en el recibidor y revisa el correo.

–Hola, cariño –responde con falsa alegría, incongruente con la mirada desolada que veo en su rostro.

Tengo una premonición y mi estómago da un tumbo anticipándose a la inminente tensión.

–Oh. Ey, Olive –saluda sorprendido y disgustado.

–Vete al infierno, Dane. –Ni siquiera me molesto en mirarlo.

Ami se atraganta con el vino y me mira. Sus ojos brillan con diversión y tensión.

–Hay lasaña en el horno si quieres, cariño.

Siento la mirada de Dane en mi nuca (sé que me está mirando), pero se queda ahí parado unos segundos antes de decir por lo bajo:

–De acuerdo, tomaré un poco y las dejaré tranquilas.

–¡Gracias, cariño! –responde Ami. Mira el reloj y toma el control remoto para bajar el volumen–. Estoy tan nerviosa que tengo náuseas.

–Ami –digo y me acerco hacia ella–. ¿Qué está sucediendo?

—Les respondí los mensajes —dice y la mandíbula se me cae. Estoy gritando por dentro. Ahora entiendo la fuerza con la que está conteniendo las lágrimas—. Tuve que hacerlo de este modo.

—¿Qué cosa exactamente, Ami? —pregunto.

Pero antes de que pueda responderme suena el timbre.

Su atención se dispara sobre mi hombro hacia la puerta que lleva a la cocina y escuchamos cómo Dane se acerca para atender. Lento, tan lento que puedo ver a Ami temblar cuando se incorpora.

—Vamos —me dice por lo bajo y luego se dirige hacia él con una calma y una claridad admirables—. ¿Quién es?

La sigo y veo a Dane desesperado por empujar a una mujer fuera de la casa. Me baja la presión.

¿Se hizo pasar por Dane e invitó a todas esas chicas a que vengan aquí?

Oh, por Dios.

—¿Quién es, cariño? —repite Ami con inocencia.

—¿Quién es esa? —grita la mujer empujando a Dane hacia un costado.

—Soy su esposa. Ami. —Le estira la mano—. ¿Y tú cuál eres?

—¿*Cuál* soy? —repite la mujer, demasiado sorprendida como para estrecharle la mano. Mira a Dane y su rostro empalidece—. Soy Cassie.

—Nena... —Dane se da vuelta, también pálido, y mira fijamente a Ami.

Por primera vez, veo que la mandíbula de Ami se tensa

al escuchar ese horrible apodo, ¡quiero saltar de la alegría porque *sabía* que odiaba que la llamara así, aunque se hacía la que le gustaba!

—Discúlpame, Dane —dice Ami con dulzura—. Me estoy presentando con una de tus novias.

—Nena, no es lo que piensas.

Puedo ver el pánico en sus ojos.

—¿Qué es lo que creo, *nene*? —pregunta, con los ojos bien abiertos, fingiendo curiosidad.

Otro auto estaciona en la acera y una mujer baja lentamente tratando de procesar la escena que se despliega frente a ella. Parece que acaba de salir del trabajo: lleva uniforme de enfermera y el pelo atado. Pienso que no se vestiría así para verse con un hombre al que quiere impresionar; pero sí para verse con alguien que conoce hace mucho tiempo y con quien tiene confianza.

No puedo evitar lanzarle una mirada penetrante a Dane. Qué mierda de persona.

—Esa debe ser Trinity —me dice Ami.

Oh, por Dios, mi hermana está desmantelando el circo de Dane y no necesitó ni una sola lista de tareas. Es un delirio de dimensiones nucleares.

Dane toma el brazo de Ami y se acerca para buscar sus ojos.

—¿Qué haces, cariño?

—Creí que debía conocerlas. —Su mejilla tiembla, verla es doloroso—. Vi los mensajes en tu teléfono.

—Yo no… —comienza.

–Sí –dice Cassie por lo bajo–. Lo hiciste. La semana pasada. –Mira a Ami y luego a mí–. No sabía que estaba casado. Te juro que no tenía ni idea.

Se da vuelta y regresa al auto, pasando junto a la otra mujer, que se detuvo a algunos metros. Por su expresión puedo darme cuenta de que Trinity ya entendió lo que sucede.

–Estás casado –dice, seca, a lo lejos.

–Está casado –confirma Ami.

Trinity mira a Dane, que está sentado en el porche con el rostro entre las manos.

–Dane –dice–, esto es muy retorcido.

–Lo siento –responde él.

–Hace bastante que no nos vemos, si eso sirve de algo –dice Trinity, mirando fijamente a Ami.

–¿Qué es "bastante"? –pregunta Ami. Trinity se encoge de hombros.

–Más o menos cinco meses.

Ami asiente y comienza a respirar rápido y agitado, lucha por no llorar.

–Ami –digo–, ve adentro. Recuéstate. Te acompaño en un segundo.

Se da vuelta y pasa rápido por al lado de Dane, esquivando su mano extendida. Alguien cierra la puerta de un auto en la calle y mi corazón se estremece: ¿cuántas mujeres más vendrán?

Pero no es otra mujer. Es Ethan, que vuelve del trabajo. Lleva pantalones grises ajustados y una camisa azul. Se ve hermoso.

Estoy pasmada por todo lo que sucede a mi alrededor e intento conservar la calma para poder acompañar a Ami, pero verlo me desarma.

–Ah –dice Ami desde la puerta, lo suficientemente alto como para que todos la escuchen–, también invité a Ethan, Ollie. Creo que te debe una disculpa. –Y cierra con cuidado la puerta detrás de ella.

–Suerte con todo esto –Trinity me mira y me dedica una sonrisa seca. Mira a Dane y agrega–: Me pareció que era raro que me enviaras un mensaje luego de meses de estar desaparecido. –Se muerde el labio, parece más asqueada que molesta–. Espero que te deje. –Se sube al auto y avanza hacia la calle.

Ethan se detuvo a unos metros para ver esa interacción, frunce el ceño mientras procesa todo. Se concentra en mí.

–¿Olive? ¿Qué sucede aquí?

Dane levanta la vista. Tiene los ojos rojos e inflamados. Parece que ha estado llorando detrás de las manos.

–Supongo que Ami las invitó. –Levanta una mano, abatido–. Mierda, no puedo creer lo que acaba de suceder.

–Espera, ¿entonces estabas…? –Ethan vuelve a mirarme y luego a su hermano.

–Solo un par de veces con Cassie –dice Dane.

–Y con Trinity hace cinco meses –colaboro. Este momento no se trata de mí ni de Ethan, pero no puedo evitar ponerle mi mejor cara de *te lo dije*.

–Soy tan idiota –gruñe Dane.

Puedo identificar el momento exacto en el que Ethan se

da cuenta de lo que está viendo. Es como si un puño invisible lo golpeara en el pecho; se aleja unos pasos antes de levantar la vista hacia mí con la claridad que debería haber tenido hace dos semanas.

Dios, tendría que sentirse tan bien, pero no. Nada de todo esto se siente bien.

—Olive —dice despacio. Sé que intentará disculparse.

—No —lo interrumpo. Tengo una hermana adentro que me necesita, no me sobra ni un segundo para ocuparme del inútil de su hermano—. Llévate a Dane contigo cuando te vayas.

Me doy la vuelta y camino hacia la casa, no me vuelvo para ver a Ethan cuando cierro la puerta.

CAPÍTULO VEINTE

A las pocas horas, Ethan me llama (y lo ignoro). Imagino que estuvo ocupado encargándose de Dane, pero, indirectamente, yo también me estoy ocupando de Dane: empacando sus cosas. Me doy cuenta de cuánto quiere Ami que se vaya de la casa cuando me manda a comprar una gran cantidad de cajas a Menards y ni se le ocurre buscar un cupón.

No quiero que se quede sola cuando me vaya, así que llamo a mamá, quien trae consigo a Natalia, Jules, Diego y Stephanie, quien le escribe al tío Omar y a su hija Tina para que traigan más vino. Tina y el tío Omar también traen galletas (y un auto lleno de primos). Entonces, en un parpadeo, hay veinte personas abocadas a empacar hasta el último rastro de Dane Thomas y llevar las cajas al garaje.

Exhaustos pero satisfechos, nos acomodamos en la sala de estar y cada uno se concentra en una tarea: yo en abrazar a Ami; Natalia en mantener su copa de vino llena; mamá en masajear sus pies; el tío Omar en que siempre haya galletas en el plato; Jules y Diego en la música; Tina en recorrer la sala detallando con precisión cómo castrará a Dane; y el resto en cocinar comida suficiente para que Ami coma un mes.

–¿Te divorciarás? –pregunta Steph con cuidado. Todos esperan un bufido de mamá… pero no llega.

Ami asiente con la cara dentro de la copa de vino y mamá intercede:

–*Por supuesto* que se divorciará. –La miramos pasmados y, finalmente, suspira exasperada–. *¡Ya basta!* ¿Creen que mi hija es tan idiota como para enredarse en el mismo jueguito con el que sus padres perdieron dos décadas?

Ami y yo nos miramos y estallamos en una carcajada. Luego de un largo segundo de silencio incrédulo, el resto nos acompaña y, para el final, hasta mamá se está riendo.

Dentro de mi bolsillo, el teléfono vuelve a sonar. Espío, pero no logro rechazar la llamada y volver a guardarlo antes de que Ami pueda ver la foto con la que tengo agendado el número de Ethan. Alegre por el vino, se acerca.

–Aww, es una foto muy linda. ¿Dónde se la tomaste?

En verdad es un poco doloroso recordar ese día, cuando alquilamos el horroroso Mustang verde lima, condujimos por la costa de Maui y nos hicimos amigos. Me besó esa noche.

–Es el espiráculo de Nakalele –respondo.

–¿Era bonito?

–Sí –digo despacio–. Era de verdad increíble. Todo el viaje lo fue. Gracias, por cierto.

–Me alegra mucho no haber ido con Dane –comenta Ami con los ojos cerrados.

–¿En serio? –pregunto y la miro fijamente.

–¿Por qué me lamentaría justo ahora de habérmelo perdido? Sería otro recuerdo arruinado. Debería haberlo sabido cuando todos nos intoxicamos menos Ethan y tú. –Me mira conmovida–. Fue un presagio, una señal del universo de…

–Dios –interrumpe mamá.

–*Beyoncé* –corrige Diego con un dedo en alto.

–… que Ethan y tú eran quienes tenían que estar juntos –retoma Ami–. No Dane y yo.

–Estoy de acuerdo –dice mamá.

–Yo también –grita el tío Omar desde la cocina.

–No creo que lo mío con Ethan vaya a suceder, chicos –digo mientras levanto una mano para callarlos.

Mi teléfono vuelve a sonar y Ami me observa con una repentina claridad en los ojos.

–Siempre fue el hermano bueno, ¿no?

–Fue un buen hermano –concuerdo–, pero no el mejor novio ni el mejor cuñado. –Me acerco para besarle la nariz–. Tú, en cambio, eres la mejor esposa, hermana e hija. Y todos te amamos mucho.

–Estoy de acuerdo –vuelve a decir mamá.

–Yo también –dice Diego, recostado en nuestros regazos.

–Yo también –gritan a coro desde la cocina.

El buen hermano sigue llamando varias veces durante varios días, y luego cambia los llamados a mensajes de texto simples.

> Lo siento.

> Olive, por favor, llámame.

> Me siento un gran imbécil.

Como no respondo ninguno, parece entender el mensaje y deja de intentar contactarse. No estoy segura de si eso es mejor o peor. Cuando llamaba o enviaba mensajes al menos sabía que estaba pensando en mí. Ahora debe estar concentrándose en superarme y tengo sentimientos encontrados sobre cómo me hace sentir eso.

Por un lado, quiero castigarlo por no haberme apoyado, por permitirle a su hermano ser un pésimo novio/esposo, por ser obstinado y terco en la defensa de un engañador serial. Pero, por otro lado, si estuviera en la misma situación, ¿de qué sería capaz por proteger a Ami? ¿Sería tan difícil para mí como fue para Ethan enterarme de que es una mala persona?

Dejando eso de lado, Ethan era perfecto en todos los demás aspectos: gracioso, juguetón, amoroso y maravilloso en la cama. Es una mierda haber perdido a mi novio por una

pelea que ni siquiera nos involucraba y no porque no nos entendíamos.

Nos entendíamos muy bien. Pero este final (por el contrario) se siente confuso y poco claro.

Una semana después de que Dane se fue, dejo mi apartamento y me mudo con Ami. A ella no le gusta estar sola y a mí me sirve el arreglo: me parece una buena idea ahorrar algo de dinero para comprar una casa o tener un respaldo en el banco para mi próxima aventura, una vez que haya descubierto cuál será.

Veo las opciones desplegarse frente a mí (carrera, viajes, amigos, geografía) y, a pesar de que todo es una locura, difícil y desordenado, creo que nunca me caí tan bien como ahora. Es muy extraño estar orgullosa solo porque me estoy ocupando de mí. ¿Esto es crecer?

Ami es tan estable que, una vez que Dane se lleva las cajas del garaje y se muda definitivamente, parece estar bastante bien. Como si saber que es una basura de persona fuera suficiente para poder superarlo. Divorciarse no es un parque de atracciones en lo absoluto, pero encara una Lista de Tareas de Divorcio con la misma calma y determinación con la que envió los mil cupones para ganarse la luna de miel.

—Iré a cenar con Ethan mañana —dice de la nada mientras cocino crepes para la cena. Doy vuelta uno sin éxito, se dobla a la mitad y unas gotas de la mezcla se caen sobre la estufa.

—¿Por qué harías eso?

—Porque me lo pidió —responde como si fuera obvio— y sé que se siente mal. No quiero castigarlo por los pecados de Dane.

—Qué buena persona eres. Pero bien sabes que podrías castigarlo por sus propios pecados. —Frunzo el ceño.

—A mí no me hizo nada. —Se para para volver a llenar su vaso de agua—. Te lastimó a ti, y estoy segura de que lo sabe, pero eso es un problema entre ustedes, y deberías responder sus llamadas.

—No *debería* hacer nada con Ethan Thomas. —El silencio de Ami hace que vuelva el eco de mis palabras y me doy cuenta de cómo suenan. Resentidas pero... familiares. Hace mucho tiempo que no me sentía así y no me gusta—. De acuerdo —me retracto—. Dime cómo de te va en la cena y ahí decidiré si merece un llamado.

Hasta donde sé, Ami e Ethan la pasaron muy bien en la cena. Le mostró fotos de nuestro viaje a Maui, asumió su parte de la culpa por el accionar de Dane y la dejó bastante conforme y encantada.

—Sí, tiene muy entrenado el arte de ser encantador en las cenas —digo mientras vacío con violencia el lavavajillas—. ¿No recuerdas la historia con los Hamilton en Maui?

—Me lo contó —Ami se ríe—. Dijo algo sobre una invitación a un club en el que se miran los labios con un espejo. —Bebe vino—. No le pedí explicaciones. Te extraña.

Finjo que lo que acaba de decir no me afecta, pero estoy segura de que mi hermana puede ver la verdad.

–¿Tú lo extrañas? –pregunta.

–Sí. –No tiene sentido mentir–. Mucho. Pero le abrí mi corazón y lo apuñaló. –Cierro el lavavajillas, me apoyo en la encimera y la miro a los ojos–. No creo ser el tipo de persona que puede volver a abrirse.

–Yo creo que sí.

–No creo que hacerlo sea la decisión más inteligente –digo.

Ami me sonríe con una sonrisa nueva, contenida, que me lastima un poco. Dane mató algo en ella: algo de su optimismo, de su inocencia; me dan ganas de gritar. Y luego veo la ironía: no quiero que Ethan me convierta de nuevo en una cínica. Me gusta *mi* nuevo optimismo e inocencia.

–Quiero que sepas que estoy orgullosa de ti –dice–. Puedo ver que estás cambiando.

–Gracias. –Mi vida es mía de nuevo, pero no sabía que necesitaba que ella lo notara. Tomo su mano y la aprieto.

–Ambas estamos creciendo. Haciendo que algunos se hagan cargo de lo que hicieron, dejando que otros traten de arreglarlo... –Esboza una sonrisa muy sutil.

–¿No sería raro que Ethan, tú y yo volviéramos a pasar tiempo juntos? –pregunto.

–No –niega con la cabeza y toma otra copa de vino–, al contrario, me haría sentir que los últimos tres años pasaron por algo. –Parpadea, como si no quisiera seguir hablando, pero no pudiera contenerse–. Siempre voy a querer encontrar un motivo.

Yo ya aprendí que es una pérdida de tiempo buscar motivos, destino o suerte. Pero me pasé este mes tomando decisiones y es hora de pensar qué haré en lo que respecta a Ethan. ¿Lo perdono o lo dejo ir?

La noche en que tengo que tomar un rumbo, pasa algo inesperado y terrible: estoy por arrancar con alegría el servicio de la cena cuando Charlie y Molly Hamilton se sientan en mi zona del restaurante.

No puedo culpar a Shellie, la recepcionista. ¿Cómo iba a saber que estos son los peores comensales que podría haberme dado? Cuando me acerco a la mesa y alzan la vista, todos caemos en un mutismo cadavérico.

–Oh –digo–, hola.

–¿Olive? –pregunta el señor Hamilton luego de mirar dos veces.

Disfruto mi trabajo mucho más de lo que esperaba, pero no me gusta el pequeño espasmo que lo recorre cuando se da cuenta de que no me acerqué solo para saludarlos, sino que los atenderé esta noche. Esto será incómodo para todos.

–Señor Hamilton, señora Hamilton, qué bueno verlos. –Sonrió e inclino la cabeza hacia ambos. Por dentro estoy gritando como esos personajes a los que persiguen con motosierras en las películas de terror–. Parece que me toca servirlos esta noche, pero creo que todos nos sentiremos más cómodos si los acomodamos en la zona de otro compañero.

—No tengo problema si tú no lo tienes, Olive –dice el señor Hamilton con una sonrisa tranquila y generosa.

Ah, pero adivinen: tengo problema.

—Creo que lo que intenta decir es que se sentiría más cómoda si no tuviera que atender al hombre que la despidió *en su primer día de trabajo.* –Molly lo mira con las cejas bien juntas.

Abro grandes los ojos. ¿Molly Hamilton está de mi lado?

Vuelvo a sonreírle, luego a ella, y lucho por mantener la distancia profesional.

—Me llevará solo un momento reacomodarlos. Tenemos una mesa preciosa junto a la ventana.

—¿Estás contento ahora, Charles? –susurra Molly–. ¡Todavía intentas cubrir ese puesto!

Escucho el eco de sus palabras con un oído. Pequeños pinchazos me recorren el cuello mientras me acerco a Shellie, le explico la situación y ella comienza a mover reservas.

Logramos reubicarlos, les damos un aperitivo de cortesía y por fin puedo respirar. ¡Esquivé esa bala!

Pero vuelvo a mi zona y me encuentro con la sorpresa de que, en el lugar que dejaron libre, está sentado Ethan Thomas.

Está solo y lleva puesta una camisa hawaiana y un collar de flores de plástico con colores llamativos. Cuando me acerco a la mesa, boquiabierta, me doy cuenta de que trajo su propio vaso: de plástico y con un sticker rojo gigante que dice $1.99.

—¿Qué diablos estoy viendo? –pregunto, consciente de

que al menos la mitad de los comensales y gran parte de los empleados nos están mirando.

Parece que todos sabían que iba a estar acá.

–Hola, Olive –dice por lo bajo–. Yo... em... –Se ríe, y verlo así de nervioso me hace querer protegerlo–. Me preguntaba si sirven mai tai.

–¿Estás borracho? –Es lo primero que pensé.

–Intento hacer un gran gesto. Para la persona correcta esta vez. ¿Recuerdas cuando tomamos mai tais? Estaban deliciosos. –Inclina la cabeza hacia el vaso.

–Claro que lo recuerdo.

–Creo que ese fue el día en que me enamoré de ti.

Me doy vuelta para mirar a Shellie, pero esquiva mi mirada. El personal de cocina huye a sus puestos. David finge estar concentrado en el iPad cerca de la fuente de agua y, si fuera mal pensada, creería que es de Ami el pelo negro que vi ocultarse a toda velocidad en el pasillo del baño.

–¿Te *enamoraste* de mí? –susurro y le acerco el menú en un torpe intento por hacer como si nada sucediera.

–Sí –dice–. Y te extraño tanto. Quería decirte que lo siento mucho.

–¿*Aquí*?

–Aquí.

–¿*Mientras trabajo*?

–Mientras trabajas.

–¿Vas a repetir todo lo que diga?

Intenta mantener su sonrisa bajo control, pero puedo notar cómo mi cambio de actitud lo ilumina.

Intento aparentar que no me sucede lo mismo. Ethan está *aquí*.

Ethan Thomas está haciendo un gran gesto con una camisa horrible y un falso vaso de mai tai. A mi cerebro le cuesta alcanzar a mi corazón, que está por reventarme el esternón.

Tan fuerte late que hace temblar mi voz.

–¿Coordinaste con los Hamilton para completar la escena?

–¿Los Hamilton? –pregunta, y se gira para seguir mi mirada hasta su mesa–. ¡Oh! –Se inclina y me mira con los ojos abiertos de un modo gracioso. Como si hubiera manera de esconderse con esa camisa–. Guau –susurra–. ¿Están aquí? Eso es... una coincidencia. Incómoda.

–¿*Eso* te parece incómodo? –Miro con intención su camisa chillona y el vaso verde en el medio del elegante y silencioso comedor de Camelia. Pero, en lugar de avergonzarse, Ethan se endereza.

–Ah, ¿estás lista para algo incómodo? –pregunta por lo bajo y comienza a desabotonarse la comida.

–¿Qué *haces*? –digo entre dientes–. ¡Ethan! No te quites...

Se deshace de la prenda sonriendo y me quedo sin palabras porque, debajo de la camisa hawaiana lleva una musculosa verde que me hace acordar mucho a...

–Dime que no es –digo, conteniendo una carcajada; no sé si tengo fuerza para resistir tanto.

–Era de Julieta –confirma Ethan y mira hacia su pecho–. La hicimos con su vestido. El tuyo debería estar intacto en tu armario.

–Lo quemé –digo, y se prepara para protestar contra la decisión–. Está bien, no lo hice, pero lo pensé. –No puedo evitar estirar la mano para sentir ese satén resbaladizo–. No sabía que te habías encariñado tanto.

–Claro que sí. Lo único mejor que tú con ese vestido eres tú sin ningún vestido. –Ethan se para y ahora todos lo miran: es alto, sexy y lleva puesta una musculosa verde brillante que no deja nada a la imaginación. Tiene un gran cuerpo, pero igual…

–En verdad es un color horrible –digo.

–Lo sé. –Se ríe divertido.

–Que le quede mal a alguien tan lindo como tú es la prueba definitiva.

Su sonrisa se vuelve seductora.

–¿Crees que soy lindo?

–Pero no eres mi tipo.

Se ríe y me hace doler el pecho lo mucho que amo esa sonrisa, en esa cara.

–Lindo, pero no tu tipo. De acuerdo.

–Eres el peor –gruño, aunque sonrío y no me alejo cuando toma mis caderas.

–Puede ser –dice–, pero ¿recuerdas lo que te dije de mi moneda? ¿De que no se trataba de suerte, sino de que me recordaba a momentos en los que me pasaron cosas buenas? –Señala la camisa y hace un gesto con las cejas–. Quiero recuperarte, Olivia.

–Ethan –susurro y escaneo todo con mis ojos, sintiendo la presión de todas las miradas sobre nosotros. Esto

comienza a sentirse como una reconciliación y, por más que mi corazón, mis pulmones y mis partes íntimas estén de acuerdo, no puedo olvidar el verdadero problema: no estuvo bien en no creerme–. De verdad me lastimaste. Teníamos esa confianza tan única y maravillosa, fue muy difícil para mí que pensaras que estaba mintiendo.

–Lo sé. –Se inclina y acerca los labios a mis orejas–. Debería haberte escuchado. Debería haber escuchado mi instinto. Esto me hará sentir una mierda por un largo tiempo.

Me debato entre dos posibles respuestas. Una es un alegre *De acuerdo, ¡hagámoslo!* y la otra es un temeroso *No lo creo*. La primera se siente ligera y relajada, la segunda se siente cómoda, segura y familiar. Por más que ser cautelosa se sienta mejor y que prefiera arriesgarme al aburrimiento y la soledad antes que a sufrir, ya no quiero estar cómoda.

–Supongo que mereces otra oportunidad –digo a pocos centímetros de sus labios–. Das buenos masajes.

Apoya su sonrisa sobre la mía y el restaurante estalla. A nuestro alrededor, las personas se levantan de las sillas y, cuando alzo la vista, me doy cuenta de que los hombres que estaban sentados en la esquina son papá y Diego con pelucas; las mujeres de la mesa del fondo son mamá, la tía María, Ximena, Jules y Natalia; y la mujer que vi en el pasillo del baño sí era Ami. Toda mi familia está en el restaurante y ahora se paran para aplaudirme como si fuera la mujer más afortunada del mundo. Y puede que lo sea.

Veo a los Hamilton cerca de la ventana, también parados y aplaudiendo. Sospecho que no es casualidad que

estén aquí (creo que Ami los trajo para que vieran que el tiempo que tuvieron que soportarnos en Maui sirvió para que Ethan y yo forjáramos algo verdadero), pero mucho no me importa.

Nunca creí que pudiera ser tan feliz.

Suerte, destino, determinación… sea lo que sea, lo acepto. Atraigo a Ethan hacia mí. Siento la tela resbaladiza de su camiseta y el eco de mi risa dentro de un beso.

EPÍLOGO

DOS AÑOS DESPUÉS

ETHAN

—Por dios, está *desmayado*.

—¿Está babeando?

—Es tierno cuando duerme. Pero, guau, qué profundo. Seguro le dibujaban la cara en la universidad.

—No suele dormir tan profundo. —Hace una pausa. Intento abrir los ojos, pero la niebla del sueño todavía es densa—. Estoy tentada de lamerle la mejilla para despertarlo. ¿Sería muy mala si lo hago?

—Sí.

Muchos dicen que mi novia y su hermana son tan parecidas que hasta tienen la misma voz, pero, después de dos años con ella, puedo distinguir la de Olive sin problema. Ambas son dulces y tienen un acento casi imperceptible, pero la de Olive es más ronca, con bordes un poco menos nítidos, como si no la usara demasiado. Suele ser la que escucha, la observadora.

–¿Lucas? –De nuevo la voz de Ami, lenta y rítmica, como si la trajera el agua–. ¿Crees que podrás bajarlo del avión en brazos?

–Lo dudo.

Alguien me empuja. Una mano se apoya en mi hombro y me recorre el cuello hasta llegar a la mejilla.

–Ethaaaaaannn. Soooy tu paaadreee. Estamos por aterrizaaaaar.

No es mi padre, claro; es Olive, que habla a través de su puño directo en mi oreja. Me esfuerzo mucho para despertarme. Pestañeo. El asiento de adelante aparece desenfocado, trato de aclarar la vista; siento los ojos pegajosos.

–¡Está vivo! –Olive se ubica en mi campo de visión y sonríe–. Hola.

–Hola. –Levanto una mano, pesada, y la paso por mi rostro para intentar disipar la niebla.

–Casi aterrizamos –dice.

–Juro que acabo de dormirme.

–Hace ocho horas –aclara–. Lo que sea que te haya dado el doctor Lucas funcionó de maravilla.

Me incorporo. Olive está en el asiento del medio, Ami en el pasillo y su nuevo novio (mi amigo de toda la vida y médico, Lucas Khalif) del otro lado del pasillo.

–Creo que me diste una dosis para caballo.

–Eres un tipo pesado.

Me recuesto sobre el asiento y me preparo para volver

a cerrar los ojos, pero Olive se acerca y señala algo a través de la ventana. La vista me deja sin aliento: la intensidad del color es como una bofetada. Me lo perdí la primera vez que vinimos a Maui porque pasé todo el vuelo intentando (sin éxito) no mirar el escote de Olive en medio de un ataque de ansiedad. Debajo del avión, el océano Pacifico es un zafiro que descansa en el horizonte. El cielo es tan azul que parece de neón; solo unas nubes livianas y pasajeras se atreven a interrumpir un poco la vista.

—Mierda —comento.

—Te lo dije. —Se inclina y besa mi mejilla—. ¿Estás bien?

—Drogado.

—Perfecto. Porque la primera parada es un chapuzón en el mar. Te ayudará a despabilarte. —Olive se acerca y me acaricia la oreja.

Ami baila en su asiento y espío a mi novia cuando ve la reacción de su hermana. La alegría de Ami es contagiosa, pero la de Olive es conmovedora. Fue difícil para ella haberse quedado sin empleo, pero también le dio una claridad que nunca había tenido. Se dio cuenta de que amaba la ciencia, pero no su trabajo. Al cabo de unos meses, en Camelia le tocó atender a una mujer que dirigía una ONG dedicada al cuidado de la salud. Luego de una larga cena condimentada con una gran conversación mientras Olive cubría el turno de la noche, Ruth la contrató como coordinadora de educación comunitaria. Ahora está a cargo de dar charlas sobre la ciencia que hay detrás de las vacunas en las escuelas, en grupos parroquiales, hogares de ancianos y empresas.

O sea, le pagan por ser supernerd y hablar sobre la vacuna de la gripe por todo el oeste central.

Cuando se enteró que la Conferencia Nacional de Prevención Sanitaria este invierno sería en Maui, supimos que era el destino: le debíamos a Ami un viaje a la isla.

El tren de aterrizaje baja; el avión atraviesa en su descenso todo el paisaje de la isla. Miro a mi izquierda y veo que Ami estiró un brazo sobre el pasillo para tomar la mano de Lucas. Corresponde que su primera vez en Maui sea con alguien que la adore tanto como él.

Y corresponde que este segundo viaje a Maui con Olive lo haga con un anillo en mi bolsillo.

Es el segundo día y, aunque costó, logramos convencer a Ami de ir a hacer tirolesa. Fue difícil, primero, porque no es gratis. Después, porque en esencia consiste en saltar al vacío desde una plataforma, confiar en el arnés y volar por el aire con la esperanza de que haya una plataforma del otro lado para atajarte.

Para una mujer como Ami, a quien le gusta tener todo bajo control, la tirolesa no es una actividad ideal.

Pero es una de las pocas cosas que Olive y yo no hicimos en nuestro primer viaje, y mi novia no aceptará un *no* como respuesta. Buscó el mejor lugar, compró los boletos y ahora nos alienta con las manos para que lleguemos a la plataforma del primer salto.

—Suban —dice.

—Guau. Es alto. —Ami mira hacia abajo y retrocede de inmediato.

—Eso es *bueno*. —Olive intenta darle seguridad—. Sería mucho más aburrido hacerlo cerca del suelo. —Ami la mira seria—. Mira a Lucas. Lucas no tiene miedo.

Se convierte en el centro de atención mientras se ajusta el arnés. Saluda con timidez.

—Lucas no tiene miedo porque Lucas hace parapente —digo girando la cabeza.

—Se supone que estás de mi lado —gruñe Olive—. En el equipo Por-Dios-Escuchen-A-Olive-Que-Esto-Será-Divertido.

—Siempre estoy en ese equipo. —Hago una pausa y le dedico una sonrisa ganadora—. Pero creo que es hora de buscar un mejor nombre, ¿o no?

Me mira fijamente y tengo que contener una sonrisa porque si le digo que con esos pantalones azules, la camiseta blanca, el arnés y el casco amarillo se parece a Bob el Constructor, puede llegar a asesinarme con sus propias manos.

—Mira, Ami —dice, y sus labios forman una hermosa sonrisa—. Iré primera.

El primer salto es de quince metros sobre un barranco y la siguiente plataforma está a cincuenta metros de distancia. Hace dos años, Olive hubiese esperado a que todos hubieran llegado bien al otro lado antes de saltar, segura de que su mala suerte podría cortar la cuerda o romper la plataforma y hacer que todos terminemos apilados en la copa

de un árbol. Pero la veo avanzar hacia la puerta y seguir las instrucciones. Duda solo un segundo, toma carrera y se desliza (gritando) por el cielo del bosque.

—Es *tan* valiente —comenta Ami mientras la observa.

No lo dice como si acabara de tener una epifanía; lo dice como un hecho, algo que siempre supimos acerca de Olive, una característica. Y claro que es verdad, pero que esas pequeñas verdades sean dichas en voz alta son como diminutas y perfectas revelaciones depositadas como gemas en la palma de Olive.

Aunque ella no la haya escuchado, es maravilloso ver a Ami admirar tanto a su gemela, como si siguiera encontrando motivos para asombrarse de la maravillosa persona que conoce tan bien como a su corazón.

El último tramo de la jornada es el más grande de Hawái. Casi ochocientos cincuenta metros entre una plataforma y otra. La mejor parte es que hay dos cuerdas paralelas, por lo que podremos tirarnos al mismo tiempo. Mientras subimos, le explico dónde poner las manos y que debe doblar las muñecas para el lado opuesto al que desea girar.

—Y recuerda que, aunque nos tiremos juntos, es posible que yo vaya más rápido porque peso más.

Se detiene y levanta la vista hacia mí.

—De acuerdo, sir Isaac Newton, no necesito una lección.

—¿Una qué? No te estaba dando una lección.

—Estabas explicándome cómo funciona la gravedad. ¿No crees que es un poco machista de tu parte?

Quiero discutir, pero sus cejas se inclinan en un gesto de *Piensa antes de hablar*, y me hace reír. Tiene razón.

—Lo siento. —Me inclino para besarle el casco amarillo.

Frunce la nariz y mis ojos siguen el movimiento. Sus pecas fueron lo primero que noté cuando la conocí. Ami tiene algunas, pero Olive tiene doce, dispersas por el puente de la nariz y las mejillas. Podía hacerme una idea de ella antes de conocerla (sabía que era la gemela de la novia de Dane), pero no estaba preparado para las pecas y la forma en que se mueven cuando sonríe ni para la adrenalina que recorrería mis venas cuando me saludara.

No volvió a sonreírme de ese modo por años.

Su cabello está ondulado por la humedad y tiene algunos mechones fuera de la coleta. Incluso vestida como Bob el constructor sigue siendo la persona más hermosa que vi.

—Esa disculpa fue más fácil de conseguir de lo que pensaba. —Hermosa pero desconfiada.

Paso el pulgar por un bucle rebelde y lo alejo de su cara. Estoy de muy buen humor. Intento encontrar el momento indicado para hacer la pregunta, pero disfruto cada segundo más que el anterior; eso solo hace que sea más difícil elegir cómo y cuándo hacerlo.

—Lamento decepcionarte —digo—. A ti y a tu impulso peleador.

—Cállate. —Pone los ojos en blanco y vuelve hacia el grupo. Contengo una sonrisa—. Deja de hacer esa cara.

–¿Cómo sabes que estoy haciendo una cara? Ni siquiera me estás mirando.

–No necesito mirarte para saber que estás haciendo esa cosa rara con los ojos.

Me inclino para susurrar en su oído.

–Quizá estoy haciendo esta cara porque te amo, y *me gusta* cuando discutimos. Cuando volvamos al hotel puedo mostrarte cuánto.

–¡Vayan a la habitación! –Ami intercambia una mirada cómplice con Lucas mientras aseguran su polea.

Pero luego gira y se encuentra con la mirada de Olive en la plataforma. No necesito entender la telepatía secreta de las gemelas para saber que Ami no está feliz por su hermana, está extasiada. Ami no es la única que cree que Olive se merece cada gramo de dicha que pueda conseguir. Ver a esa mujer diminuta estallar en carcajadas o enojarse o iluminarse como una constelación me da vida.

Solo tengo que hacer que quiera casarse conmigo.

El cuarto día nos regala un atardecer tan surreal que parece hecho por computadora, y entonces creo que encontré mi momento. El cielo tiene capas como un pastel; el sol parece resistirse a desaparecer por completo y es una de esas secuencias perfectas en las que podemos verlo achicarse de a poco hasta que solo queda un pequeño punto de luz que de golpe… ¡puf! Desaparece.

Entonces nos tomo una selfie en la playa con mi teléfono. El cielo está de un púrpura azulado que me resulta relajante. Su cabello vuela sobre su cara, ambos estamos alegres. Nuestros pies descalzos se hunden en la cálida arena y la felicidad en nuestros rostros es palpable. Mierda, es una gran foto.

La miro mientras algo da vueltas en mi interior. Estoy tan acostumbrado a ver nuestros rostros juntos, tan acostumbrado a cómo encaja en mi hombro. Amo sus ojos y su piel y su sonrisa. Amo nuestros momentos alocados y los calmos. Amo pelear y reír y tener sexo con ella. Amo lo tranquilos que nos vemos cuando estamos juntos. Pasé los últimos días agonizando porque no sabía si debía o no proponerle casamiento, pero creo que ahora es el momento indicado para hacerlo: en este lugar tranquilo, solos disfrutando de la noche perfecta. Ami y Lucas están lejos, caminando por la orilla, esquivando las olas. Esta parte de arena nos pertenece. Me doy vuelta para mirarla.

—Ey, tú. —Mi corazón se siente como un trueno dentro de mí.

—Es linda. —Me quita el teléfono y sonríe mientras mira la foto.

—Sí. —Respiro hondo para intentar calmarme.

—Pongámosle un título a esta foto —dice, ignorando por completo el alboroto de mi interior por la preparación mental para uno de los momentos más importantes de mi vida.

—Mmm... —digo, un poco abatido, pero intentando seguirle la corriente.

—Tengo uno: "¡Dijo que sí!". —Estalla en una carcajada y

se acerca a mí–. Oh, por Dios. Salimos muy bien, pero es exactamente el tipo de fotografía de vacaciones que la gente de Minnesota exhibe en sus estantes sobre un mantelito para recordar el brillo del sol cuando están tapados por el invierno. –Me devuelve el teléfono–. ¿Cuántos habitantes de Minnesota crees que se comprometieron en la playa? ¿El ochenta por ciento? ¿Noventa? –Sacude la cabeza y me sonríe–. Qué…

Luego se detiene, su mirada se fija en mi rostro. Se siente como si un bollo de algodón se hubiese atascado en mi garganta. Olive se tapa la boca con la mano y la súbita claridad hace que sus ojos se abran de un modo cómico.

–Oh. Mierda. Oh, Ethan. Oh, *mierda*.

–No, está bien.

–No ibas a hacerlo. ¿O sí? ¿Tan imbécil soy?

–Yo… pero no. No… no es eso. No te preocupes.

Se queda con la boca y los ojos abiertos por el pánico mientras se da cuenta de que su comentario sarcástico no estaba tan lejos de la realidad.

–Soy tan imbécil que dañé tu cerebro y ahora no puedes ni hablar.

No sé si este intento fallido de proposición me divierte o me destruye. Parecía el momento perfecto; parecía que estábamos en la misma sintonía, y luego… nop. Ni un poco.

–Ethan, estoy tan…

–Ollie, está bien. No sabes qué iba a decir. Crees que sí, pero no. –Noto su mirada insegura y agrego–: Confía en mí. Todo está bien.

Me inclino e intento que se olvide de lo que sucedió con un beso gentil en el labio inferior, un gemido me dice que se está ablandando, abre su boca para que la sienta, queremos pasar al siguiente nivel, ese en el que cae la ropa y los cuerpos se acercan, pero, aunque esté oscureciendo, no está *tan* oscuro ni estamos tan solos en la playa.

Cuando me alejo y le sonrío como si todo estuviera bien, puedo sentir el escepticismo en su cuerpo que se mueve con cuidado, como si no quisiera hacer nada fuera de lugar. Aunque sospecha que iba a proponerle casamiento, no ha dicho nada como *Sabes que diría que sí* o *Estaba esperando que lo preguntaras*, así que puede que sea algo bueno que no haya conseguido decirlo. Sé que su visión del matrimonio está arruinada por la experiencia de sus padres y de Ami con Dane, pero creía que había conseguido cambiar su opinión sobre el compromiso. La amo con locura. Quiero esto, quiero casarme con ella, pero tengo que aceptar el hecho de que no es lo que ella quiere y podemos ser igual de felices y pasar toda la vida juntos sin que una ceremonia nos una.

Dios, de repente mi cerebro se convirtió en una licuadora.

Se recuesta en la arena y me empuja con cuidado hacia atrás para poder recostarse de lado con la cabeza sobre mi pecho.

—Te amo —dice.

—Yo también te amo…

—Lo que ibas a decir…

—Cariño, olvídalo.

—De acuerdo. *Bien.*

Necesitamos un nuevo tema de conversación, algo que nos ayude a olvidar este accidente.

—Te cae bien Lucas, ¿no? —pregunto.

A Ami le tomó un año volver a tener citas luego del divorcio. Dane tenía la esperanza de que lo perdonara y pudieran arreglar su relación, pero no la culpo por no haber querido intentarlo. Mi hermano no perdió solo la confianza de Ami, también perdió la mía. Las cosas entre nosotros están mejorando de a poco, pero tenemos mucho camino por delante.

—Sí. Es bueno para ella. Me alegro de que los hayas presentado.

Pensé que Olive nunca más dejaría que un hombre se acercara a su hermana. Al principio estaba a la defensiva, pero una noche, cenando, Lucas (médico, aventurero, viudo y padre de un niño de cuatro años, el más adorable que vi jamás) logró conquistarla.

—¿Ethan? —dice despacio y me da pequeños besos en el cuello y la quijada.

—¿Sí?

—Vi un vestido horrible el otro día. —Contiene la respiración y exhala temblorosa.

No entiendo el punto, así que la animo a continuar:

—Créeme que quiero saber más. Me tienes atrapado. —Se ríe y pellizca mi cintura.

—Escucha. Era de un naranja horroroso. Medio texturado. Como si fuera terciopelo, pero no. Algo entre terciopelo y fieltro. *Fieltiopelo.*

–Esta historia no para de mejorar.

Vuelve a reírse, apoya los dientes en mi quijada.

–Pensé que podríamos comprárselo a Ami. Para devolvérsela.

–¿Qué? –Giro para mirarla. De cerca solo veo rasgos individuales: ojos color café enormes, boca roja y gruesa, pómulos pronunciados, nariz apenas respingada. Pone los ojos en blanco y gruñe. Cuando habla, puedo ver su valentía; es la misma Olive que saltó sin dudarlo desde una plataforma para atravesar el bosque.

–Lo que digo es que... si nos casáramos, ella tendría que usar el vestido horrible esta vez.

–¿Quieres casarte? –Estoy atontado y esas dos palabras son todo lo que logro decir.

–¿Tú no? –Retrocede con una inseguridad repentina.

–Sí. Totalmente. Absolutamente. –Tropiezo con mis palabras y la acerco hacia mí–. Creí que no... por lo de antes... pensé que tú no.

–Sí, quiero –dice, levantando la barbilla para mirarme directamente a los ojos–. Creo que el chiste que hice antes fue muy freudiano. Pensé que ibas a hacerlo. Pero como pasaban los días y no sucedía, pensé: ¿por qué no lo hago yo? No hay ningún manual de instrucciones que diga que tiene que ser el hombre.

–Es verdad... no tengo que hacerlo yo, podrías arrodillarte sin ningún problema, pero, solo para que lo sepas, no creo que este anillo me quepa. –Tomo la caja diminuta de mi bolsillo.

—¿Para mí? —chilla y se incorpora para tomar la caja.

—Bueno, solo si lo quieres. Puedo preguntarle a otra persona si tú…

Olive me empuja y se ríe. Si no me equivoco, sus ojos están empañados. Abre la caja y se lleva una mano a la boca cuando ve el delicado cintillo con un halo de diamantes coronado en el centro por una esmeralda. Lo admito, estoy orgulloso: es un gran anillo.

—¿Estás llorando? —pregunto con una sonrisa. Generarle emociones positivas me hace sentir todopoderoso.

—No. —Claro que Olive nunca admitiría las lágrimas de felicidad.

—¿Estás segura? —La miro de reojo.

—Sí. —Se las ingenia para secarse los ojos.

—De acuerdo. —Me acerco para mirar mejor—. Pero un poco parece.

—Cállate.

—¿Te casarías conmigo, Olive Torres? —Beso con cuidado su comisura.

—Sí. —Cierra los ojos y una lágrima se escapa.

—¿Te gusta? —Sonrío, beso el otro lado de su boca y deslizo el anillo por su dedo.

—Em… *Sí.* —La voz le tiembla.

—¿Siempre eres tan mala conversadora?

Se ríe. La arena bajo mi espalda sigue tibia y siento un pequeño fuego en el pecho. Yo también me río. Fue una propuesta ridícula, tonta y accidentada.

Absolutamente perfecta.

AGRADECIMIENTOS

Ahhhh, ¡qué viaje tan divertido! Ningún libro es *fácil* de escribir, pero, aunque este no haya sido la excepción, fue una fiesta. Una de las mejores cosas de escribir en equipo es que tenemos la oportunidad de hacernos reír la una a la otra. Este libro nos dio muchos de esos momentos, que hicieron que los días que dedicamos a pensar la historia los pasáramos riendo frente a la computadora. Nada mal para una jornada laboral.

Siempre nos permitimos escribir rápido y luego editar y eso se debe en parte a que es más fácil arreglar que crear. Pero la verdad es que podemos darnos el lujo de trabajar así porque tenemos editores fantásticos. Kate Dresser y Adam Wilson: son increíblemente buenos en lo que hacen. Gracias por ocuparse de que nuestros libros entreguen todo su potencial y por ser personas divertidas y de buen corazón durante el proceso. Lo decimos siempre: nos sentimos muy afortunadas de poder hacer esto con ustedes.

Nuestra agente es Holly Root y es la mejor de lo mejor: comprensiva, intuitiva, juiciosa, y adorable. Gracias, Holly, por los últimos ocho años de precisión ninja.

Gracias a nuestra adorada Kristin Dwyer, relaciones públicas. *Bien hecho, nena* comienza a sentirse poco importante, pero nunca deja de ser verdad porque siempre lo haces bien. Te pasas, siempre.

Gracias al equipo de Gallery Books: Carolyn Reidy, Jen Bergstrom, Jen Long, Aimee Bell, Molly Gregory, Rachel Brenner, Abby Zidle, Diana Velasquez, Mackenzie Hickey, John *of the Mustache* Vairo, Lisa Litwack, Laura Cherkas, Chelsea Cohen; el maravilloso equipo de ventas (los queremos) y a todos los que ayudaron a llevar nuestros libros a las manos de los lectores. Agradecemos contar con todos y cada uno.

Tenemos una enorme gratitud hacia los prelectores Yesi Cavazos, Arielle Seleske, Gabby Sotelo y Frankie O'Connor, y a todo el equipo de CLo & Friends por ayudarnos a cumplir el objetivo de escribir una auténtica familia mexicana-estadounidense. Sus devoluciones fueron fantásticas y esperamos haberlas honrado. No hay ni que aclarar que todo lo que pudo haber salido mal o las oportunidades que podemos habernos perdido son por completo nuestra culpa. ¡Son grandiosos!

A todos los vendedores y libreros allá afuera, ¡no todos los héroes usan capa! (Puede que vendan libros usando una capa y eso sería genial, pero incluso si no lo hacen, siempre serán los número uno en nuestro libro). Los libros son vida, son alimentos para el cerebro, traen alegría, alivio y nos conectan. El trabajo que hacen y acercarle los libros que aman a los lectores es un gran regalo para la humanidad, no sabemos cómo agradecerles.

Blogueros, críticos, lectores: tenemos una relación simbiótica. No podríamos hacerlo sin ustedes, y no hay un solo día en el que no pensemos en eso. Gracias por el apoyo, el aliento y el tiempo que pasaron leyendo lo que escribimos. Cada vez que recomiendan un libro nuestro a un amigo, un ángel consigue sus alas. O a un cachorro le acarician la barriga. O un erizo atrapa una lombriz para la cena. En resumen: pasan cosas buenas en el universo. Los queremos.

A nuestras familias: ya saben que los amamos mucho. Lo que tienen que saber es que les agradecemos por aguantarnos. Vivir con una escritora muchas veces significa intentar entablar una conversación con alguien que está perdido en la estratosfera intentando descifrar cómo sigue el libro. Conviven con eso con alegría y paciencia (que trabajemos en casa también tiene beneficios para ustedes porque casi nunca hay excusa para preparar algo para cenar).

Cristina, este fue tu año. Tu voz, tu humor y tu habilidad para construir una historia: todo está de vuelta y listo para desplegarse en los divertidos proyectos que tenemos por delante. Sé que lo digo siempre, pero estoy muy orgullosa de poder hacer esto contigo.

Lo, el modo en el que juntas las palabras me sigue deslumbrando. A veces leo algo que me enviaste y me quedo mirando fijamente a la computadora por varios segundos, preguntándome cómo se te ocurrió esa idea o esa frase. Si no supiera que eres una amiga amorosa, leal y generosa, te odiaría. ¡Ja, ja! Es broma. Gran parte. Gracias por dejarme hacer esto contigo. Te quiero.

Elegí esta historia pensando en **ti**
y en todo lo que las mujeres románticas
guardamos en lo más profundo
de **nuestro corazón** y solo en contadas
ocasiones nos atrevemos a compartir.
Y hablando de compartir, me gustaría
saber qué te pareció el libro...
Y hablando de compartir, me gustaría
saber qué te pareció el libro...

Escríbeme a
vera@vreditoras.com
con el título de esta novela
en el asunto.

Vera

yo también
creo en el amor